霸绝天下，惟我独仙！重铸经典，辉煌再现！全新修订，万众期待！
惟我独仙
唐家三少
/著/
典藏版
一部跌宕起伏的传奇史，
一条漫长热血的崛起路。
顽皮小子误入仙山，因缘际会得高人指点，历经坎坷飞升成仙。风云起，神魔现，明争暗斗中，修真之门从此敞开，看平凡少年如何笑傲三界。
《惟我独仙 典藏版》第1～2册全国热销中，第3册即将上市，敬请期待！
定价：32.00元/册 全10册

唐家三少异界幻想经典代表作

《天珠变 典藏版》

天珠既出，箭定天下！
谁能问鼎十二天珠师的世界？

(封面以实际出版为准)

典藏价
32.00
元/册

他，曾经是著名的“虎父犬子”中的“犬子”，因天赋不佳而饱受讥讽；
他，曾经遭遇生死危机，却因祸得福，抓住了日后觉醒为天珠师的契机。

他，落拓不羁却胸怀大志，因不甘人后而勇敢接受残酷考验；
他，爱惜生命又重情重义，为承担责任而毅然选择舍己救人。

数国林立，暗流汹涌。且看少年如何在逆境中奋起，一步步成长为名震天下的

绝世天珠师！

第 1 册 3 月 全 国 强 档 上 市 ！

琴帝

典藏版

9

唐家三少 著

CNS PUBLISHING & MEDIA 中南出版传媒
湖南少年儿童出版社
HUNAN JUVENILE & CHILDREN'S PUBLISHING HOUSE

图书在版编目（CIP）数据

琴帝 : 典藏版. 9/ 唐家三少著. 一 长沙 : 湖南少年儿童出版社，2018.3（2020.12重印）
ISBN 978-7-5562-3593-3

Ⅰ. ①琴… Ⅱ. ①唐… Ⅲ. ①长篇小说一中国一当代
Ⅳ. ①I247.5

中国版本图书馆CIP数据核字(2017)第303270号

QIN DI　DIANCANG BAN

琴帝 典藏版9

唐家三少 著

责任编辑：阳　梅　梁　洁　刘青蓝
特约编辑：孙宇程
装帧设计：张　鼎　杨湘豫

出版人：胡　坚
出版发行：湖南少年儿童出版社
社址：湖南省长沙市晚报大道89号　邮编：410016
电话：0731-82196340（销售部）　82196313（总编室）
传真：0731-82199308（销售部）　82196330（综合管理部）
常年法律顾问：湖南崇民律师事务所　柳成柱律师

经销：新华书店　印刷：湖南天闻新华印务有限公司
印张：18　字数：260千字
开本：710 mm×1000 mm　1/16
版次：2018年3月第1版
印次：2018年3月第1次印刷　2020年12月第3次印刷
定价：29.80元

目录

CONTENTS

目录

CONTENTS

第一百七十二章

战争从吃开始

佛罗王国的后勤补给中心，最外围的营帐住的是五万主力军，中间的营帐则是后勤补给士兵居住的地方，他们要做的就是运送物资，把后方运来的物资分批运往需要的地方。存放物资的营帐占据了整个营地三分之二的面积。

为了防备米兰帝国发动火攻，佛罗王国人特意在后勤补给中心外围挖了一条宽达五米的壕沟，从佛罗王国境内引来活水，这样不仅可以给这里的士兵提供饮用水，还能起到防御外来进攻的作用。

这样的防御无疑是非常严密的，可惜，就算佛罗王国大军的统帅再精明，也想不到后勤补给中心迎来的第一个“客人”并不是从地上来的，而是从地下来的。

夜幕降临，后勤补给中心内炊烟袅袅，佛罗王国战士正在吃晚饭，当然，饭是在外围营帐做的，谁也不敢将火种带到内部营帐去，那可是要掉脑袋的。

就在这时，中间的一个营帐中，一堆物资突然轻轻地动了动。守卫在营帐外，他们只在规定时间进入营帐中检查，平时根本不会进来。

那堆物资又动了动，往旁边挪动了一些，空出了一块地方，有一个脑袋慢慢地从地下冒了出来。

淡淡的金光映照之下，叶音竹双手一撑两旁的地面，悄然从地下钻了出来，双臂上的金光快速收敛，营帐内重新变得昏暗下来。

叶音竹很小心，他趴下来，耳朵贴在地面上仔细地听了听，确定这里没有守卫之后，才仔细打量起这个营帐来。

在他周围，物资堆积得像小山一样，而且正像他希望的那样，这里放着可以长时间存放的食物，比如大米、腊肉。

这个营帐是用木板支撑起来的，可以算是一个简易仓库。仓库呈长方形，长五十米，宽三十米，高度超过二十米。除了可供两人并行的几条过道之外，其他地方都堆满了食物。

叶音竹摊开手，露出那颗粉红色的生命储存宝石，随着精神力的指引，光芒一闪，之前被收入其中的三大神兽便同时出现在他面前。

"挤死我了。"格拉西斯一出来就不满地嚷道。

"噤声！"叶音竹低喝一声，阻止他再说下去。

格拉西斯先是愣了一下，紧接着就发现了周围的食物。他两眼放光，勉强压低自己的声音，道："琴帝大人，这就是您让我来吃饭的地方吗？"

叶音竹微微一笑，道："正是。格拉西斯，你现在可以放开吃了，不过声音要小一点，以免惊动守卫。你吃得越多越好，凡是你吃不了，我们又带不走的，我都要毁掉。"

"哈哈，那太好了。"格拉西斯环视营帐一周，"不过，这点东西似乎还不够我吃的。"

叶音竹一阵无语，这么大一个仓库的食物还不够他吃？就算是几千名战士，想在一两天内把这里的食物吃光，也很难做到吧？

格拉西斯也不客气，随手解开一个装有大米的麻袋，不等大米滑落地面，张口一吸，犹如鲸鱼吸水一般，一下就把那些大米吞入了腹中，麻袋瞬间便瘪了下去。

对于格拉西斯来说，这小小的一袋米只不过够塞牙缝而已，他嘟囔着："这么吃要什么时候才能吃饱？"

说完，他又动了起来。

淡淡的紫色光芒从他粗壮的十指上射了出来，如同十道利刃一般，将周围那些存放粮食的麻袋都划破了，无数粮食倾泻而出。不过，格拉西斯没有给这些粮食散落的机会，在双手动作的时候，他就张大了嘴，一时间，漏出来的粮食都进了他的肚子里。他的肚子就像无底洞一般，仓库内的粮食以肉眼可见的速度减少着。

叶音竹苦笑地看着身边的紫，道："难怪你当初会说养不起这家伙，他简直太能吃了。"

紫微微一笑，道："别着急，这只是刚刚开始而已。紫晶比蒙可以吸收自身血脉和空气中的各种分子作为能量，明的能量是从岩石和大地中摄取的，而战争巨兽的能量完全来自食物。也就是说，格拉西斯吃得越饱，就会越强大。远古时期流传着这样一句话，永远不要和吃饱了的战争巨兽争斗。这句话对我们紫晶比蒙同样适用。"

十阶神兽要吃多少东西才能完全填饱肚子？

这么短的时间内，这个仓库已经空了一半。

站在紫身边的明吞咽了一口唾液，低声道："格拉西斯，你给我留点儿。"

明一边说着，一边学着格拉西斯的样子张开了大嘴。他吞噬食物的速度一点也不比格拉西斯慢。

看着眼前发生的一切，叶音竹目瞪口呆，只听身边的紫道："大部分食物都来自大地。山岭巨人同样可以吃食物来给自己补充能量。试问，既然有食物吃，谁还愿意吃岩石呢？"

明的食量给了叶音竹一个惊喜，吃掉总比浪费好。

明加入后，这个仓库一下就被一扫而空了。

明和格拉西斯一边吸掉最后的一些粮食，一边瞪着对方，看他们那对对方不满的样子，明显是都没吃饱。

“明，你和我抢什么？你没听琴帝大人说吗？这些都是给我吃的！”格拉西斯双眼通红地瞪着明，对于战争巨兽来说，没有什么比吃更重要了。用一个简单的词语来形容现在的格拉西斯，那就是护食。

明不满地道：“音竹可没说只允许你一个人吃，我吃了又怎么样？你是先吃的，比我吃得多多了。”

没等格拉西斯开口，叶音竹赶忙上前劝道：“好了，你们别争了，多的是食物给你们吃。走吧，我们去下一个仓库。”

一听还有很多吃的，两大神兽立刻安静下来，用充满希冀的目光望着叶音竹。

在进入这个后勤补给中心之前，叶音竹通过侦察，掌握了这些仓库的位置。这些仓库这么大，他们很容易就能潜进去而不被发现。

他用同样的办法，带着三大神兽来到了第二个仓库。

他们的运气确实不错，第二个仓库中装的依旧是食物，大小和第一个仓库一样，显然是佛罗王国特地搭建的储存物资的仓库。

滑稽的一幕出现了，明和格拉西斯刚被叶音竹放出生命储存宝石，就立刻展开了“大扫荡”行动。如果不是仓库太小，他们早就变成本体了。

此刻，明和格拉西斯就像两个互相较劲的小孩子一样，比赛谁吃得更快。一时间，仓库内变得一片狼藉，到处都是散落在地上的破麻袋，却没有一点食物落在地上。仓库内好像出现了两个无底黑洞，不出十分钟，仓库就空了。

看到他们一点也没有鼓起来的肚子，叶音竹彻底没话说了。果然是神兽，连饭量都不是一般魔兽能比的。见过能吃的，但没见过这么能吃的。照他们这饭量，将来谁能养得起？

事实证明，战争巨兽虽然不是最强大的神兽，但他绝对是吃得最多的神兽，没有人能和他相比。

当叶音竹带着他们进入第八个仓库时，明已经吃不下了，格拉西斯这个家伙却一点感觉也没有，一直到吃完第十三个仓库的食物，才拍了拍自己鼓鼓的肚子，告诉叶音竹他吃饱了。要知道，后面的五个仓库的食物可是他一个人吃的啊！这是何等“肚量”？

叶音竹吞咽了一口唾液，勉强让自己平静下来，道：“格拉西斯，你平时也吃这么多吗？”

格拉西斯现在十分满足，打了个饱嗝，优哉游哉地道：“那倒也不是，只是我饿了很久，所以才吃了这么多。在冰圈那里，我每天也没法吃得太饱，从海水中过滤的食物只能勉强让我支撑下去。来这边后，我已经很多天没吃过东西了，早就饿坏了，您刚才看到的，是我饿惨了之后的饭量。如果是平时，我只吃刚刚的一半就饱了。怎么样，不算太多吧？”

“嗯，不多，确实不多。”

这几个字，叶音竹是咬着牙说出来的，要不是他这次的计划很特殊，不然，他绝对不会用格拉西斯。

太可怕了，格拉西斯刚才吃掉的粮食可是几个军团一个月的口粮。别说是自己，就算是粮食产量最高的米兰帝国也养不起这么一尊大神。

紫看着叶音竹，道：“音竹，我看这里还有不少仓库，格拉西斯已经吃不下了，我们现在怎么办？”

这个后勤补给中心里有数百个这样的仓库，想要一次性将这里的粮食吃光，还是很有难度的。

叶音竹想了想，道：“这个地方是佛罗王国大军最重要的补给中心，我想，除了食物以外，这里应该还有不少别的东西。可惜我们只有一晚上的时间，不然，我真想将这里彻底搬空。粮食我们是带不走了，你们在这里等我，我去看看其他仓库里放的是什么。”

说着，叶音竹再次调用闪、雷的力量，没入地面之中消失。

格拉西斯现在无比安逸，和明靠在一起，舒服地打起盹来，紫则观察着四周，静静地等着叶音竹。

叶音竹这一去就是整整两个小时，直到格拉西斯和明都睡着了，他才重新出现在仓库之中。

叶音竹虽然看上去有些疲倦，但眼中的兴奋无法隐藏。

紫看了叶音竹一眼，凭借两人之间的灵魂联系，他知道叶音竹刚才做了些什么。他抬手按在叶音竹的肩膀上，将自己的精神力输入叶音竹体内，这才令叶音竹舒服了一些。

叶音竹走到睡得正香的格拉西斯和明身边，在他们肩头上分别拍了一掌，道："吃也吃了，睡也睡了，该干活了。"

格拉西斯和明同时惊醒，格拉西斯哈哈一笑，爬起来道："没问题，吃饱了干什么都有力气，琴帝大人，您说吧，想让我们干什么？"

正在这时，外面突然传来无比惊恐的声音："走水啦，走水啦，快救火……"

一时间，整个后勤补给中心都忙乱起来，密集的脚步声响起，到处都是人喊马嘶，谁能想到防卫如此严密的仓库居然会突然发生火灾，而且起火点还不止一处。

如果格拉西斯他们在外面的话，就能看到，那些他们未"光临"过的仓库，至少有一半都冒起了火光。

叶音竹拿出生命储存宝石，一道粉红色光芒闪过，仓库内顿时充满了恐怖的气息，一个个硕大无比的身影出现在仓库之中。

它们那冰冷而嗜血的眼神，坚硬如铁丝的毛，粗壮无比的四肢，尖锐的百寸利爪，无不显示着它们的强大。

出现在仓库中的正是比蒙巨兽，算上紫，也才一百个比蒙巨兽，但这一百个比蒙巨兽会令所有人感到恐惧，因为比蒙巨兽是陆战无敌的强者，是兽人族王牌中的王牌。

叶音竹眼中闪过一道森冷的光芒，喊道："目标正东，随我冲出去，鸡犬不留！"

"嗷！"

比蒙巨兽仰天怒吼，只是一刹那，仓库顶棚就被撕成了碎片。勇猛的比蒙巨兽发起了冲锋。

一股股浓烟伴随着滔天的火焰弥漫在后勤补给中心，叶音竹刚刚离开的那两个小时中，没有一刻停下来，他先查看了一下其他仓库里面的东西，发现大约有一半仓库存储着粮草，剩余的则存储着铠甲、武器等军用物资。之前那两个小时里，他所做的就是将能够看上眼的军用物资装入自己的须弥神戒，通过传送魔法阵，分二十次将物资送到了东风城外，他甚至带走了几千匹角马，短时间的窒息并不能使角马死亡。至于金色怎么将东风城外的东西运走，就不是他要操心的了。

叶音竹没有直接将东西传送回琴城，而是选择东风城作为自己的中转站，也是经过深思熟虑的。琴城距离米兰帝国东部太远了，就算他现在的精神力相比以前已经提升了很多，也无法承受这种长距离的多次空间传送。

东风城在米兰帝国东部，叶音竹可以连续不断地进行这种短距离空间传送，也不会使自己虚脱。须弥神戒的空间毕竟是有限的，叶音竹足足用了二十次才将自己看上眼的东西全部运走。

他回来的时候之所以会显得有些疲倦，是因为在短时间内传送二十次物资消耗了他大量的精神力，等他做完这一切后，自然不会将剩余的物资留给佛罗王国人。他点火的地方，都是专门存放粮草的仓库，粮草的易燃性令火势迅速蔓延，就算佛罗王国在这里安排了很多人，想要扑灭这一场大火也不是一件容易的事情。

叶音竹本身不会控制火元素，幸好他身上有枯木龙吟琴和凤凰翎这两件可以调动火元素的神器。他可以弹动枯木龙吟琴的火弦，或者用斗气催动凤凰翎，释放出火属性攻击，轻松地点燃那些粮草。

叶音竹消耗了自己大量的精神力，在最短的时间内做好了这一切，使佛罗王国大军忙着救火而无心顾及其他。

当比蒙巨兽撕碎仓库，猛地冲出来之时，看到的是一片杂乱的景象，佛罗王国后勤士兵正想方设法地从外面的壕沟里调水来灭火，现在大火已经蔓延到整个营地，就算叶音竹他们不冲出来，那些后勤兵也救不了多少粮草。

吃饱后的格拉西斯似乎浑身都是力气，仓库变成了碎片，他再不会被限制了。

格拉西斯第一个冲了出去，口中发出一声令整个营地都震颤起来的怒吼。在战斗时，战争巨兽从来没有躲在别人后面的习惯。

在冲出去的同时，格拉西斯现出了本体，它那长达百米的巨大身躯，如同一座山一般出现在营地之中。

在格拉西斯现出本体的一瞬间，不知道有多少佛罗王国战士被压在了它的身下。以它的体重，那些佛罗王国战士自然没有活下来的机会。

所谓无城不破，说的就是战争巨兽。

当格拉西斯发起冲锋之后，再没有什么能阻挡它前进的脚步，佛罗王国战士出现在它面前只有一个结果，那就是在它脚下变成肉泥。

此时此刻，比蒙巨兽反而显得不那么重要了，它们跟随在格拉西斯身后，根本不用做什么，营地内的东西被格拉西斯撞到之后，都会变成碎片。

佛罗王国战士射来的箭矢落在格拉西斯和比蒙巨兽身上，连它们的皮肤都无法刺破。先有大火，后有庞然大物冲锋，慌乱之中，驻扎在这里的佛罗王国主力军根本没有集合的机会，他们只能眼看着大火和庞然大物毁了自己的营地。

格拉西斯只做了一次最简单的冲锋，就搅得后勤补给中心一片混乱。因为它的威猛，有些比蒙巨兽的利爪上甚至没有沾染一点鲜血，就连明和紫都没有发威的机会。

“好爽！”

格拉西斯怒吼一声，停下了脚步，在它背后，是一串深达米余的巨大脚印。

比蒙巨兽望着格拉西斯的背影，通红的双眼中多了些尊敬。像它们这样强大的族类，向来最崇拜强者，格拉西斯的强大给它们留下了极为深刻的印象。

“琴帝大人，再来一回怎么样？那些人根本无法阻挡我前进的步伐。好久没有这么爽快了，我还没有过瘾呢。”格拉西斯主动请战。

看着格拉西斯那庞大的身躯，叶音竹不禁在心中暗想：格拉西斯虽然吃得多了些，但它在战场上简直就是一个可以移动的战争堡垒，别说是眼前这个营地，恐怕兽人族的三大要塞也很难挡住它。

叶音竹一边想着，一边将目光落在那些陷入恐慌的佛罗王国战士身上。现在，那些战士如同无头苍蝇一样，叶音竹一行人已经从营地中冲了出来，那些战士都没有追击。毕竟，格拉西斯给人的感觉实在太过震撼了。

“佛罗王国人，当初你们背叛盟约，致使我死了那么多兄弟，从现在开始，我将百倍、千倍的还给你们。”

“格拉西斯，如果挡在你面前的是一座山，你会怎么做？”叶音竹突然问出了一个不相干的问题。

格拉西斯咧了咧嘴，道：“撞穿它就是了，就算是山，也别想阻止我冲锋。”

叶音竹点了点头，道：“那好，我不用你撞穿它，我要你将那边那座山丘朝着敌人营地的方向推倒。它只有两百米高，以你的力量，应该可以做到吧？”

“没问题，交给我了。”

格拉西斯兴奋地大吼一声，再次迈开了脚步，朝着佛罗王国营地旁的那座山丘冲了过去。

不等叶音竹再开口，明已经迈开步伐。

“吃了不少，我也该活动活动了，另一边就交给我好了。”明一边说着，一边现出了本体。现出本体的它像山一样，每走一步，都会使大地震颤几下。

叶音竹飘然而起，红灵化成的暗红色双翼在他背后张开，红光闪烁，凤凰翎出现在他手掌之中。

“比蒙巨兽，准备发起第二次冲锋！”

既然要破坏，就要让这些佛罗王国人知道什么是彻底的破坏。

其实，单靠比蒙巨兽，肯定不能把驻扎在这里的十几万人都干掉，主要是叶音竹的计划太巧妙了。

谁能想到仓库会突然起火?

谁能想到营地内会突然出现比蒙巨兽和战争巨兽?

没有人能想到这些。叶音竹趁着黑夜，用短短两个多小时，就使得佛罗王国的后勤部队陷入了一片恐慌之中。

格拉西斯很快就跑到了那座山丘下，看着眼前这座高达两百米的山丘，格拉西斯的嘴角动了一下，如果它现在是人形的话，露出的一定是不屑的表情。

它仰天怒吼一声，庞大的身体骤然前冲。

在将食物转化成能量这方面，没有生物能和战争巨兽相比。格拉西斯巨大的右前蹄骤然踏下，一声闷雷般的巨响传了出来。以它的右前蹄落下之处为中心，地面上骤然出现了无数条宽达三米的巨大裂痕，这些裂痕不断延伸，不一会儿就延伸到了山脚下。

格拉西斯再次踏前一步，这一次，它抬起了左前蹄，又是一声闷雷一般的巨响。

佛罗王国营地内，靠近山丘的这一边，有数千人因为这突然的震动而跌倒，谁也不知道发生了什么。

格拉西斯退后几步，在它看来，那山丘根本就不值一提。它低下头，带着一往无前的气势，直直地朝山丘撞去。它那巨大的独角之上亮起了乳白色光芒，乳白色光芒在它身前凝聚成了像盾牌一样的光幕。

“轰！”

战争巨兽至，山丘动，或者说是飞。那两百米高的山丘在格拉西斯的撞击下，竟然飞了起来，之后，重重地砸向了佛罗王国的营地。

另一边，明的动作比格拉西斯的动作温柔多了。它来到另一边的山丘前面之后，身体产生了奇异的变化，只见现出本体的它，整个身体都变成了和山丘一样的灰黑色，紧接着，它的身体就那么融入了山丘之中。

伴随着一阵隆隆巨响，山丘开始晃动起来，就像一个沉睡许久，要挣扎着起来的巨人一样。晃动越来越剧烈，当山丘与大地完全脱离之时，那高达五十米的庞大身躯悄然从山丘中脱离，一双有力的大手捉住了晃动的山丘，接着大手一摇，山丘倒了。

两座山丘是同时倒下的，可是，营地的占地面积太大了，两座山丘倒下后，还是不能完全将营地埋住。

两座山丘倒下给佛罗王国战士带去了巨大的恐慌，从大火蔓延到山丘倒下，前后不过一刻钟时间。一切发生得太快了，此时此刻，佛罗王国战士再没有任何救火的可能。

神兽发威，山岳倾倒。

别说那些从没上过战场的普通后勤兵，就连主力军看到这一切后也彻底傻眼了。他们的坐骑早在格拉西斯发动冲锋的时候，就被吓得瘫倒在地了。

“冲！”

叶音竹手拿凤凰翎，指着前方营地，下达了冲锋的命令。

除了紫以外，其他比蒙巨兽都在三个黄金比蒙的率领下，朝佛罗王国的营地发起了冲锋。

现出本体的比蒙巨兽，仅凭几次跳跃，就进入了营地之中。

比蒙巨兽所过之处，无一人活着逃出去。

叶音竹收拢双翼，飘然落地，站在紫身边，静静地看着营地中的浓烟以及没入营地之中的比蒙巨兽，脸色一片冰冷。

紫看着叶音竹，眉头略微皱了一下，提醒道："音竹，不可恋战。"

叶音竹点了点头，道："我知道。紫，麻烦你了。"

紫淡然一笑，道："我们兄弟之间还用得着说这些吗？"

说完，紫光闪过，紫的身影在叶音竹面前逐渐消失。

比蒙巨兽进入战斗状态后，很难控制自己，只有紫晶比蒙才能真正地指挥这支无敌之师。

比蒙巨兽再次冲入营地之后，佛罗王国战士终于反应过来，虽然在这段时间内，他们有很多人死在大火和战争巨兽的践踏之下，但五万主力军还剩下不少人。

能被派遣到这里守护粮草的将领绝对不会是酒囊饭袋，反应过来之后，那些主力军在将领的带领下快速朝叶音竹一行人冲了过来，正好迎上了再次冲锋的比蒙巨兽。

黄金比蒙狄斯冲在最前面，突然看到敌人的主力军，狄斯不惊反喜，对它来说，遇到稍微有点实力的对手，动起手来反而更爽快。

"站住！带队的是哪位比蒙统帅？你们不是已经和我们达成协议了吗？怎么能攻击我方营地？"为首的一名将领愤怒地大吼。

狄斯嘿嘿一笑，道："大爷才不管你们的协议，不让我们吃饱，我们就来抢。伙计们，给我杀，好久没有这么过瘾了。"

它这话自然不是临时想出来的，早在行动前，叶音竹就告诉了狄斯、帕金斯和奥利佛，遇到佛罗王国的将领之后要怎么说。

顿时，比蒙巨兽化为一道巨大的洪流，又一次冲向敌方的大军。

在战场上，一百个比蒙巨兽的战斗力相当于一个重装骑兵军团的战斗力。眼前这些佛罗王国战士，以步兵为主。他们不可能挡住比蒙巨兽前进的步伐，更何况眼前这些佛罗王国战士的信心早已被击垮。

三个黄金比蒙和十余个白银比蒙在瞬间爆发的战斗力只能用“恐怖”来形容，佛罗王国的龙骑兵和特殊兵种都在前线，现在没有人能挡住比蒙巨兽。

疯狂的战意升起，只是一眨眼的工夫，比蒙巨兽就冲入了敌军之中。

佛罗王国的将领也算聪明，知道和比蒙巨兽正面对抗是不理智的行为，所以，他第一时间指挥自己的属下散开，将地方让给比蒙巨兽，希望能以包围的方式，慢慢消耗比蒙巨兽的体力。此时，他们已经没有时间思考比蒙巨兽为什么会攻击自己了。

第一百七十三章

战争巨兽，无城不破

正在这时，推倒山丘的格拉西斯回来了。如果被数万主力军缠上，这些比蒙巨兽确实不好脱身，可是现在周围全是大火，佛罗王国战士根本没办法把战阵的威力发挥出来。

库尔德在亲兵的护卫下，看看格拉西斯那无比庞大的身躯，再看看那已经冲天而起的浓浓黑烟，自言自语地道："完了，一切都完了，原本以为这是一个没什么难度的任务，没想到兽人竟然会偷袭我们。难道，这就是佛罗王国的报应吗？我们背叛了米兰帝国，兽人又背叛了我们。"

作为佛罗王国元帅库斯勒的亲侄子、军中最年轻的将军，库尔德本该前途无量，没想到遇到了这档子事。

库斯勒特意将这个相对轻松，又非常重要的任务交给自己的侄子，一是怕后勤补给中心有闪失，二是想让侄子好好表现，为以后铺路。眼前发生的这一切，是库斯勒怎么都想不到的。

仓库开始燃烧的时候，佛罗王国战士刚刚吃完晚饭，正处于最懒散的时候，根本没几个人穿戴整齐，拿着武器。

依照目前混乱的情况来看，就算库尔德的指挥能力比马尔蒂尼还强，也无法在短时间内召集大军，力挽狂澜。

只听轰隆一声巨响，一道闪电劈了下来，将地上轰出一个大坑，正好挡住了比蒙巨兽前进的道路。

见此情景，库尔德愣了一下，心中暗想：难道是上天在帮助我吗？如果是这样的话，那么，我还有机会。

但是，很快他就意识到不是那么回事。

看到那道闪电，越来越疯狂的比蒙巨兽稍微清醒了一些，它们回过头，注视着格拉西斯。

紫傲立于格拉西斯背上，口中发出一种比蒙巨兽特有的声音，那低沉的声音以一种特殊的频率影响着每一个比蒙巨兽的大脑，使它们从疯狂状态中清醒过来。

此时，格拉西斯转过身来，在踩死了不知道多少佛罗王国战士之后，朝着东方冲去。有它做前锋，比蒙巨兽自然轻松了许多，它们跟在格拉西斯身后，没一会儿，就从佛罗王国大军的战阵中杀了出去。

眼看比蒙巨兽杀出营地，朝东方奔去，库尔德只觉得大脑一片空白，他很清楚营地被毁的后果，别说他只是元帅的侄子，就算他是佛罗王国国王的儿子，也担不起这么大的责任。

“追！给我追！把这些兽人给我干掉！不干掉这些兽人，你们一个也别想活！”

库尔德歇斯底里地咆哮着，提起自己的重剑第一个冲了出去。

五万主力军在承受了战争巨兽和比蒙巨兽的几次冲锋之后，死伤人数竟然有四千多。这一数字再次说明了战争巨兽和比蒙巨兽恐怖的杀伤力。

不得不说，库尔德是一名非常优秀的将领，虽然他以前一直在后方主持大局，但他从未放松过对军队的训练，他下达命令后，有两万名战士立刻反应过来，跟随他一起朝着比蒙巨兽离开的方向追去。其中一部分人从周围调集来未受格拉西斯气息影响的坐骑，勉强组成了一支骑兵。

比蒙巨兽撤退得很快，一会儿的工夫，就跑出了老远，库尔德只能眼睁睁地看着比蒙巨兽距离自己越来越远。就算他用鞭子将自己的角马抽死，也无法拉近与比蒙巨兽之间的距离。

不，不能让比蒙巨兽离开，否则自己如何交代？救火已经不可能了，要知道，这个后勤补给中心的辎重，相当于佛罗王国半年的税收，足以支持五十万大军战斗三个月，现在这些东西就这么没了，他有十个脑袋也不够砍。

远远地，库尔德看到比蒙巨兽没入了一片树林之中，这一下，他觉得自己有希望了。他曾带领士兵与比蒙巨兽战斗，很清楚比蒙巨兽的缺点。比蒙巨兽虽然弹跳能力很出色，奔跑的速度也快，但它们的身体过于庞大，在这种树林之中行动受限，往往还不如人类骑兵的速度快。

想到这一点，库尔德不禁精神大振，赶忙命令自己的属下加速追去。他距离那片树林越来越近了。

就在这时，一阵低沉的兽吼声突然响起，库尔德隐约看到眼前的树林中亮起了一片黄光，没等看清是什么发出的黄光，他就感觉到了危险。

库尔德反应很快，立刻挥起手中的重剑，带起一道青色斗气，“当”的一声，他只觉得全身一震，一股大力从手上传来，险些将他手中的重剑震开。

此时，库尔德才看清攻击自己的是一根沉重的长矛。长矛大约两米长，两端都装有枪头。一种特殊的力量从长矛上传来，库尔德感觉自己变迟钝了，身体一颤，人就被坐骑甩了下来。

虽然库尔德挡住了一根长矛，但不代表他的角马也能挡住长矛，另一根长矛刺穿了他的角马，甚至将角马直接钉在了地上。

被长矛攻击的还有那些跟随他的佛罗王国战士。冲在最前面的，超过三百名战士和他们的角马都被长矛刺中了身体。不仅如此，后面的战士因为来不及减速，和前面已经死去的战士和角马撞击在一起，一时间人仰马翻。

一看到攻击力如此强的长矛，库尔德就想到了来自所罗门要塞的熊人，虽然人类中也有掷矛手，但是，人类的掷矛手怎么可能拥有这么强的力量？要知道，他们现在距离那片树林还有四百米，以人类的臂力，根本无法将长矛掷出这么远。

没给库尔德思考的时间，又有许多长矛从他眼前掠过，数百名佛罗王国战士被击中，倒了下去。伴随着阵阵低沉的咆哮声，库尔德看到了树林中的兽人。

没错，就是熊人。

上百个巨大的熊人正从树林中缓缓走出来，长矛正是从它们身后飞出来的，此时，这片树林在库尔德眼中变得十分恐怖。

被军法处置总比立刻死在战场上好一些，至少自己可以将兽人背叛佛罗王国的消息带给叔叔。由于佛罗王国正在攻打米兰帝国，在战神要塞的防御就变得很薄弱，如果兽人利用这个机会攻击佛罗王国，结果简直不敢想象。自己就算死，也要先提醒叔叔。

想到这里，库尔德再也顾不上追击比蒙巨兽，怒吼着下达了撤退的命令。

长矛不断从树林中飞出来，佛罗王国战士在丢下了超过一千五百具尸体后，终于逃出了长矛的攻击范围。

即使距离营地如此之远，营地中的浓烟依旧清晰可见，任谁看到这一幕也知道，佛罗王国的后勤补给没了，那可是五十万大军三个月的补给啊！

当库尔德带领战士消失在远方后，躲在树林中的人才走出来，熊人的数量很少，只有两百个，它们身后是五百个手持长矛的树妖德鲁伊，树妖德鲁伊的身上还笼罩着一圈淡淡的黄光。这些黄光并不是树妖德鲁伊身上发出来的，而是它们身边的熊人发出来的，当然，出现在这片树林中的并不是真正的熊人，而是变身为巨熊战士的利爪德鲁伊。

德鲁伊们配合得天衣无缝。通过利爪德鲁伊的天赋魔法——咆哮，树妖德鲁伊的力量被提升了百分之三十，因此，实力达到青级的库尔德才无法挡住它们扔出的长矛。

叶音竹一行人也跟在德鲁伊后面走了出来，在他身边，站着琴城各族战士的首领。

这次带领东龙帝国战士前来助阵的兰清忍不住问道：“音竹，为什么我们不把他们全部歼灭？剩下的追兵不过一万多人，而且气势已衰，如果我们尽全力的话，他们应当逃不出去。”

闻言，叶音竹微微一笑，并没有开口，站在他身边的奥利维拉替他回答了这个问题：“因为我们这次的目的并不是要和对手硬拼。经过猛禽德鲁伊的探察，我们得知这里有十五万佛罗王国战士，虽然大部分都是负责后勤补给的士兵，但还是有一些战斗力的。这次我们已经给佛罗王国人造成了巨大的损失，掐断了他们的后勤补给，就相当于挽救了东部战线。过早的暴露对我们之后的行动没什么好处。更为重要的是，佛罗王国人会以为是三大部落的兽人攻击了他们。如果您是佛罗王国的统帅，您会怎么想？”

兰清先是愣了一下，然后很快反应过来，问道：“你是说，我们要让佛罗王国人误以为是兽人突袭了他们的后勤补给中心吗？”

叶音竹接口道：“是的，现在是冬季，是兽人族最缺粮食的时候。每年的这个时候，兽人族都会攻打与极北荒原接壤的三个人类国家，佛罗王国就是其中之一。这次不知道蓝迪亚斯帝国用了什么方法，使得兽人承诺在这期间不攻打佛罗王国。

“多年以来，佛罗王国和兽人都是敌对关系。兽人突然出现，还抢了他们的装备，烧了他们的粮草，这样的消息传出去之后，必然会引起佛罗王国前线大军的恐慌。在这种情况下，就算佛罗王国高层对攻打米兰帝国很有信心，也不得不从前线调回一部分精锐，保卫佛罗王国北线。

“同时，这次我们毁了佛罗王国后勤补给中心的辎重，相信佛罗王国大军的补给会出现严重问题，补给出现问题，军心就会不稳，毕竟谁都不想饿着肚子打仗。到时候，米兰帝国的二十万大军应该能有喘息的机会。”

听完叶音竹的话，梅宗宗主梅如剑微微一笑，道：“好一个围魏救赵。不与佛罗王国大军正面作战，甚至不用上战场，就能逼退佛罗王国大军，音竹，真是好计谋。”

叶音竹和奥利维拉相视一笑，道：“一开始我也只想到烧掉他们的粮草，和奥利维拉大哥商议之后，才想出这样一个一石二鸟的计策。这一次，佛罗王国不可能全力攻击米兰帝国了。我们也算是履行了与米兰帝国之间的契约。”

其实，最令叶音竹开心的，还是那些从后勤补给中心运走的物资。虽然那些铠甲、武器无法和矮人族铸造大师的杰作相比，但贵在数量多，足够装备琴城的好几个军团了。

“好了，我们也该出发了。这只是我们送给佛罗王国的第一份礼物，当然，这还远远不够，以后还有更多礼物等着他们。”

琴城混编军团，在后世被称为“佛罗噩梦”，是扭转这场战争的关键。现在，他们悄然没入树林之中。除了他们自己以外，没有任何一方知道他们真正的动向。

佛罗王国前线，当元帅库斯勒得到消息的时候，已经是两天后了。

中军大帐，库斯勒站在帐中，看着面前满身泥土，铠甲多处破损，一脸血污的侄子，浑身都颤抖起来。

帐内两旁，佛罗王国各路将领都噤若寒蝉地站在哪里，神色凝重。

“你说什么？你再说一遍！”

库斯勒不仅身体在颤抖，就连心也在颤抖。

“元帅大人，我们的后勤补给中心完了，除了被抢走的辎重，其他辎重付之一炬，没有剩下的。”

库尔德算是豁出去了，他知道自己犯下这么大的错，不可能活下去了，索性一边说着，一边从地上爬了起来。

“你说辎重没了？依山而建的后勤补给中心，五万主力军和十万后勤兵守护的辎重就这么没了？”库斯勒的声音骤然提高，“那你怎么还活着？你怎么没有和辎重一起被烧掉？”他大吼着说出最后一句话。

库尔德苦笑一声，道：“因为我必须将消息带给您。我知道自己犯下了滔天大罪，不该继续活下去，可是我必须将消息带给您。”

“消息个屁！库尔德，你个浑蛋，那可是五十万大军的粮草啊！我不想听你解释，来人，把库尔德给我拉下去处死。”

两个亲兵立刻上前来抓住了库尔德。

“元帅大人，请您听我说完。”库尔德用力挣脱，重新跪倒在地。

库斯勒大怒，道：“怎么？你还敢反抗吗？”

库尔德摇了摇头，道：“不，我不是反抗。元帅大人，或许这是我一生中最后对您说的话了，请您务必听完，这关系到佛罗王国的未来啊！您也说了，在我们的后勤补给中心，一共有十五万大军，十五万大军都没能守住辎重，这是为什么？难道您不想知道是什么样的敌人来到我们后方，将我们的辎重毁掉的吗？”

库斯勒一生无子，库尔德是他唯一的侄子，他一直对库尔德寄予厚望，甚至把库尔德当成了亲生儿子。他在佛罗王国也算是鼎鼎有名的人物，听库尔德这么一说，他的情绪终于稳定了一些。

“好，你说，究竟是什么样的敌人毁了我们的辎重？”库斯勒强压怒火，走到自己的椅子边坐了下来。

库尔德深吸一口气，道：“两天前的晚上，我们的士兵刚刚吃过晚饭，没有任何预兆，连四个方向上的瞭望塔都没有传来任何消息，营地内的仓库突然起了火。

“遇到这种情况，一时间，营地内变得一片混乱。正当我指挥属下寻找起火点并且救火的时候，突然，一个仓库被撕碎了，一群敌人杀了出来，大约一百人。”

库斯勒怒极反笑，问道：“一百人？你不会要告诉我，就是这一百人将我们的后勤补给中心给毁了吧？”

库尔德点了点头，眼中流露出几分恐惧。

“是的，元帅大人，就是这一百人给我们带来了毁灭性的打击。这一百人是号称陆战无敌的比蒙巨兽。”

“什么？”

这一次，站在两旁的众多将领也惊呼出声。能够上前线攻打米兰帝国的将领都是佛罗王国的精锐，他们与兽人战斗过，自然知道比蒙巨兽有多恐怖。他们都很痛恨比蒙巨兽。

“不，这不可能。我们已经与战神要塞达成了合作协议，不久后，我们的人还会给兽人送物资过去。兽人怎么可能在这个时候攻击我们的后勤补给中心？这绝对不可能。”

库尔德激动地道：“元帅大人，这是事实啊！除了比蒙巨兽，还有什么人能够在我军中来去自如？我也不知道这些比蒙巨兽从何而来，我又何尝不知道我们与战神要塞达成了合作协议？可是，真的是它们毁了我们的辎重，杀了我们的人。带头的，正是三个黄金比蒙。元帅大人，难道您忘记了吗？当初与战神要塞的兽人战斗时，还是您指着对方的大军告诉我比蒙巨兽长什么样子的，我又怎么可能认错呢？更何况，比蒙巨兽的战斗力是其他族类无法比拟。”

震惊过后，库斯勒反而冷静了许多，沉声道：“你继续说下去。那时你手中有十几万大军，就算有一百个比蒙巨兽，你也应该有一战之力。”

库尔德道：“是的，按照人数来说，虽然比蒙巨兽很强，但它们毕竟数量少，我们的十几万大军应该能够将它们歼灭。

“可是，还有一个强大的魔兽带领着比蒙巨兽，我从未见过那样的魔兽，我可以肯定，连黄金比蒙也无法与它相比。那个魔兽身长百米，近四十米高，宽阔的身体如同小山一般，头顶有一根独角。依我看，就算是比蒙巨兽也不可能抵挡得住它的冲锋。在它的冲锋下，我军将士变得更加慌乱，根本无法阻挡比蒙巨兽。”

“比黄金比蒙还要强大的魔兽？”

库斯勒愣了一下，他本身就是一名龙骑将，而且是佛罗王国唯一一名紫星龙骑将，实力强大，见过很多魔兽，可他好像没见过那样的魔兽。黄金比蒙可是能和九阶巨龙相比的顶级魔兽，比它们还要强大，会是什么样的魔兽？

“库尔德，你确定自己没有看错吗？”库斯勒追问道。

“我确定。如果没有这个魔兽，我们的损失也不会那么大。元帅大人，我觉得那个魔兽看上去有些眼熟，似乎在什么地方见过它的画像，但又想不起来到底在哪儿见过。它实在太恐怖了，就连我们营地旁的山丘都被它推倒了，砸死了我们不少战士。”

连山丘都可以推倒的魔兽？

库斯勒倒吸一口凉气，他很清楚库尔德的实力，一直以来，他都希望库尔德能做自己的接班人。库尔德今年三十五岁，在同龄的将领中，没有人比库尔德更优秀。不然，他也不会将镇守营地这么重要的任务交给库尔德。是啊，库尔德要不是遇到了不可抵御的力量，又怎么会变得如此狼狈？库尔德不可能不知道后勤补给中心的重要性。

想到这里，库斯勒沉声问道：“那后来呢？那些比蒙巨兽就这么跑了？你没有带人追击？”

库尔德道：“没有。因为我知道，我们的辎重更加重要，所以立刻带人救火，希望能够从大火中抢回来一些东西。”

库斯勒点了点头，道：“你做得对，如果是这样的话，应该还剩下一些辎重。”

库尔德苦笑道："可是，没想到那些比蒙巨兽冲出营地后又杀了回来，那个魔兽就在这个时候推倒了山丘，不知道它是怎么做到的，我们两旁的山丘竟然同时倒下了。

"您想象一下，在那种情况下，我们的战士会有多恐慌。这一次，我知道，我们再也没有救火的机会了，于是，我立刻决定，带领战士拿下那些比蒙巨兽。可是，情况不像我想象的那么简单。

"比蒙巨兽的战斗力实在太强了，我们的战士在惊慌之中无法发挥出全部的战斗力，当那个巨大的魔兽重新冲入营地之后，进入狂化状态的比蒙巨兽竟然在一种特殊的声音的影响下清醒过来，和那个巨大的魔兽一起冲出营地，朝东方而去。

"我带兵追击的时候，在半路上遇到了熊人的掷矛手，战士们躲闪不及，损失惨重，由于不知道前面的树林中究竟隐藏了多少兽人，我只能带着战士们撤退。"

听了库尔德的话，库斯勒仿佛看到了当时的情景一般。如果自己是库尔德的话，不一定会比库尔德做得更好，想到这里，他对自己这个侄子的怒气顿时少了几分。

库尔德继续道："我回到营地之后，好不容易才带人将大火扑灭，那个时候，营地就只剩下一片废墟了。粮草一点都不剩，铠甲、武器也消失了，一点都没有留下。直到现在，我也没想清楚究竟是怎么回事。"

库斯勒沉默了，帐内的其他将领也陷入了沉默之中，如果库尔德说的是真的，那么，这一切对于佛罗王国来说简直太可怕了。

兽人抢劫了佛罗王国西部的后勤补给中心。也就是说，战神部落的兽人趁佛罗王国攻打米兰帝国，内部无人防守之时，向佛罗王国发动了战争。这次，它们竟然派出了那么多比蒙巨兽，可见它们的准备有多充分。

库尔德眼神坚定地看着库斯勒，道："元帅大人，我死不足惜，只是想请您早做决断。这个时候，如果我们后院起火，将士们怎么可能安心在前线作战？就怕到时候得不偿失。请您早日和国内联系，尽快做出判断。”

库斯勒深吸一口气，他知道这次麻烦大了，于是眯起眼睛，低下头，低低地念了几句咒语。一个青色的六芒星出现在帐中，六芒星中还站着一名中年人。

“老伙计，找我什么事？你似乎没在战斗。”

中年人青发青衣，浑身散发出一种恐怖的气息，那是属于巨龙的气息，而且是九阶巨龙的气息。

眼前出现的这个中年人，正是库尔德的魔兽伙伴，风系九阶巨龙，也是绿龙城的长老——赫尔曼。

“老朋友，我们恐怕遇到麻烦了。库尔德，你把那个特殊魔兽的样子跟赫尔曼再描述一次。”

于是库尔德又把刚刚的话对赫尔曼说了一遍。

听了库尔德的话，风龙赫尔曼陷入了沉思之中，突然，他睁大了眼睛，似乎想到了什么：“难道是它？如果真是它的话，库斯勒，我可以肯定，你侄子遇到的兽人来自战神部落。”

这是库斯勒最怕的结果，他赶忙追问道：“为什么？”

赫尔曼脸色凝重地道：“库斯勒，我问你，战神部落的图腾是什么样子的？”

此言一出，一旁的库尔德第一个反应过来，道：“没错，赫尔曼前辈说得对。我想起来了，那个魔兽的样子和战神部落的图腾一模一样。”

在场的很多将领其实并不知道战神部落的图腾代表着什么，毕竟，那个图腾对于战神部落的兽人来说，只是一种信仰，图腾上的生物已经太久没出现过了。

库斯勒作为元帅，自然知道那个图腾代表着什么。

“难道，难道那个魔兽是只在故事中出现过的，兽人族四大神兽之一，排名第二的战争巨兽？”

库斯勒说出“战争巨兽”这四个字的时候，全场顿时一片哗然，每个人的眼中都露出了几分恐惧。

战争巨兽是什么样的存在？

和兽人打了这么多年交道，他们多多少少听过战争巨兽。

战神部落的兽人每次发动冲锋的时候，都喜欢高喊“战神万岁，无城不破”。“无城不破”并不代表战神部落的兽人无城不破，而是它们信奉的图腾拥有强大的力量，可以做到无城不破。

传闻，就连神圣巨龙也无法破掉战争巨兽的防御。战争巨兽正面冲锋的时候，可以摧毁挡在它面前的一切。

战争巨兽带领的比蒙巨兽军团会拥有多强的战斗力？

库斯勒看了一眼赫尔曼，发现赫尔曼也用同样的眼神看着他。作为元帅，库斯勒当机立断，做出了一个决定。

“库尔德，如果你遇到的真是传说中的十阶神兽，那么，这次失败情有可原。你在短时间内将消息送到我这里，也算有功，但是功不抵过，在陛下没有做出决定之前，我先留你一命。”

库尔德没想到自己居然能够活下来，他知道，这并不是因为叔叔护短，而是因为自己带回来的消息太重要，于是赶忙恭敬地答应一声，退到一旁。

库斯勒沉声道：“传我命令，左前锋、右前锋两军回归。中军后退一百里，在我回来之前，任何人不许轻举妄动。所有人随时做好快速行军的准备。”

众将齐声喝道：“是，元帅大人。”

库斯勒转头看向赫尔曼，道：“魔法传信无法让国内的人知道具体情况，老朋友，要麻烦你和我走一趟了，我们需要马上回去一趟。”

赫尔曼点了点头，道：“战争巨兽的出现无疑是一个重大的变数。我们现在就走，我想，我最快能让你在两天内赶回佛罗萨城。”

“音竹，好消息。”奥利维拉兴奋地道。

叶音竹微微一笑，道：“是不是佛罗王国大军暂停攻击米兰帝国大军了？”

奥利维拉向叶音竹伸出大拇指，赞叹道：“没错，佛罗王国大军暂时后撤，米兰帝国大军的压力小了很多。看来，我们的选择是正确的。”

叶音竹眼中闪过一道寒光，道：“现在还不是高兴的时候，虽然佛罗王国大军暂时后退，但他们最后还是会继续打下去。一旦米兰帝国打败了蓝迪亚斯帝国，米兰帝国就会马上报复佛罗王国。在这场战争中，佛罗王国完全赌上了自己的命运，他们绝对不会因为粮草被烧就轻易撤退。我们所做的事情，只能暂时拖慢他们的步伐，同时引起佛罗王国对战神部落的猜忌。”

闻言，奥利维拉脸上的笑容渐渐消失了。

“没错，我们这次虽然毁了五十万大军三个月的粮草，但还不至于动摇佛罗王国的根本，龙崎努斯大陆平静了这么多年，不论哪个国家都有不少的存粮。我想，不久后，就会有一批粮草运来。为了尽快打败米兰帝国，佛罗王国必然会用尽全力。音竹，下一步我们该怎么办？”

叶音竹微笑道：“奥利维拉大哥，你忘了我们的优势吗？”

叶音竹一边说着，一边抬头向空中看去。

今天的天气格外好，碧蓝的天空一望无际，虽然依旧寒冷，但明媚的阳光给琴城大军带来了几分暖意。

奥利维拉心中一动，接着问道：“你是说空中？”

第一百七十四章
空中情报封锁线

叶音竹道："如果我没记错，你以前对我说过，空军是最难组建的军队，因为各方面的要求很高。就像米兰帝国，那么多年才训练出一支鹰隼龙部队，结果毁在了我手中。"

奥利维拉苦笑道："你还说呢，爷爷一直没放下那件事，到现在还在心痛。那是最宝贵的龙骑兵，也是我们米兰帝国的王牌军队，结果却被你的一首《龙翔操》毁掉了。"

叶音竹问道："佛罗王国有没有这样的空军？"

奥利维拉摇了摇头，道："没有，肯定没有。佛罗王国虽然拥有几条巨龙，但绝对不可能拥有空军。在龙崎努斯大陆上，除了米兰帝国，只有蓝迪亚斯帝国有培养空军的能力。"

叶音竹淡然一笑，双眼微微眯了起来。

"那就好办了，我们就给佛罗王国大军弄一条空中情报封锁线。他们不是要粮草吗？他们运一次，我们就拦截一次。我们不过几千人，机动性很强，在情报够新、够快的情况下，我们就可以断了佛罗王国的这条补给线。"

奥利维拉眼中精光一闪，道："好主意。这样一来，佛罗王国大军想要得到补给，就必须派人回去，随后勤部队保护他们的粮草才行。可就算这样，他们也未必承受得了格拉西斯的冲锋。不过……”

叶音竹道：“不过什么？奥利维拉大哥，在军事方面你比我内行得多，有什么问题你就直接提出来，我们一起商讨。”

奥利维拉微笑着摇了摇头，道：“我只是上的军事课比你多，在具体调配方面比你强一些，但是，在把控大局方面，我不如你。如果我没猜错，恐怕整个佛罗王国的地图已经深深地印在了你的脑海之中，你甚至记下了我们与佛罗王国的兵力分配。”

叶音竹微笑道：“说起来，这还要感谢苏拉。以前苏拉就对我说，两军交战，情报是重中之重。建立了完整的情报网，就能完全掌握敌军的动向。大哥，你究竟在担心什么？”

奥利维拉沉声道：“我是担心佛罗王国大军会狗急跳墙。”

“哦？”叶音竹眼中流露出一丝诧异，但很快就恢复了正常，“你是说，佛罗王国大军会破釜沉舟，孤注一掷地向米兰帝国发动攻击，跑过来抢夺米兰帝国的粮草和装备，以达到以战养战的目的？”

奥利维拉点了点头，道：“他们要是被逼入绝境的话，一定会这么做。如果佛罗王国的统帅够聪明，他就能想到让大军后退会贻误战机，给我方喘息的机会，反应过来之后，他就会选择发起攻击。虽然米兰帝国东部地区不像普利亚平原那样富饶，但大军驻扎之处，粮草也不会少。”

叶音竹眉头微皱，他确实没想到这个问题，低下头，大脑飞速运转起来。

“奥利维拉大哥，按照现在的情况，佛罗王国大军的粮草还能坚持几天？”

奥利维拉想了想，道：“五十万大军的粮草消耗是个天文数字，按照常理来推断，佛罗王国大军携带的粮草最多还能让他们坚持五天。时间再长，他们就只能杀坐骑，吃坐骑的肉了。那样他们大概还能再坚持三天，加起来就是八天。”

叶音竹点了点头，道：“也就是说，八天之后，佛罗王国大军就要饿肚子了。”

奥利维拉道：“那是在理想状态下，按照目前的情况来看，只要他们国内的补给调配得够快，六天之内，第一批物资肯定能送到佛罗王国大军手中，再快一点的话，五天也差不多了。”

叶音竹想了想，道：“米兰帝国东方军团现在情况如何？如果佛罗王国大军破釜沉舟，发动攻击的话，首先会向什么地方下手？”

奥利维拉毫不犹豫地道：“东方军团在前几场战斗中损失惨重，减员两成以上，现在实际战斗力最多还有十五万人。剩下那些战士，很少参加战斗，不论是战斗经验还是战斗力，都比佛罗王国大军差一些。现在这十五万大军，分别守在东方边境的三座城市之中，以斯福尔特城为中心，形成了一道防线。佛罗王国大军要想抢到粮草，就必须打破这道防线。”

叶音竹快速取出羊皮地图，蹲在地上，将地图摊开。奥利维拉伸手在地图上指了指，将他所说的三座城市的位置以及现在佛罗王国大军和琴城混编军团所在的位置都指给了叶音竹。

叶音竹用手指着斯福尔特城后方的大片空地处，问道：“这边是什么地形？”

奥利维拉道：“这边是丘陵地带，大约绵延数百里。米兰帝国东部不像西北部那样繁荣，主要的经济来源就是这几座城市。而且，这些丘陵中还有大片的原始森林，现在是冬季，原始森林中并没有什么可以食用的果实。

“过了丘陵，就到我们米兰帝国的内部了。要想穿过这片丘陵，见到繁华的城市，最少要走半个月。”

叶音竹用手快速地点在地图上的几个地方，问道：“也就是说，米兰帝国比较发达的地区是南方、西南方和西北方，东方相对而言比较落后，对不对？”

奥利维拉点了下头，道：“没错。”

叶音竹的黑眸亮了起来，他道：“奥利维拉大哥，如果你是佛罗王国的统帅，你会怎样发动攻击？”

奥利维拉沉吟了一下后，指着地图道：“我会派遣大军，围住以斯福尔特城为中心的三座城市，倾尽全力，攻打其中一座城市。我会不计一切代价地攻城，破城之后，从城中拿到补给，再破其他两城并非难事。

“届时，再派遣一支军队回国调配补给，甚至用这支军队将米兰帝国东方军团剿灭，就不再有后顾之忧了，剩余的大军可以像一柄尖刀，直接刺进米兰帝国后方。”

叶音竹微笑颔首，道：“那如果我把防线打开，放你过去呢？你肯不肯直接进入米兰帝国境内？”

奥利维拉愣了一下，不解地问道：“音竹，你这是什么意思？”

叶音竹道：“我只是问你，如果我打开一个缺口，让你的大军过去，你肯不肯？”

奥利维拉摇了摇头，道：“我绝对不会过去。第一，我不知道这是不是你的圈套；第二，我根本不可能直接过去，现实情况不允许我这么做。五十万大军需要的粮草太多了，以佛罗王国大军现在的情况，赶到斯福尔特城那边至少要三天，就算不战斗，他们穿过丘陵也要十几天，他们的粮草根本支撑不了那么长时间。那段时间内，如果他们以坐骑为口粮，前进的速度就会降低。这样一来，我们甚至不用动手，等他们到达米兰帝国内部城市的时候，他们就没多少战斗力了。

“不管从哪个角度来看，这么做都没有任何好处，所以我绝对不会过去。我相信佛罗王国的统帅也不会过去。进入米兰帝国的首要前提就是要有补给，另外，如果我是佛罗王国的统帅，在双方兵力如此悬殊的情况下，一定会先将东方军团歼灭，然后才继续前进，以免除自己的后顾之忧。”

闻言，叶音竹拍了拍手，道：“奥利维拉大哥，我有个想法，如果可以实现的话，就算不能扭转整个战局，也能让佛罗王国大军吃个大亏……”

说到这里，叶音竹的声音越来越低，最后他干脆直接传音给奥利维拉。

听着叶音竹的话，奥利维拉越来越惊讶，最后他喝道：“不！这怎么行？音竹，这太危险了，绝对不行！”

叶音竹淡然一笑，道：“我遇到的危险还少吗？难道你觉得佛罗王国大军比米兰帝国北方军团还强吗？当初，琴城军民加起来才两万余人，就挡住了你们，这次我拥有东方军团的十多万人，还不能挡住佛罗王国大军吗？而且，你不要忘了，我还向妮娜奶奶要了十万后勤补给大军。现在我需要的，是东方军团绝对的指挥权。”

奥利维拉站了起来，来回踱步，脸色阴晴不定。其实他知道，叶音竹刚刚说的是最好的办法。但是，他下不了决心让叶音竹……

“音竹，还是我去吧。只要我还有一口气在，就绝对不会让佛罗王国大军越雷池一步。”

叶音竹摇了摇头，道：“不，奥利维拉大哥，不是我信不过你，而是你现在还不够强。你放心，如果情况不妙，我会毫不犹豫地撤走，不会硬拼的。没有人比我更适合前往斯福尔特城了。别忘了，我还有这个。”

说着，他手中出现了一枚闪耀着红色光芒的徽章。

奥利维拉还要再说什么，却被叶音竹用眼神制止了。

“来人，请各族首领前来议事。”

不一会儿，此次出战的各族首领就站在了叶音竹面前。苏拉则静静地站在叶音竹身后，正像他自己说的那样，他就是叶音竹的贴身护卫。

刚打了一场胜仗，大家的心情都很不错，神色轻松。

叶音竹道：“叫大家来，是想跟大家说一件事情。我已经跟奥利维拉大哥商量好了接下来要怎么做。我会离开一段时间，我不在的这段时间内，琴城的人统一听从奥利维拉调遣，任何人不得违背他的命令。”

格拉西斯瞪大眼睛看着叶音竹，问道：“琴帝大人，您要去什么地方？要是还去粮仓的话，可别忘了我，我好久没有吃这么饱了，嘿嘿。”

叶音竹微笑道：“想吃饱很容易，几天后你就有个机会。只是我要强调一点，格拉西斯，想要吃饱，在我离开之后，你一定要听奥利维拉大哥的命令。”

在叶音竹的计划中，格拉西斯是很重要的一部分，绝对不能出错。

格拉西斯先看了奥利维拉一眼，眼神多少有些不屑，最后还是点了点头，道：“好吧，琴帝大人，我听您的，您说怎么样就怎么样，但一定要让我吃饱。”

叶音竹不再理他，继续下达命令：“从现在开始，猛禽德鲁伊和角鹰德鲁伊分散开，守在佛罗王国边境，我要求你们，始终与佛罗王国大军保持一段距离，时时刻刻观察他们的动向，一旦发现佛罗王国的后勤补给部队出现，立刻汇报给奥利维拉。我要的是全天候的侦察，绝对不能让任何一支后勤补给部队从我们眼皮子底下溜走。”

精灵族首领和猛禽德鲁伊族长同时点了点头。

“奥利维拉大哥，我把比蒙巨兽、死神龙狼骑兵、树妖德鲁伊、猛禽德鲁伊以及精灵都留给你。他们的机动性和战斗力都很强，有格拉西斯作为先锋，我想，只要佛罗王国运送补给的人不超过五万，你们都可以击溃他们。不过，有一点你一定要注意，千万不要恋战，就算我军占了上风，也不要恋战，毁掉对手的补给之后立刻远遁，千万不能让对手知道我们的具体方位。必要的时候，你可以让角鹰德鲁伊协助作战，但一定不能放松侦察。”

奥利维拉眼中闪烁着坚毅的光芒，他道：“除非我死，否则决不让一粒粮食运到佛罗王国大军驻地。”

叶音竹点了点头，道：“利爪德鲁伊、东龙帝国的人立刻收拾行装随我出发。紫、明、苏拉，你们跟我一起。”

叶音竹这样做显然是有用意的，他留给奥利维拉的是拥有最强战斗力，而且速度很快的人，自己带走的则是机动性相对差一些的人。守城不需要坐骑，像比蒙巨兽这样的强者，只有在平原上才能发挥出真正的力量。

“奥利维拉大哥，立刻传信给妮娜奶奶，我要拿到东方军团的绝对指挥权。”

“是。”

两天后。佛罗王国的佛罗萨城。

佛罗国王德拉瓦莱的脸色阴晴不定。

库斯勒急匆匆地赶回来，将发生在后勤补给中心的事情讲了一遍，大殿上的群臣发出了数次惊呼，尤其是库斯勒讲到比蒙巨兽和战争巨兽出现的时候，不少大臣脸上都出现了惊恐的表情。

德拉瓦莱猛地拍案而起，道：“浑蛋！这群卑鄙的兽人，竟然在这个时候偷袭我们，还抢了我们的粮草。”

“陛下息怒，这件事恐怕没有那么简单。”首相达里奥上前一步，沉声说道。

现在，他是整座大殿内唯一保持冷静的人。这位首相大人一向是德拉瓦莱的智囊，人称佛罗之狐。佛罗王国之所以会违背与米兰帝国之间的盟约，与他有着莫大的关系。

“达里奥，这件事还不简单吗？战神部落都动用战争巨兽了，还有比蒙巨兽，难道那些都是假的吗？”德拉瓦莱愤怒地道。

达里奥摇了摇头，道：“陛下，请您冷静。这件事有些蹊跷，且听微臣分析。”

德拉瓦莱对达里奥还是非常信任的，于是怒哼一声，重新坐了下来。

达里奥走到大殿正中，环视群臣一圈，在他那锐利的目光下，群臣都收敛了惊慌的神色，故作平静。谁都知道，如果被达里奥盯上不是一件美妙的事。他的手段之毒辣，远在德拉瓦莱之上。

达里奥淡然道："陛下，首先让我们来分析一下这些兽人出现的位置。不错，比蒙巨兽是兽人三大部落中的，可是，比蒙巨兽出现得太突然了。

"虽然我们已经将全部精锐调到了前线，但国内的情报系统还在。那么多比蒙巨兽出现在国内，侦察人员不可能发现不了。那些比蒙巨兽悄无声息地出现在那里，陛下，您不觉得奇怪吗？"

德拉瓦莱眉头大皱，道："或许，它们是从我们与米兰帝国交界的地方过来的。"

达里奥摇了摇头，道："那就更不可能了。当初，我们答应与兽人合作的第一个要求，就是兽人不得侵入我国领地一步，米兰帝国的北方军团可不是吃素的，那些比蒙巨兽不可能越过他们，跑到我们这边。

"如果它们真的要抢粮食，没必要冒那么大风险到西边的后勤补给中心去，直接抢劫我们北边的城市不是更好吗？那样还能将粮食运回战神部落之中。可是，那些比蒙巨兽没有那么做，只是跑去后勤补给中心烧了我们的辎重。从这一点就能看出，这些兽人不仅仅是想抢粮食那么简单。"

听了达里奥这只老狐狸的分析，德拉瓦莱逐渐平静下来，他问道："那首相觉得那些比蒙巨兽是从何而来的呢？难道米兰帝国也有比蒙巨兽吗？别忘了，米兰帝国人跟我们一样，不知道和兽人斗争了多少年。他们不可能拥有比蒙巨兽，就算真的有，米兰帝国国内的反对之声也会特别大。比蒙巨兽手上沾了太多人类的血。"

达里奥眼中精光一闪，道："不错，米兰帝国确实不可能拥有比蒙巨兽。但是，这不代表其他地方没有比蒙巨兽。

"陛下，这些日子以来，您一直忙于安排战事，恐怕忽略了一个消息。"

德拉瓦莱愣了一下，问道："本王忽略了什么消息？难道还有什么比我们冲入米兰帝国境内更重要的消息吗？”

达里奥沉声道：“陛下可还记得，不久之前，我们收到了法蓝的手令。手令上称，只要东龙帝国的余孽出现，我们必须倾尽全国之力剿灭他们。”

德拉瓦莱点了点头，道：“好像有这么回事。不过，东龙帝国的余孽不是出现在米兰帝国境内吗？”

达里奥沉声道：“虽然米兰帝国的保密工作做得很好，但微臣派出的探子还是打探到了消息。米兰帝国大军并没有剿灭东龙帝国的余孽，甚至可以说彻底失败了。虽然他们的目标只是一个小小的琴城，一个弹丸之地，但是，米兰帝国的大军依然失败了。”

“什么？这怎么可能？”

德拉瓦莱大吃一惊，殿中的大臣同样被惊到了，开始窃窃私语，大殿内顿时嘈杂了许多。

“肃静！”达里奥大喝一声。

敢当着德拉瓦莱的面在大殿上如此大声说话的，也只有达里奥一人。在他的震慑下，群臣才停止议论。

“为什么？达里奥，告诉本王，琴城究竟有什么样的力量，竟然能够抵挡住米兰帝国大军？”

达里奥沉声道：“琴城本身并不拥有击退大军的力量，挡住大军的是另一个人。我想陛下听过他的名字，他的名字叫叶音竹，就是那个在七国七龙排位战上，带领米兰帝国精锐力战群雄，取得了最后胜利的人。他并不是米兰帝国人，而是东龙帝国人，琴城就是他的领地。您知道他是怎么挡住米兰帝国大军的吗？”

“不知道。”德拉瓦莱老实回答。

“他竟然向米兰帝国提出了六道之决。”达里奥道。

“六道之决？”

这下，德拉瓦莱真的被震撼了，作为一国之主，他当然知道六道之决代表着什么，也知道完成六道之决有多困难。他没想到，那样一个年轻人，竟然有勇气提出这样的挑战。

德拉瓦莱试探着问道："难道这个叶音竹成功了？"

达里奥点了点头，道："是的，他成功了。"

德拉瓦莱望向大殿外，神情显得有些迷茫。他心中暗想：世道变了，竟然有人能够完成六道之决这样的终极挑战，可惜，那个人不是佛罗王国人。要是佛罗王国也有这样的勇士，我们又何必依附于蓝迪亚斯帝国或者是米兰帝国呢？

突然，他想到了一个问题，于是收回目光，望向达里奥，问道："达里奥，带领米兰帝国大军攻打琴城的人是谁？或许，马尔蒂尼没有派遣强者前往琴城，如果是那样的话，叶音竹也有可能完成六道之决。"

德拉瓦莱摇了摇头，道："米兰帝国大军的统帅正是马尔蒂尼，同行的还有他的弟弟，风系大魔导师马特拉奇以及上千名魔法师，我们的五十万大军也未必是其对手。马尔蒂尼派出的也都是强者，甚至每一个人的实力都在叶音竹之上，可是，叶音竹还是凭借自己的力量完成了六道之决。"

德拉瓦莱感觉自己的心跳速度加快了一些，他问道："首相，你告诉本王这些，究竟是想说什么？"

达里奥盯着德拉瓦莱，道："六道之决中，有一战是团战，陛下应该清楚，团战是一比十的战斗，是最难的挑战。

"在团战中，琴城一方派出的正是比蒙巨兽和一个特殊魔兽，有了它们，叶音竹才击败了由龙骑兵和魔法师组成的千人大队。"

"比蒙巨兽？你是说……"德拉瓦莱终于明白了。

达里奥道："是的，陛下，我怀疑，偷袭我军后勤补给中心的不是三大部落的兽人，而是琴城的人。只有他们，才能神不知鬼不觉地将那么多比蒙巨兽带入我国。"

德拉瓦莱皱眉道："可是，他们不是刚和米兰帝国有过冲突吗？怎么会帮助米兰帝国呢？"

达里奥淡然一笑，道："陛下，难道您忘记了那句话？在利益面前，没有永远的敌人。我们和蓝迪亚斯帝国就是如此。琴城就在米兰帝国境内，如果米兰帝国灭亡了，他们不会得到任何好处。他们选择帮助米兰帝国，米兰帝国就会成为他们的守护者。叶音竹赢了六道之决后，米兰帝国在六年内不得攻打琴城，这六年他们完全可以和平相处，一点后顾之忧都没有，也不用担心法蓝的人有意见。假如我是叶音竹，在这种情况下，我也会与米兰帝国合作。"

听到达里奥丝丝入扣的分析，德拉瓦莱和群臣都明白了他的意思。

此时，库斯勒背上满是冷汗。他知道，由于自己判断失误，战机已经被贻误。作为王国元帅，擅自离开战场本就是违反纪律的。当时他急着将消息带回来，并没有想太多，感受到德拉瓦莱和达里奥的目光，他才发现自己做错了。

"陛下，臣有罪。"

库斯勒跪倒在地，一脸苦相。

德拉瓦莱眉头微皱，库斯勒想到的，他当然也想到了。他冷哼一声，将目光转向达里奥。

达里奥走到库斯勒身边，将他从地上搀扶起来，微微一笑道："元帅大人是有功之人，何罪之有？我说的都只是猜测，而且我军的情报部门并没有将这些情报送到元帅那里去。元帅不知道这些也是可以理解的。

"在那些比蒙巨兽出现之前，别说我，恐怕就连神也不知道米兰帝国会借助那小小琴城的力量。突逢大变，元帅大人为了稳定军心，令我军后退百里，并且不辞劳苦，亲自回都城向陛下报信，这其中的辛苦，怎么能用'有罪'来形容呢？

"而且，如果我没猜错，元帅这次之所以亲自赶回来，一是因为这样可以用最短的时间将具体消息带回来，二是因为元帅您亲自出马，能用最快的速度调配辎重，将之运往前线，对吗？”

库斯勒呆呆地看着达里奥，有些不知所措。要知道，以前他和这只老狐狸的关系并不和睦，两人各自代表着武将和文官，私底下不知有过多少争斗。而且，达里奥深受德拉瓦莱宠幸，在朝廷上一直压他一头，他没想到，在这关键时刻，达里奥竟然会帮自己说话。

德拉瓦莱听了达里奥的话，脸色好看了许多。

“首相说得对，元帅在不知情的情况下尽快赶回来报信，并没有错，本王赦元帅无罪，元帅快起来吧。”

库斯勒站起来的时候，听到了达里奥低低的声音：“老元帅，达里奥以前多有冒犯，还请元帅原谅。现在佛罗王国正值生死存亡之际，我们先齐心协力，解决了眼前的战事，再论私怨如何？”

听了达里奥这话，库斯勒心头一热，深深地看了达里奥一眼，发现达里奥眼中满是坚定之色。

德拉瓦莱的声音从上面传来：“既然这次偷袭我们的并不是兽人，那我们就可以放心了。那个琴城虽然有一些比蒙巨兽，实力也不弱，但终究不成气候。他们只是想让我们误会兽人，继而从米兰帝国边境撤军，就凭他们那些人，应该掀不起大浪，不必担心。

“库斯勒，本王命你立刻赶回前线，指挥前线将士，务必在最短时间内攻破米兰帝国边境的防御，至于粮草，本王会倾尽全国之力来支持你，必定用最快的速度送到你们那里。”

“谢陛下。”

库斯勒心中略微放松了几分，赶忙答应一声。

达里奥道：“陛下，琴城虽然不大，兵力也不多，但是，那个叶音竹既然能够拥有比蒙巨兽，难保不会拥有其他力量。

“米兰帝国之所以与他结成联盟，一定是看中了他手上所掌握的资源，我们不可不防。这次运送粮草，一定要派遣精锐之师，绝对不能有闪失。”

德拉瓦莱想了想，道：“首相说得对。传本王令，命血色卫队第一大队队长阿德里安带领血色卫队第一大队和五千名禁卫军，另加两万四千名战士，给前线大军运送粮草。”

“陛下不可啊！”

库斯勒大惊失色，一下子跪倒在地，此时的他十分激动，因为他知道，那一千名血色卫队战士和五千名禁卫军是保卫都城佛罗萨的精锐力量。为了对付米兰帝国，佛罗王国确实倾了全国之力，就连守卫都城的精锐都被抽调到了前线，只留这些人守卫佛罗萨城。

德拉瓦莱看着库斯勒，坚定地道：“元帅不用多说。你只要带领大军早日攻进米兰帝国，就是对本王最好的回报。王国的未来才是最重要的。更何况，在这个时候，米兰帝国也抽不出兵力，越过边境，攻打佛罗萨城。元帅不用担心，去吧，时间对于我们来说，就像生命一般宝贵。”

“陛下圣明。”

由衷的赞美声，刹那间传遍了大殿。

第一百七十五章
接管斯福尔特

东风城城外。

琴城大军兵分两路，叶音竹带领的这一队，通过传送魔法阵直接到了东风城城外。

“大家拿好自己需要的东西，我们一会儿就要出发了。”吩咐战士们拿了一些需要的东西之后，叶音竹从金色那里拿到了妮娜送来的手令，这才带领众人朝斯福尔特城而去。

东风城距离斯福尔特城有些远，众人走了大半天，正好到了中午用餐的时间，吃过饭后，叶音竹便决定让大家休息一会儿。

叶音竹皱着眉头，望着斯福尔特城的方向，陷入沉思之中。他们马上就要遇到佛罗王国大军了，要想帮助米兰帝国挡住佛罗王国，接下来的几战尤其重要。想必佛罗王国大军的粮草已经没多少了，如果几天之内，粮草还没有运过来的话，军心就会动摇。

“音竹，你也休息一下吧，过来坐一下。”苏拉看叶音竹又在沉思，有些心疼，便开口叫他。

“好。”叶音竹走了过去。

“天气冷了，多穿一点。”

叶音竹从须弥神戒中拿出一件长袍，罩在苏拉肩上。苏拉看上去依旧是那么单薄，穿的衣服也不多。感受到长袍带来的温暖，苏拉不禁回头向叶音竹笑了笑。

“苏拉，你和我这样来回奔波，实在太辛苦了。其实，你真的不应该和我一起来。你留在琴城，可以为建设琴城出力，也是很好的。”叶音竹心疼地看着苏拉那略显苍白的小脸，说道。

虽然这次是外出作战，但叶音竹感觉又回到了以前，他的衣食住行完全由苏拉这个临时护卫负责。吃苏拉亲手准备的饭菜，是叶音竹一天之中最大的享受。他可以肯定，苏拉手上戴的那枚空间戒指中装的全是给他准备的各种物品，其中以食材为主。不然，他又怎么能每天都吃到不一样的美食呢？

“说这些干什么？我们不是好兄弟吗？你能和奥利维拉并肩作战，难道跟我就不行？”苏拉瞥了叶音竹一眼，有些落寞地说道。这些天，他一直跟随在叶音竹身边，这让他感到很满足，心里也平静了不少。

叶音竹在不断进步，苏拉将这些看在眼中，很是欣慰。叶音竹没有在法蓝修炼过，年纪轻轻就能有如此成就，靠的完全是自己的努力。他将琴城从一个无人在意的小城，发展成了米兰帝国的合作伙伴，甚至有可能让琴城成为龙崎努斯大陆的超级大城。这一切的一切，都是他努力完成的。

日子一天天过去，苏拉却越来越痛苦，他感觉自己离叶音竹越来越远了。

“是啊，我们是好兄弟。苏拉，谢谢你。不知道为什么，你在我身边的时候，我就会很安心，有你这样的兄弟真好。”

叶音竹说这些的时候，脸上满是笑容。

听到叶音竹这么说，苏拉的脸红了一些，他小声道：“音竹，我有些累了，能不能借你的肩膀靠一下？”

“当然可以。”

此时，叶音竹和苏拉都靠着一棵大树坐着，苏拉稍微朝叶音竹那边挪了一点，将头轻轻地靠在叶音竹的肩膀上，一丝满足的笑容悄悄地浮现在他脸上，不知不觉间，他用双手抓住了叶音竹的衣角，似乎怕叶音竹跑了。

淡淡的香气从旁边传来，叶音竹突然发现，自己的心跳有些快，这是怎么了？

过了一会儿，均匀的呼吸声在此时传来，叶音竹低头看去，发现苏拉像一只小猫一样窝在自己怀中，似乎已经睡着了。看着苏拉的脸，叶音竹不由自主地轻笑起来。

叶音竹轻轻地给苏拉披上长袍，免得苏拉感冒，为了让苏拉睡得更舒服一点，他挪动了一下，使苏拉完全落入自己怀抱之中。

这时，苏拉突然伸手搂住了他，他愣了一下。不过，为了不吵醒苏拉，他并没有制止苏拉。

突然，叶音竹感觉苏拉压在自己身上的地方非常柔软，他感觉有些奇怪，于是自言自语道："苏拉是不是该锻炼了，他的胸肌怎么这么软？难道这是一种特殊的修炼功法？"

叶音竹并没有注意到，在他说出这句话的时候，苏拉攥紧了自己的一只拳头。

叶音竹率领众人到达斯福尔特城的时候，天已经快黑了。虽然叶音竹将大部分人都留给了奥利维拉，但他手上的力量依旧不弱。

利爪德鲁伊虽然比不上比蒙巨兽，但可以施展魔法，能够很好地协助整个队伍，更何况，叶音竹还带着兰清、梅如剑这两名紫级强者和几百名东龙帝国的精锐。那些精锐的实力都在绿级高阶以上，就算从东方军团中挑选，也选不出这么多高手。

叶音竹他们刚来到斯福尔特城，就被城楼上巡逻的士兵发现了。

“什么人？站住！”

刹那间，数十个火把从城楼上落了下来，城楼上的士兵这才看清来的是什么人。

因为他们是从米兰帝国内部来的，所以没有被攻击。如果他们走的是边境线那边，迎接他们的肯定是箭雨。

见叶音竹他们没有坐骑，步行而来，城楼上巡逻的士兵似乎放松了一些，再次追问：“来者何人？”

叶音竹朗声道：“我乃米兰帝国侯爵叶音竹，奉陛下之命来此接管斯福尔特城，请东方军团的主帅出来接令。”

听到叶音竹的话，巡逻的士兵显然愣了一下，叶音竹说是奉皇命而来，没有人敢耽搁，立刻禀告长官去了。

过了一会儿，城楼上的士兵明显多了起来，在一群士兵的簇拥下，一名身材魁梧的大将来到城楼之上，借助下面的火把看向叶音竹他们。

“我乃米兰帝国东方军团元帅安切诺蒂，皇命何在？”

叶音竹淡然一笑，释放出紫竹斗气，以使城上众人能听清他的话。

“皇命在此，安切诺蒂元帅，请接好了。”

说着，叶音竹身上发出了一团耀眼的紫光，天色渐暗，紫光闪耀，顿时吸引了城楼上所有将士的目光。一幅卷轴在紫光的包裹下，腾空而起，宛如利刃一般，朝安切诺蒂飞去。

看到紫光，安切诺蒂大吃一惊，他当然知道紫光代表着什么，那可是紫级强者的象征啊！当下便信了几分叶音竹说的话，不过眼看着卷轴疾速飞来，一时间不知道该如何是好。

他可接不住紫级强者扔过来的卷轴。但是，当着这么多手下的面，他也不能示弱，无奈之下，不得不催动全身斗气，抬手抓向那幅卷轴。

令安切诺蒂吃惊的是，那幅卷轴飞到他面前之后突然减速，最后紫光慢慢散去，卷轴正好被他抓在手中。

安切诺蒂暗暗抹了一把冷汗，不敢怠慢，赶忙展开卷轴，确认叶音竹所说是真是假。卷轴上的命令很简单：命琴城领主、米兰帝国侯爵叶音竹接任东方军团统帅之位，东方军团所有将领必须无条件遵从叶音竹之命令。落款是帝国统帅部，同时还盖有一个米兰帝国皇室红十字盾徽的印。

卷轴上有米兰帝国皇室的魔法气息，绝对不可能是假冒的。

叶音竹之所以一上来就展现出自己紫级的实力，是因为他知道，这些军人只认实力，现在情况紧急，自己必须一上来就让他们信服。现在看来，他紫级的实力果然是最好的敲门砖。

“开城，迎接。”

安切诺蒂收好卷轴，立刻下达命令。

当安切诺蒂来到城门前，看清走在最前面的竟然是一名二十岁左右的年轻人时，他不禁愣住了。

“您就是叶音竹侯爵？”

东方军团长期驻扎在米兰帝国东部，消息闭塞，虽然叶音竹在米兰帝国声名鹊起，但东方军团并没什么人听说过他。看到接替自己帅位的人如此年轻，安切诺蒂难免有些疑惑。

叶音竹上前几步，伸出自己的右手。他的右手上有一枚米兰红十字盾徽，在周围火把的照耀下，米兰红十字盾徽反射出了夺目的红光。在米兰帝国，米兰红十字盾徽就代表着四个字——如朕亲临。

一见到米兰红十字盾徽，安切诺蒂和他的手下立刻单膝跪地，恭敬地向叶音竹以及他手中的徽章行了一个礼。

帅位的交接比叶音竹想象中简单得多，有卷轴和米兰红十字盾徽在，安切诺蒂对叶音竹再没有一丝怀疑，直接在城前和叶音竹完成了交接仪式，然后带着叶音竹他们进入城中，直奔议事大厅。

叶音竹坐在主位，苏拉身穿轻铠，静静地站在他背后。此刻，紫、明、兰清、梅如剑都在议事大厅之中，族长哈维不在，利爪德鲁伊只要听从叶音竹的命令就行了。

“安切诺蒂元帅，请您将目前的情况说一下。”叶音竹端坐在主位上，从容地说道。

东方军团众将领看着这个年轻人，心中都感到有些怪异，倒不是对叶音竹有几分轻蔑，只是觉得不大习惯看年纪这么小的人当主帅。当他们看到叶音竹冰冷的目光时，竟然隐隐有些恐惧。

安切诺蒂道：“现在您才是元帅，东方军团就交给您了。佛罗王国大军于两天前突然后撤，此时驻扎在距离本城一百里处，不知道出于什么原因，他们这两天来格外平静，甚至连探子也看不到了。在此之前，我军与佛罗王国大军大战了几场。虽然我们利用三座城市构建了防线，但敌人的攻击极为猛烈，我军损失惨重，目前已阵亡数万人，整体战斗力下降了两成。”

叶音竹缓缓点头，安切诺蒂说的情况和他得到的消息相差无几。

“好，传我命令，命另外两座城市的所有守军以最快的速度，将辎重和平民迁移到本城之中。安切诺蒂元帅，这件事由您负责，我只能给您两天时间。”

“什么？”

安切诺蒂低呼一声，他身后的东方军团将领听到叶音竹的话，也是一阵骚动。

叶音竹刚来到这里，下的第一条命令就令这些将领大吃一惊。

“侯爵大人，能否告诉我原因？三城联合，才能将敌军抵挡在外。放弃其他两城，就相当于放弃了整条防线啊！如果佛罗王国人将本城包围，那么，我方恐怕连只苍蝇都无法飞出去。”

叶音竹沉声道：“在下达这条命令前，我就已经想清楚了。我不仅要将其他两座城市的所有物资转移到斯福尔特城，还要把三百多里外的东风城的物资和后勤补给人员迁过来。”

众将听了他的话，更加觉得不理解，一时间，议事大厅内一片嘈杂，他们不敢明说反对，只是不去执行叶音竹下达的命令。

“你们想违抗命令吗？”叶音竹眉头微皱，缓缓地从主位上站了起来。

安切诺蒂躬身道：“我们不敢违抗命令，但请元帅大人解释清楚为什么要这么做，这毕竟关系到东方军团将士的生死。”

叶音竹眯起眼睛，盯着安切诺蒂道：“将所有力量集中到斯福尔特城，是为了不被对手逐个击破。虽然我现在还不敢肯定，但我有五成把握，五天之内，佛罗王国大军将向我们发起猛攻。他们会不计一切代价地抢夺我们的粮草。与其分散防御，让敌军有机可乘，不如将全部力量集中在这里，等他们来攻。只要我们能抵御十天以上，佛罗王国大军自然会撤退。”

看到安切诺蒂一副不信的样子，叶音竹淡然一笑，转头向众将道：“各位将军，不知道几天前，你们有没有看到东方腾起的烟雾？”

安切诺蒂愣了一下，道：“烟雾？几天前，东方好像确实出现过烟雾。”

在米兰帝国，虽然安切诺蒂不如马尔蒂尼和西多夫有威信，但能够统率东方军团，就说明他绝对不是饭桶。从叶音竹的话语中，他明白了一些，吃惊地道：“难道佛罗王国的粮草……”

叶音竹身后的苏拉道：“几天前，我们烧掉了佛罗王国建立在边境的后勤补给中心，佛罗王国大军三个月的粮草以及各种装备，都在那场大火中付之一炬。这才是佛罗王国大军后退到百里之外隐忍不动的原因。”

此话一出，全场哗然，对于东方军团来说，没有什么比这更好的消息了。一时间，整个议事大厅充满了欢呼声。

叶音竹走到安切诺蒂面前站定，他比安切诺蒂高半个头，站在安切诺蒂面前气势有些逼人。

“安切诺蒂元帅，佛罗王国大军的粮草已经被我们烧了，按照我们的估计，他们现在应该没什么存粮了。

“为了得到补给，他们才按兵不动。我已经在佛罗王国境内张开了一张大网，就等着他们的补给到来。请问，如果您是佛罗王国的统帅，久等补给不到，您会做出什么样的选择呢？”

安切诺蒂脸色大变，问道：“您是说，破釜沉舟？”

叶音竹坚定地点了一下头，将奥利维拉当初的分析复述了一遍：“……因此，我们现在要做的，就是保护好自己的粮草。佛罗王国大军不论多么急切，还是不敢轻易进入米兰帝国境内的，毕竟后方是大片的丘陵，他们不会断了自己的后路。

“现在我们就算让他们包围又如何？凭借附近两城以及东风城运来的粮草，我们可以支撑三个月到半年的时间。可佛罗王国大军呢？他们只能饿着肚子。

“只要我们能顶十天，佛罗王国大军必然溃败。破釜沉舟虽然会激发他们一时的士气，但这个时间绝对不长。只要我们能够顶住他们的第一轮进攻，对佛罗王国大军来说就是一种打击。”

安切诺蒂皱眉道：“元帅大人，您能肯定敌军会来攻击我们吗？”

叶音竹淡然一笑，道：“除非他们能够得到补给，否则，他们就只有两个选择，要么撤退，要么前进。我想他们肯定不甘心撤退。他们比我们着急得多。

“米兰帝国防御最薄弱的地方就是东部地区。对蓝迪亚斯帝国来说，佛罗王国是其布下的最关键的棋子，他们肯定不愿意佛罗王国撤军，也不愿意给我们喘息的机会。那么，迫于压力，佛罗王国大军只能前进。

“各位将军，这是一场赌博。试问，如果正面和佛罗王国大军交手，东方军团的结局会如何？是覆灭还是胜利？想必各位心里比我清楚得多。既然如此，为什么我们不赌一把呢？

“现在，你们只有选择相信我，才有胜利的可能。你们要相信我能彻底掐断佛罗王国大军的补给线，在他们撤军之前，我会让他们得不到任何补给。”

安切诺蒂的气息明显变得急促起来，半晌后，他毅然点头，道：“好，老夫就陪元帅赌这一把，输了又如何？大不了我们与佛罗王国大军同归于尽。”

安切诺蒂还是有一定能力的，两天之内，旁边的两座城市变成了空城，所有人和物资都转移到了斯福尔特城，而东风城的后勤补给大军也在这个时候被金色带到了斯福尔特城中。

斯福尔特城不愧是米兰帝国东部最大的防御堡垒，容纳了将近五十万人，依旧不显得拥挤。

现在，对米兰帝国人来说，时间是最宝贵的，安切诺蒂和他手下的将领们，按照叶音竹的要求，不断加固斯福尔特城的防御工事。

金色他们给东方军团带来了大量的装备。那些装备都是从佛罗王国那边抢来的，叶音竹还没来得及将其运往琴城。看到那些装备，叶音竹虽然有些心疼，但一想到应以大局为重，也就释怀了。

东方军团正在斯福尔特城准备抗击佛罗王国大军，另一边，琴城其他人在奥利维拉的带领下，开始了他们的行动。

由一千只角鹰德鲁伊以及三百只猛禽德鲁伊组成的侦察部队宛如一张大网，一直飞在佛罗王国边境上空，佛罗王国大军有任何风吹草动，这些天空中的眼睛都能立刻发现。

一个小时前，奥利维拉得到了准确的消息，佛罗王国一支三万人的军队押送着数千车物资，快速朝前线而去。不用问，奥利维拉也知道这些物资是什么。

令奥利维拉感到惊讶的是，这三万名佛罗王国战士之中，竟然有五千名重骑兵以及一千名龙骑兵。看到那一千名龙骑兵的装束，奥利维拉只觉得气血上涌，险些失控。

“血色卫队，我们又见面了！”奥利维拉紧紧地握着自己手中的长枪，咬牙切齿地说道。

在角鹰德鲁伊的帮助下，他们距离敌人越来越近了。

“鸿雁！”奥利维拉低喝一声。

暗红色的光芒闪过，端坐在龙狼王子背上的叶鸿雁悄无声息地出现在奥利维拉身边。两人对视一眼，看到了彼此眼中浓浓的杀意。

“鸿雁，那一千名血色卫队战士就交给你了。虽然我们不应恋战，但兄弟的仇不能不报。你只管行动，其他的一切都交给我们。”

听到这话，叶鸿雁眼睛都红了。

“只有血色卫队的鲜血才能抚慰我们心中的伤痛。这次，我们将成为他们永远的噩梦。”

三百道身影悄无声息地离开了大队。这支琴城装备最精良的部队，叶音竹手中最锋利的刀刃，终于出击了。

“格拉西斯大哥。”

看到叶鸿雁离去，奥利维拉的神色也缓和了几分，并不是心中的恨意淡了，而是他知道自己必须要冷静。

“干什么？”格拉西斯懒洋洋地说道。

奥利维拉可不敢怠慢格拉西斯，他不是叶音竹，自问没有命令格拉西斯的能力。不过，叶音竹在临走之前将格拉西斯的软肋告诉了奥利维拉。

“格拉西斯大哥，您好几天都没吃东西了，不知道饿不饿？”奥利维拉微笑着问道。

一听到“吃”这个字，原本躺在黄金比蒙抬着的软榻上的格拉西斯一骨碌翻身坐起来。

叶音竹和紫都不在，队伍中没有谁能约束他，就连黄金比蒙对他也是毕恭毕敬的，只是他吃饭成了大问题。不是奥利维拉不给他东西吃，而是队伍中的粮食根本就不够他塞牙缝。

“有吃的？在哪里，在哪里？”

格拉西斯一把抓住奥利维拉，把他从地面上提了起来。

奥利维拉并不慌张，微微一笑，抬手指向远方，道：“这不是有人给您送来了吗？那些粮食理应由您先享用。不过，可能会有一些小家伙阻挡您。”

格拉西斯怒吼一声，大地随之震动。

“谁敢阻挡我吃东西，我将他撕成碎片。”

奥利维拉苦笑道：“格拉西斯大哥，您是不是要先将我放下来？我好带您去吃饭。”

格拉西斯哼了一声，才将奥利维拉放到地面上，奥利维拉深吸一口气，道：“格拉西斯大哥，在您那无敌的冲锋面前，任何敌人都会化为齑粉。请您带领我们的比蒙战士，直冲对方阵营。到了那里，您想吃多少粮食都没问题。”

格拉西斯摸了摸自己的光头，嘿嘿一笑，道：“小子，你是在利用我。”

奥利维拉感觉自己突然承受了一股无形的压力，险些瘫倒在地，十阶神兽可不是他一个蓝级战师所能对抗的。

“格拉西斯大哥，您忘记音竹临走前说的话了吗？”奥利维拉勉强说道，因为一直支撑着不让自己倒下去，现在他的脸已经涨得通红。

听到这话，格拉西斯拍了拍奥利维拉的肩膀，压力瞬间消失。

“小兄弟，我只是和你开个玩笑。虽然你是利用我，但是我喜欢这样的利用。管他什么敌人，吃饭最重要。比蒙小弟们，跟我来！”

在格拉西斯的带领下，三个黄金比蒙，十余个白银比蒙，以及几十个狂暴比蒙踏上了征程。毫无疑问，战争巨兽和比蒙巨兽是这支队伍中的主力。

眼看格拉西斯带着比蒙巨兽走了，奥利维拉才松了一口气，十阶神兽果然不是那么好对付的。

奥利维拉领着树妖德鲁伊，朝另一个方向而去。他们将是阻挡佛罗王国这支补给部队的最后力量。他们并不是要歼灭那三万人，只是要毁掉那些物资。

三万名佛罗王国战士在大草原上快速行进着。这场战争对佛罗王国太重要了，前方五十万大军等待着粮草，他们一点也不敢懈怠。

血色卫队第一大队队长阿德里安端坐在自己的风龙背上，飞在半空中，静静地观察着周围。不知道为什么，距离目的地越近，他心中越不安。

这几天，阿德里安总有一种被人监视的感觉，可是他的坐骑——八阶风龙并没有发现什么异样。他哪里知道，风龙虽然飞得快，但是，视力远远不如角鹰德鲁伊和精灵。

还有几百里，他们就能穿过边境。只要将这批物资送到前线，佛罗王国大军就会立刻攻打斯福尔特城。

这个时候，阿德里安变得更加谨慎起来，他知道，这次行动绝对不能出现半分差错，必须万分小心，没人知道偷袭后勤补给中心的比蒙巨兽在什么地方，也没人知道比蒙巨兽会不会袭击他们。

来吧，比蒙巨兽，我阿德里安等着你们，我有一千名血色卫队战士，难道还怕你们不成?

一想到强大的血色卫队战士，阿德里安就安心不少，他相信，除非遇到大量敌军，否则，没有人能从他手中夺走物资。

正在阿德里安充满自信之时，突然，他看到了终生难忘的一幕———一支宛如利箭的队伍，朝己方飞速而来。这支队伍的人并不多，大约只有三百人。但是，阿德里安一看到他们，心就无法平静下来了。

那些人身材高大，穿着黑色铠甲，拿着黑色的长枪，枪尖上还闪耀着暗红色光芒。他们的前进速度之快，就算是埃里克敏龙也难以望其项背。阿德里安有些不敢相信自己的眼睛。

他们的坐骑是狼吗？可是，狼的速度怎么可能那么快，身体又怎么会那么大？那些狼仿佛与背上的黑色骑士融为了一体。

他们像来自地狱的幽灵一样，以极快的速度向阿德里安一方冲来。

“敌袭！”

阿德里安怒吼一声，胯下的风龙立刻以最快的速度朝着那些突然出现的敌人飞了过去。

不是说敌人是比蒙巨兽吗？突然出现的三百名战士又是怎么回事？

还没交手，阿德里安就隐隐感觉到那三百名战士的实力很恐怖。

死神龙狼骑兵身体的每个部分都覆盖着黑色铠甲，尽管他们看上去十分冷静，可实际上，他们的心跳很快，眼睛通红，呼吸也很粗重。就连他们胯下的龙狼都感受到了他们情绪上的变化，奔跑得更快了。

那令死神五百变成死神三百的元凶就在眼前，他们怎么可能冷静？

龙狼们已经隐忍了数百年，战斗即将开始，心中的怒火终于可以宣泄出来，它们又怎么可能有所保留？

三百名死神龙狼骑兵像利箭般直射敌方阵营，他们的目标不是粮草，而是血色卫队。

血色卫队战士毕竟是佛罗王国最精锐的战士，他们第一时间反应过来，在阿德里安的指挥下，瞬间分成两队，企图从两侧包围死神龙狼骑兵。

虽然这些血色卫队战士的坐骑都是埃里克敏龙，但不是那种普通的四阶埃里克敏龙。他们胯下的埃里克敏龙是五阶魔兽，受过特殊训练，全身的鳞片是血红色的，防御力比普通的埃里克敏龙强很多，速度也快很多。

血色卫队战士一律身穿血红色重铠，与胯下的埃里克敏龙组合在一起，就像染红了的战旗一样。就算看到了像幽灵一样突然出现的敌人，他们的队形也一点都没有乱。他们举起手中的龙枪，第一时间发起了冲锋。

两支实力不俗的骑兵在这广袤的大草原上向对方发起了冲锋。

第一百七十六章

恐怖的死神龙狼骑兵

正在飞速下降的阿德里安看着自己的手下迅速做出反应，嘴角不禁露出一丝得意的笑容。这都是他辛苦训练得到的结果，他们果然没让自己失望。

阿德里安一直深信，自己的手下是最出色的战士，在一对一的情况下，没有任何一个国家的骑兵能打败血色卫队战士。眼前的敌人虽然怪异，但人数少，血色卫队的人数数倍于敌人，又怎么可能会输？

阿德里安嘴角的笑容并没有维持太久，当血色卫队真正和死神龙狼骑兵碰撞在一起的时候，他就再也笑不出来了。

当血色卫队展开阵形包围过来的刹那，暗蓝色的龙狼在死神战士们的控制下，速度瞬间提升一倍，宛如三百道幻影一般，朝着左侧的五百名血色卫队战士冲去。

在那一刻，龙狼的速度甚至跟风狼的速度差不多，它们要是撞到埃里克敏龙身上，绝对能将埃里克敏龙伤得不轻。

速度决定冲击的力量，阿德里安很清楚这一点，于是骇然怒吼："快退！"

晚了，他终究还是晚了一步。龙狼的速度实在太快了，一颗颗暗蓝色的光球从它们口中喷吐而出，那宛如巨龙一般粗壮的四肢蹬着地面飞速奔跑。暗蓝色的光球并不是吐向血色卫队的，而是吐向它们自己的，连同它们背上的死神龙狼骑兵都被暗蓝色光球笼罩了。

顷刻间，每一名死神龙狼骑兵身上都笼罩了一层奇异的暗蓝色光芒，那附着于身上的暗蓝色光芒使得他们看上去更神秘了。

“不，这不可能！”

这一刻，阿德里安完全惊慌了。那是魔法加持啊！作为一名金星龙骑将，他极为清楚魔法加持的作用与效果。他也可以通过坐骑风龙的魔法加持使自己的攻击更快更强。但是，魔法加持并不是那么容易完成的。

魔法对金属有着强烈的排斥性，骑士的铠甲就是金属做的。作为一名骑士，如果不穿铠甲的话，在战场上很容易受伤。要是穿上铠甲的话，又很难接受坐骑的魔法加持。

因此，即便是龙骑将，一般来说也是和坐骑分别施展攻击手段，而不是由坐骑对骑士进行魔法加持。

眼前发生的一切显然超出了阿德里安的认知范围，龙狼的魔法加持几乎没有受到任何排斥，直接让龙狼与骑士成了一个拥有强大攻击力的整体。这也是阿德里安觉得不可思议的重要原因。

难道他们身上的铠甲是秘银铸造的不成？

不，这更不可能。秘银何等珍贵？一套这样的铠甲需要多少秘银啊？恐怕整个龙崎努斯大陆一年提炼的秘银，也不够制造几套这样的铠甲。这些恐怖的骑兵，究竟是用什么方法令魔法与铠甲完全融合的？

阿德里安不知道的是，死神龙狼骑兵身上的铠甲并不是秘银铸造的，只不过铠甲内部有一个掺了秘银和少量魔银的特殊魔法阵。这个魔法阵的效果覆盖了整套铠甲，因此这套铠甲才能展现出与秘银铠甲一样的特性。

能够一下子拿出这么多秘银和魔银用到铠甲上，叶音竹也算是龙崎努斯大陆第一人了。

死神龙狼骑兵身上的装备的价值绝对不能用金钱去衡量。很早的时候，叶音竹就拜托矮人族铸造大师铸造这批装备。死神龙狼骑兵的铠甲和武器具有多重效果，就算是龙崎努斯大陆各国的龙骑将，也很难拥有这样的装备，矮人族铸造大师的手艺可不是闹着玩的。

就在阿德里安惊恐万分的时候，死神龙狼骑兵已经与那五百名血色卫队战士撞击在了一起。

其实佛罗王国的血色卫队跟米兰帝国的龙骑兵差不多，只不过血色卫队在人员挑选上更苛刻一些，装备的颜色故意挑选了红色，所以才有了血色卫队这个称号。血色卫队分为三个大队，其中第二大队的坐骑是马奇诺铁龙，第一、第三两个大队都是埃里克敏龙。

这次战争爆发的时候，血色卫队的第二、第三大队都被派遣到了前线，成为佛罗王国大军的尖刀，而第一大队则被留在王城，守卫王宫。此次为了将粮草安全送到前线，第一大队也被派了出来。

瞬间加速的死神龙狼骑兵，带着满腔的仇恨和沸腾的热血，提起他们手中的长枪，义无反顾地冲向了对手。

龙崎努斯大陆上的两支精锐骑兵队伍，宛如两道洪流一般，汹涌澎湃地撞在了一起。

叶鸿雁是死神龙狼骑兵的前锋，一开始冲锋，他的蓝级斗气就瞬间爆发了。这一刻，他清晰地感觉到自己与胯下的龙狼王子融为了一体，他们不仅力量融合到了一起，就连身上的杀意都融合到了一起。

对于骑兵来说，最强者永远是冲在最前面的。此时，血色卫队第一大队队长阿德里安在空中，在地面上指挥血色卫队的是第一大队的副队长。副队长正提着龙枪冲锋，他的斗气颜色是深青色的。

阿德里安发现的问题，副队长自然也发现了，但在这个时候，他不可能后退，后退就意味着败亡。于是，他咬紧牙关，将全身斗气注入龙枪之中，同时腿下用力，使胯下的埃里克敏龙将速度提升到极致。

叶鸿雁的五米长枪碰上了第一大队副队长的六米龙枪。

双方开始了第一次较量。

叶鸿雁的双眼早已经变成了血红色，不知道是被血色卫队的衣服映的还是内心的恨意到了顶点。

此时此刻，他脑海中全是那四十三名魔法师的身影，他不断想起那些魔法师牺牲自己，挽救他们的场景，杀意更浓了。

虽然仇恨会让人走入绝境，但有的时候，仇恨也会激发人们的潜力。

长枪的枪尖与龙枪的枪尖碰在一起，一瞬间，两团耀眼的斗气光芒从枪尖爆发出来，吸引了全场人的注意。

暗蓝色的光芒宛如河水一般，不断灌入叶鸿雁的长枪之中，只听“嗡”的一声，对手的龙枪就被暗蓝色光芒笼罩住了。下一刻，叶鸿雁手中的长枪竟然直接破开了对手的防御，将对手那根用精铁铸造的龙枪剖开了。

叶鸿雁势如破竹，拿着长枪直直地向着血色卫队第一大队副队长刺去。

他这一连串的动作，一瞬间就完成了。

龙狼全力奔跑的速度可以和风狼相比。在那样的速度下，骑士会遭受多大的冲击力？当龙狼王子和第一大队副队长的坐骑擦肩而过时，副队长已经被叶鸿雁的长枪挑了起来，鲜血顺着长枪流下来。副队长的龙枪也成了两半。

“嗷！”

龙狼王子的杀气一点也不比叶鸿雁少，在冰森中困了那么多年，终于重回内陆，它要好好发泄一下。对于其他驯龙来说，龙族是高高在上的存在，那些驯龙以拥有龙族血脉为豪。龙狼正好相反，它们以拥有龙族血脉为耻，其他拥有龙族血脉的魔兽都是它们仇恨的对象。

当叶鸿雁用长枪将对手挑起并摔飞之时，龙狼王子骤然跃起，猛地探出巨大的左前爪。它的左前爪在那一瞬间覆盖上了一层暗蓝色的晶体，当它落下之时，它那只巨大的左前爪正好落在了那只埃里克敏龙的脖子上。

骨骼破碎的声音清晰可闻。

埃里克敏龙的防御力本就不是很强，尽管这只埃里克敏龙已经达到了五阶，可在八阶的龙狼王子面前，它和纸糊的老虎一样，没有任何抵抗力。

叶鸿雁成功吹响了死神龙狼骑兵杀敌的号角，后面的死神龙狼骑兵举起长枪，直直地撞向对手。

两股洪流撞在一起之后，被冲乱的是血色卫队一方。

不论从战斗力还是装备上来说，双方的差距都太大了，那根本不是一个级别的较量。

血色卫队的龙枪刺上死神龙狼骑兵的铠甲，只能留下一道道浅浅的痕迹，而死神龙狼骑兵手中的长枪却将血色卫队战士身上的铠甲刺穿了。用金刚精铸造的长枪破甲性能之强，绝对不是普通武器所能比拟的，更何况，这长枪还出自矮人族铸造大师之手。

三百人对五百人，胜负在一瞬间就决出了。当那暗蓝色的洪流一冲而过之时，那五百名血色卫队战士已经死伤大半，而他们的对手——死神龙狼骑兵却没有受伤，就连铠甲都没破。

死神龙狼骑兵重伤那五百名血色卫队战士之后，并没有直接冲向护粮队，而是带着龙狼，掉转方向，朝着剩余的血色卫队战士发起了冲锋。他们在广袤的平原上，画出了一道优美的暗蓝色弧线。

阿德里安终于回到了队伍之中，此时，草原上一共只剩六百多名血色卫队战士。他没想到，血色卫队竟然会如此不堪一击。在对方的冲锋下，己方死伤惨重，对手居然毫发无伤。

这是阿德里安无论如何也无法接受的事实。他甚至怀疑那些突然出现的人不属于这个世界，那些人应该是来自地狱的魔鬼。

仇恨，这个词很少出现在死神龙狼骑兵的心中，这些铁血战士早已习惯听从命令。只有看到血色卫队时，他们的情绪才会出现变化，心中才会充满恨意。他们没有忘记七国七龙排位战中的那一幕。

血液再次沸腾，沾染了敌人鲜血的长枪似乎更加锋利了，他们就像一群蓝色幽灵，来去无踪。

在叶鸿雁的带领下，他们再次冲向了对手。

阿德里安愤怒地咆哮起来：“不！”

绝对不能让对手就这样毁了自己半生的心血，这些血色卫队战士都是他辛辛苦苦培养出来的，是佛罗王国的中坚力量，他不能眼睁睁地看着他们死去。

风龙飞快地朝叶鸿雁一行人冲去。剩余的六百多名血色卫队战士在阿德里安的带领下重拾信心，再次发起了冲锋。

毫无疑问的是，血色卫队战士也是英勇的战士，面对强敌，他们绝对不会后退。他们也经历过无数磨炼，只是可惜，他们没有一个像叶音竹那样提供给他们最好装备的首领。

此时，已经没有了谁对谁错，只有各为其主。两支队伍中的每一个人眼中都满是战意。

一道巨大的风刃猛地斩向叶鸿雁，跟在风刃后面的，是阿德里安长达七米的龙枪。作为一名金星龙骑将，阿德里安绝对有自傲的资本，他的装备比手下的装备好，手中的龙枪只比叶鸿雁的长枪差一点。

即使面对的敌人变强大了，叶鸿雁的眼神也没有任何变化，在他看来，一切对手都可以用两个字来概括：死人。如果对手不是死人，那么，他自己就是死人。

一看到风龙，龙狼王子的气息立马变了。它变得无比狂躁，张嘴吐出一颗晶核，一双原本就血红的眼睛仿佛要滴出血来，全身的龙鳞在这一刻完全竖起，释放出耀眼的暗蓝色光芒。晶核在空中画出一道优美的弧线，之后飞到了叶鸿雁胸前的护心镜上面。

一刹那，叶鸿雁和龙狼王子仿佛变成了暗蓝色的晶体，这一刻，大地随之震颤，天地间的一切仿佛停止了运转。

龙狼王子猛地高高跃起，张开背上的一对龙翼。虽然它不能飞行，但是可以滑翔，凭借着这对特殊的龙翼，它的速度甚至超过了它的对手，那条真正的巨龙——风龙。

龙狼王子凭借那一跃，躲开了风刃。阿德里安永远也想不到一只像龙又像狼的魔兽居然能“飞”。他反应飞快，手上龙枪一甩，在空中带出一道耀眼的光芒，直朝龙狼王子背上的叶鸿雁刺去。

“冲啊！”

叶鸿雁大喝一声，运转体内的斗气，胸前那颗晶核突然爆发出强大的能量，与他的斗气融合在了一起。就这样，他的斗气颜色变成了淡淡的紫色，紫色之中，还掺杂着蓝色与黑色。

“嗡！”

叶鸿雁的长枪脱手而出，宛如一道紫色闪电一般直奔阿德里安而去。

武器脱手，在战斗中无疑是最大的忌讳，此时此刻，叶鸿雁这样做，却取得了意想不到的效果。

看到那根飞来的淡紫色长枪，阿德里安知道自己绝对不能硬挡，实战经验丰富的他立刻驾着胯下风龙向旁边翻滚出去。他很清楚，只要自己能躲过对手这全力一击，那么，失去了武器的对手就很难打败自己。只要杀掉这个对手，这场战斗的胜负就不一定了。

阿德里安已经被挫了锐气，他甚至想调集五千名重骑兵来围剿眼前的死神龙狼骑兵。一下子失去那么多血色卫队战士，他的心在滴血。

叶鸿雁的全力一击真的那么好躲吗？

当阿德里安看到叶鸿雁眼中的杀意时，他就知道自己错了。叶鸿雁的长枪就像长了眼睛一样，在空中转了个弯，瞬间爆发出淡紫色光芒，朝着阿德里安射过去。

见此情况，阿德里安强行带着自己的风龙向旁边横移一米，但是，他还是慢了一点，叶鸿雁的长枪硬生生地刺穿了风龙的左翼，最后从阿德里安大腿上射出，化为一道紫色闪电远远飞去。

“啊！”

阿德里安和他胯下的风龙同时发出一声惨叫，风龙立刻从空中坠落下来，它羽翼受创，已难以飞行。

龙狼王子在滑翔，虽然它背上的双翼不如巨龙的龙翼大，但是，那竖起的鳞片和全身爆发出的能量，一瞬间将它的战斗力提升到了巅峰，贴在叶鸿雁护心镜上的那颗晶核也飞了下来。它并没有将晶核吞入口中，而是让晶核没入了自己眉心。晶核没入眉心的瞬间，两道暗蓝色光芒飞入了它的双翼之中。

与此同时，失去了长枪的叶鸿雁也没有闲着，他双手按着龙狼王子的肩膀，将斗气毫无保留地输入龙狼王子体内。

人狼合一就是他们这些天苦练的结果，只有真正与自己的坐骑融为一体，才能更好地发挥出战斗力。先前发出攻击的是叶鸿雁，此时，发出攻击的变成了他的伙伴——龙狼王子。

龙狼王子得到了晶核以及叶鸿雁的帮助，瞬间加速，朝对手俯冲过去。它的双翼在这时变成了真正的利刃。

下坠的风龙再没有了闪避的可能，它心中的战意本就不如龙狼王子，看到飞过来的龙狼，它更是想直接转身回去。风龙心中一直有一个想法，那就是打不过还可以跑。

可惜，它已经没有了逃跑的机会。

眼看龙狼不断靠近自己，风龙发现自己是那么无力，不知那穿过自己左翼的长枪上抹了什么东西，它的身体竟然慢慢开始麻痹了，现在，它半边身体都不能动了，黑暗的能量也在侵蚀它的经脉。至少此时，它已经完全失去了抵抗能力。

“不！”

阿德里安眼看对手扑来，痛苦地大叫一声。他当然知道龙狼王子要干什么。风龙是他的坐骑，当初不知道经过了多少磨难，他才得到这条风龙的认可，在他心中，风龙甚至比他的妻子和孩子更重要。情急之下，阿德里安的力量也完全爆发了出来。

虽然他的腿因为被长枪刺穿，而渐渐有了麻痹感，但他还是猛地咬破舌尖，让自己清醒一点，拖着双腿，深吸一口气，将斗气全部注入手中的龙枪之中，然后狠狠地朝龙狼王子腹下扎去。

“你的对手是我。”叶鸿雁冰冷的声音传入了阿德里安耳中。

听到声音之后，阿德里安抬头一看，发现一名高大的男子从龙狼王子背上一跃而下，手中还拿着一柄重剑。阿德里安想躲，却来不及躲。一切发生得太快了。

高大男子双手握住重剑，重重地斩上了阿德里安手中的龙枪。

“轰！”

两人的斗气级别一样，原本应该难以分出胜负，结果就这一招，两人就决出了高下。

之前错误的判断令阿德里安受到了重创，现在的阿德里安已是强弩之末，叶鸿雁从高处一跃而下，发出全力一击，阿德里安当然挡不住。就算叶鸿雁之前消耗了不少斗气，他依然有优势，因为他身上有龙狼王子的魔法加持。

“当！”

只听一声巨响，阿德里安先是全身一颤，接着吐出了一口鲜血，脸色一片煞白。叶鸿雁虽未吐血，但脸色也变得一片惨白。

暗蓝色的巨大身影在这一刻从巨大的风龙身旁掠过，风龙脖子上多了一条血线。

虽然有力的龙爪、尖锐的狼牙、强大的魔法都是龙狼攻击别人的武器，但它们攻击力最强的武器还是自己的双翼。

尽管龙狼王子还比不上它的父亲，没有达到九阶，可它的战斗力还是很强。它拥有三对短小却强壮的龙翼，这些龙翼比普通龙狼的龙翼强许多。

经过战斗，龙狼王子的战意完全被挑了起来。在龙族中，速度最快的风龙竟然被它一下破开了防御，割开了喉咙。

阿德里安和风龙同时坠落在地面上。他的瞳孔在放大，身上在流血，此时的他非常虚弱。他一直盯着那柄充满死亡气息的重剑。在他坠落的瞬间，那柄重剑插在了他的心脏上，现在，他只能看着那柄重剑，慢慢死去。

叶鸿雁一只脚踩在阿德里安身上，一只手猛地拔出插入阿德里安心脏的重剑，高举过头。金星龙骑将、血色卫队第一大队队长——阿德里安就这样死在了他的手上。

叶鸿雁记得很清楚，叶音竹说过，要让血色卫队为他们所做的一切付出代价。

阿德里安永远离开了这个世界，剩余的血色卫队战士显得有些不安。当叶鸿雁重新坐在龙狼王子背上之时，所有龙狼都开始奔跑，然后滑翔。死神龙狼骑兵离开了地面。

这一刻，血色卫队根本无法阻挡死神龙狼骑兵前进的脚步。死神龙狼骑兵开始疯狂地冲锋，他们真的成了那些血色卫队战士的噩梦。

他们坐在龙狼背上，左手拿剑，右手握枪，紧紧盯着血色卫队战士。这是死神龙狼骑兵最强大的战斗方式，当那暗蓝色的洪流冲进血色卫队中时，一切都结束了。

一千名血色卫队战士就这么失去了自己的生命，他们再也不能在世界上行走了。而在这场战斗中，他们带给对手的，却只有铠甲上的一道道浅浅的划痕。受伤最重的一只龙狼，仅仅被掀掉了几块鳞片。

当叶鸿雁找回自己的长枪之时，所有死神龙狼骑兵已经整齐地排列在他背后，每个人的喘息声都很粗重。虽然敌人没有伤到他们，但是如此激烈的战斗还是让他们消耗了不少斗气。毕竟，他们的对手也很厉害。

叶鸿雁没有动，他手持长枪，静静地看着远方。在他们歼灭对手的同时，另一边的战斗也开始了。

血色卫队和死神龙狼骑兵之间的战斗开始得快，结束得也快。当另一边的佛罗王国战士发现这边的情况不对时，战斗已经结束了。

阿德里安是这次运粮行动的总指挥，他手下还有别的将领。五千名禁卫军的统领看到这边的情况，有些不敢相信自己的眼睛。

那名统领没有带领士兵主动向叶鸿雁他们发起冲锋。因为他很清楚，既然那三百人能够在短时间内歼灭血色卫队第一大队，甚至还杀掉了强大的风龙，那么自己统率的五千名禁卫军估计很难打败他们，就算能够打败他们，也要付出极大的代价。

他心里想的是，这次，自己的任务是护送粮草去前线，没必要主动招惹那三百人。那三百人虽然强大，但终究是人。除了五千名禁卫军，自己手上还有两万四千名士兵，如果那三百人敢来抢粮食，哼，不论他们的个体战斗能力有多强，在两万多名战士的轮番攻击下，肯定也要退去。

因此，这名统领非常明智地命令两万四千名普通士兵将全部物资围了起来，他则率领五千名禁卫军手持长矛严阵以待，随时准备对付死神龙狼骑兵。

就在这个时候，大地开始震动，看到朝自己冲来的东西之后，佛罗王国战士目瞪口呆，只能紧紧地握住自己手中的武器。

那东西明显没有死神龙狼骑兵快，也没有发出暗蓝色的光芒，但是，当那东西出现在佛罗王国战士面前时，彻底惊到了那些战士。

那东西像一座山，每走一步，都会使大地震颤，大量灰尘被它带了起来。

“啊！是那个抢劫后勤补给中心的魔兽！”

不知谁喊了一声，原本就十分紧张的佛罗王国战士顿时更紧张了。

原来格拉西斯一马当先，冲在了最前面。由于它的庞大，它带起的灰尘看上去就像一条土龙。身长超过百米的战争巨兽全速奔跑起来，气势绝对不是任何骑兵所能相比的。

三个黄金比蒙指挥着比蒙巨兽分成两队，跟随在格拉西斯身后。此时，就算是一座山挡在前面，格拉西斯也能将山撞穿。

比蒙巨兽张开了百寸利爪，它们知道自己接下来要做的，就是干掉那些挡路的佛罗王国战士。

在来佛罗王国的路上，狄斯和其他比蒙巨兽也曾因为不服气，暗暗和死神龙狼骑兵比较谁的战斗力更强，结果发现，当死神战士们坐在龙狼背上，全力发起冲锋之时，就算是它们，也很难挡住死神龙狼骑兵。

现在的死神龙狼骑兵就像一座能快速移动的堡垒一样，既打击了别人，又保全了自己。只有黄金比蒙，才可以和这样的死神龙狼骑兵抗衡。

当然，虽然比蒙巨兽不像死神龙狼骑兵那样来去如风，但比蒙巨兽的破坏力是死神龙狼骑兵比不上的，陆战无敌这个称号也不是白叫的，何况现在还有十阶神兽带着它们冲锋，其威力更大。

怎么办?

眼看那么多比蒙巨兽向己方发起了冲锋，那名统领想了一下之后，当机立断，做出了最正确的决定。

按照那个巨大的魔兽现在的速度，恐怕不一会儿就会冲进己方的战阵，要是那个魔兽真的冲了进来，那么，己方的结局就注定了。就算将五千名禁卫军堆在一起，组成人墙，恐怕也挡不住那个魔兽和后面的比蒙巨兽。想要活命以及保住粮草，他们只能冒险。

想到这里，这名统领先飞速下达了几道命令，然后带领他手下的禁卫军迎向了比蒙巨兽。

只有在比蒙军团的速度完全提起来之前将其拦截在半路上，在不计损失的情况下尽可能地重伤这些比蒙巨兽，己方才有一线生机。这就是佛罗王国禁卫军统领现在的想法。

与此同时，那原本护卫着大批物资的两万多名佛罗王国战士也动了。他们呈一字形排开后，形成了一个弧形，跟随在重骑兵后面，朝比蒙巨兽和格拉西斯迎了上去，想要包围比蒙巨兽和格拉西斯。

这样一来，那些物资就完全暴露在了死神龙狼骑兵面前，现在这名佛罗王国禁卫军统领要赌的就是，在自己解决比蒙巨兽之前，死神龙狼骑兵无法将粮草全部毁掉。只有先解决破坏力更强的比蒙巨兽，才有保住物资的可能。

第一百七十七章 混战

“好，看来佛罗王国也是有人才的，他采取的是最好的应对方法，如果我是他，应该也会这样做。”

奥利维拉看那名统领下令让士兵摆出这样的阵形，不由得赞叹了一下。此时，他正端坐在自己的水龙背上，从天空中鸟瞰下方，对他来说，在天空中指挥是一件无比美妙的事。

先前，他完全有机会阻截阿德里安，他的实力绝对不比阿德里安弱，但他并没有那么做，他将这个报仇的机会留给了叶鸿雁。

叶音竹临走的时候叮嘱过奥利维拉两件事，一件事就是各个兵种的配合问题。这次，叶音竹带出来很多琴城的精锐，兵种很多，需要统领费心考虑他们的搭配问题。叶音竹告诉奥利维拉，这样一支队伍如果指挥得当，令每一个族类都发挥出其真正的实力，那么，这支队伍会比万人大军更厉害。

另一件事就是叮嘱奥利维拉不论在什么时候都要保持冷静。奥利维拉是指挥者，不是战斗者，一定要能够冷静地判断战况，领导其他人，不能一直与人缠斗。

因此，奥利维拉一直待在半空之中，分析战况。眼看比蒙巨兽在格拉西斯的带领下，渐渐逼近了佛罗王国大军，他轻轻地拍了拍自己的坐骑水龙。

在空中，奥利维拉将地面的情况看得很清楚。虽然比蒙巨兽和战争巨兽格拉西斯变回本体之后，身体都非常庞大，但它们的对手毕竟是两万多名佛罗王国战士，人数上差得太多，在这种情况下，和两万多名佛罗王国战士对战是不明智的。

那名佛罗王国统领的目的就是包围格拉西斯它们，然后凭借人数上的优势，拖住格拉西斯它们。可惜，那名佛罗王国禁卫军统领并不知道，他所做的一切早就被空中的奥利维拉看了个明明白白。

一颗水球从远处飞来，在空中爆开，形成一片淡蓝色的水雾，看上去格外神奇。只是，佛罗王国战士并没有注意到这颗水球，因为，他们马上就要撞上比蒙巨兽了。

就在这个时候，天空中突然多了一些东西，离得近了，才看清原来是五百根长矛，一眨眼，五百根长矛就落在了重骑兵面前。

重骑兵的防御力确实强，而且刚好是长矛的克星。这些长矛虽然锋利，且力量强大，但没能杀死多少重骑兵。伴随着一阵密集的轰响，众多重骑兵左手上的盾牌破碎了。

半空中，奥利维拉端坐在水龙背上，脸上露出一丝淡淡的微笑，他知道，自己这次的任务已经完成了。

不错，那五百根长矛确实没给重骑兵带来毁灭性的打击，但是没关系，因为那不是普通的长矛，而是树妖德鲁伊的树妖长矛。尽管树妖德鲁伊在德鲁伊一族中，地位只比角鹰德鲁伊高一点，可其实力不容小觑。除了可以远距离进攻之外，这些树妖德鲁伊还有另一个能力，那就是它们的长矛会在敌人身上释放一个魔法，会令对手行动迟缓，无法逃脱。

冲在最前面的佛罗王国重骑兵，无疑是最先受到树妖长矛攻击的人。当他们凭借着自己强大的防御力挡住长矛之时，还在暗自庆幸，可没一会儿，他们就发现，自己的动作慢了下来，就连自己的坐骑也慢了下来，再看看身边的战友，发现战友也在做着慢动作。

虽说树妖德鲁伊的这个辅助魔法只能维持十秒，但是在战场上，十秒钟就足以改变整个战局。

冲在最前面的重骑兵突然放慢速度，对后面的重骑兵来说是毁灭性的灾难。

后面的重骑兵躲闪不及，狠狠地撞击在了第一排重骑兵身上，原本整齐的战阵立马变得一片混乱。

要知道，重骑兵不仅自己穿着铠甲，就连坐骑身上也披着铠甲，因此，当他们发起冲锋之后，惯性和冲击力就会非常大，想要立即停下来又岂是一件容易的事？

一时间，整个重骑兵战阵都乱了。

和他们正好相反的是，战争巨兽格拉西斯和比蒙巨兽已经将速度提升到了极致。

试想，当双方发起冲锋的时候，一方因为事故突然停住，另一方却全力冲刺，会产生怎样的结果？

更何况，全力冲刺的另一方中，冲在最前面的是一个超级巨大的家伙啊！

格拉西斯才不管面前是什么，它从来不知道什么叫闪避，就像炮弹一样，射向了重骑兵的战阵。

“轰！”

只听一声巨响，最前面的十余名重骑兵被格拉西斯撞得飞了出去。

没和战争巨兽对战过的人，永远无法体会到战争巨兽的冲锋有多可怕。

那只能用“疯狂”来形容，没有人能让格拉西斯停下脚步，下一刻，格拉西斯就强行闯进了重骑兵的战阵之中。

神兽的气息在这一瞬间完全释放。感受到神兽的气息，前面的重骑兵的坐骑同时发出阵阵悲鸣，一个个开始后退，与后面的重骑兵挤在了一起，甚至还出现了踩踏其他坐骑的情况，现场更加混乱。

一时间，不知道有多少重骑兵在格拉西斯的战争践踏下丧命。

不过，这混乱无形中帮了佛罗王国人一个大忙。格拉西斯的冲锋确实猛，但它面前，毕竟有两万多名佛罗王国战士，那么多人和坐骑挤在一起，刚开始的时候，格拉西斯还能凭借冲力前行，但很快，它就像陷入了泥沼之中一样，速度明显降了下来。

和格拉西斯一样，比蒙巨兽也冲入了混乱的战阵之中，一时间，它们大展神威。可是，那两万多名佛罗王国战士还是给它们带来了一些麻烦。

见此情景，半空中的奥利维拉皱起了眉头，怎么会变成这样？怎么会让佛罗王国大军趁乱发起反攻？

虽然奥利维拉是出色的统领，但战场上的形势一向是瞬息万变的，他也无法完全掌握每一刻的变化，一时间有些犯难，自己要怎么做才能化解眼前的困局呢？

佛罗王国的士兵实在太多了，在眼下的这种混乱局面之中，就算死神龙狼骑兵冲过去，恐怕也只会陷入混乱之中，难以脱身，再说，万一死神龙狼骑兵有所损伤，自己该如何向叶音竹交代？

那些长矛虽然不错，但现在场上一片混乱，敌我难分，要是树妖德鲁伊的长矛伤到比蒙巨兽就适得其反了。

在这种情况下，奥利维拉也只能选择观望，希望比蒙巨兽能够凭借自己的力量杀出重围。

同时，因为形势的变化，他立刻下达军令，命令不远处准备随时增援的另一支队伍快速赶到他身边。

看到手下与敌人混战在一起，那名佛罗王国统领也是大吃一惊。眼看格拉西斯和比蒙巨兽都陷入了己方战阵之中，这名佛罗王国统领大喜过望。现在，他们已经围住了敌人，按照以往对付比蒙巨兽的经验，将其围歼显然是最好的办法。

因此，这名统领立刻下了一道命令。他没有管那些和战争巨兽、比蒙巨兽纠缠在一起的佛罗王国战士，而是在后方调集军队。

他下达的命令十分阴狠。他命令手下的战士不计代价攻击比蒙巨兽和战争巨兽的腿。不管比蒙巨兽和战争巨兽有多强，腿受伤之后，不仅行动会受限，就连攻击力也会降低，要是能将这些比蒙巨兽全歼在这里，那就是大功一件。

正在这人开始做美梦的时候，半空中的奥利维拉脸上重新挂上了笑容。他想到了一个好得不能再好的办法。

“猛禽德鲁伊，给我把比蒙巨兽吹起来。”

奥利维拉一声令下，变身成大鸟，聚集在他背后的猛禽德鲁伊马上动了起来。它们朝着下方的战场滑翔而去，眨眼间就落在了战场边缘，为了保护这些猛禽德鲁伊，五百名树妖德鲁伊立刻追了上去，挡在猛禽德鲁伊身前。

落在地面之后，猛禽德鲁伊立马化成了人形。最前面的一百个猛禽德鲁伊全身出现了一层绿色的光芒，每个德鲁伊手中都拿着一根短柄木杖。虽然没有听到他们吟唱的声音，可不一会儿，空气中的风元素就动了。

不知不觉，比蒙巨兽所在的地方就出现了一百道小型龙卷风。比蒙巨兽虽然身体庞大，但在龙卷风这种大自然的力量面前也无计可施，只是一瞬间，比蒙巨兽就全部被龙卷风卷到了空中。

以比蒙巨兽超强的防御力，龙卷风自然无法伤害到它们，就算从高空摔落，这些皮糙肉厚的大家伙也不会有什么问题。比蒙巨兽既然被吹入了高空之中，自然也就暂时脱离了战场。

“格拉西斯大哥，想吃饭就来个厉害一些的战争践踏吧。”

奥利维拉利用斗气，将声音远远地送了出去。这个时候，他的指挥能力完全展现了出来，也就是在这个时候，他才完全明白叶音竹所说的兵种配合是什么意思。

格拉西斯早就不耐烦了，那些佛罗王国人竟然阻挡它吃饭，这让它很生气。刚刚，它发现身边出现了许多龙卷风，看到所有比蒙巨兽都被吹上了天，它有些搞不清状况，遂愣了一下，听到奥利维拉的话后，它很快就明白过来了。

别看格拉西斯外表粗犷，作为十阶神兽，它的智力绝对不比人类低，一瞬间，它就明白了奥利维拉的意思。

“嗷！”

格拉西斯怒吼一声，天地都仿佛被它震动了。那些佛罗王国战士正拼尽全力，用手中的武器攻击格拉西斯宛如石柱的腿。可是，战争巨兽的防御又岂是他们能够破开的？

“嗷！”

格拉西斯再次怒吼一声，两条前腿同时抬了起来，头顶上的独角发出一团耀眼的乳白色光芒，还有两道乳白色光芒飞快地融入了它抬起的前腿之中。

它这是要用全力使出一招战争践踏。

“轰！”

等格拉西斯的两条前腿重重地踩在地面上之后，地面裂了。只是一刹那，高达三十米的冲击波就化为一圈白色光环朝外围冲去。无数条宽达数米的巨大裂痕迅速蔓延，格拉西斯身体周围出现了无数岩石和泥土。

听到那声巨响之后，远处的死神龙狼骑兵开始飞速后退，他们很清楚十阶神兽发威的后果有多恐怖。

“这么猛，猛禽德鲁伊、树妖德鲁伊，快撤！”

在空中的奥利维拉见此情景，着实大吃一惊。他将格拉西斯这一招看得很清楚。他完全没想到战争巨兽的战争践踏这么恐怖。

地面上，大批敌人被冲击波震飞，那冲击波扩散的速度非常快。

这一刻，猛禽德鲁伊显示出了它们的作用。撤退的时候，猛禽德鲁伊重新变成了大鸟，它们用巨大的爪子抓着树妖德鲁伊，腾空而起，转眼就升入了半空之中，惊险地躲开了战争践踏的冲击波。

这绝对是简单而有效的攻击，战争践踏的威力是任何人都无法想象的。

地面上，以格拉西斯为中心，千米之内再没有任何生物存在，原本围着它的佛罗王国战士竟然全部被震飞了出去，那可是两万多人啊！此时，距离格拉西斯千米之外，佛罗王国战士躺了一地。这一下，佛罗王国战士丧命的不计其数，没死的也只能捂着伤口，躺在地上哀嚎，一点战斗力也没有了。

包围？包围战争巨兽是一种愚蠢的行为。人分布得越密集，战争践踏的杀伤力越大。

“砰砰砰！”

一阵轰鸣声中，比蒙巨兽纷纷落地。猛禽德鲁伊的龙卷风并不能维持太长时间，比蒙巨兽又那么大，龙卷风持续的时间更短了。

这些比蒙巨兽落下之后，看向格拉西斯的眼神变了，尊敬中带着几分恐惧，这才是十阶神兽真正的力量啊，足以毁天灭地的力量。

一招过后，格拉西斯化成人形，站在那里。他高傲地昂起了自己的大头，他的眼眸深处，多了几分疲惫，刚才那一下，消耗了他太多能量。

消耗了怎么办？

格拉西斯转头，盯着远处那些粮草，眼睛好像在放光。消耗了就吃回来，这一向是战争巨兽的信条。

“兄弟们，给我吃！”

这一刻，还有什么力量能够阻挡战争巨兽前进的脚步呢？

斯福尔特城。

叶音竹静静地站在城楼上朝远方看去，敌人依旧没有任何动静，整整三天过去了，按照当初他和奥利维拉的推断，现在佛罗王国的五十万大军应该已经开始饿肚子了。

奥利维拉，一切就看你的了。只要你能切断佛罗王国的后勤补给线，我就一定能守住这里，逼佛罗王国人撤回去。否则的话，恐怕我们也帮不了米兰帝国。

三天的时间里，斯福尔特城的每一个人都被动员起来。旁边两座城市的所有补给物资和战士都转移到了这座最大的城市之中，叶音竹放在东风城的物资也转移了过来。

此时，斯福尔特城中，主力军有十五万人，后勤补给部队十二万人，平民大约二十万人，这样算起来，人数也不比佛罗王国大军差多少。但叶音竹很清楚，从战斗力来看，如果在平原上作战，恐怕佛罗王国的大军只要几次冲锋，就能打败斯福尔特城的这几十万人。

这几天，叶音竹命人将斯福尔特城的城墙加厚了三米，然后让人加强戒备，基本是三步一岗，五步一哨，还派出了上千名侦察兵，以便随时了解敌人的动向。

叶音竹知道，自己现在需要的是时间。现在的他，反而更希望佛罗王国人赶快发动全面攻击，这样才能证明奥利维拉成功切断了佛罗王国人的后勤补给线。

如果佛罗王国人不急不躁，慢慢地攻击他们，就证明奥利维拉失败了。那么，自己就很难左右这次战争的走向了。

“音竹。”苏拉不知道什么时候来到了叶音竹身边，从空间戒指中取出一个不大的粥罐，“快吃一点吧，这是我特意给你煮的粥。不要太担心了。实在不行，我们就撤回琴城去。”

接过苏拉递来的粥，叶音竹感觉心中一片温暖。这三天，他几乎没下过城楼。

叶音竹轻叹一声，无奈地道：“退？其实我们无路可退。如果佛罗王国人攻入米兰帝国境内，那么，这场战争就真的没有扭转的可能了。蓝迪亚斯帝国和波庞王国的人一旦攻入米兰帝国，并成功会合，就会组成一支两百万人的超级大军，那时候，米兰帝国就真的要覆灭了。

“米兰帝国灭亡之后，阿斯科利王国和巴勒莫王国肯定也撑不下去，过不了多久就会灭亡。你说，蓝迪亚斯帝国人和佛罗王国人会放过我们琴城吗？要是真到了那一天，恐怕我们也只能像当初的龙狼一样，撤入极北荒原之中。

“眼前这场战役，看上去虽然只是我们与佛罗王国人的一次较量，但是，它实际上关系着琴城的未来，当然，也关系着米兰帝国的未来。现在，我们和米兰帝国就是拴在同一条线上的蚂蚱。”

苏拉淡然一笑，对他来说，各国之间怎么争斗都不重要，他心中只有一个想法，那就是保护叶音竹，不论什么时候，都要让叶音竹活着离开战场。

“音竹，有消息了。”

紫低沉的声音在叶音竹耳边响起。叶音竹赶忙将刚喝了几口的粥递给苏拉，迎着紫走过去。

“怎么样？”

叶音竹急切地问道，这几天可把他急坏了。

紫两眼放光，兴奋地道：“成了，奥利维拉派角鹰德鲁伊送来消息，说他们已经完成了第一次抢粮任务。同时，他们还干掉了不少血色卫队战士和普通战士。现在，护送粮草的佛罗王国战士已经到达了佛罗王国前线，这下，佛罗王国统帅又要操心那么人吃什么了。”

“太好了，奥利维拉大哥果然没有令我失望。”

闻言，叶音竹连忙拍手大笑，笑得连眼睛都眯起来了。

叶音竹一时高兴，忘记问奥利维拉他们的伤亡情况，过了一会儿才想起来，赶忙追问道：“紫，奥利维拉大哥他们伤亡情况如何？”

紫微笑道：“放心吧，他们几乎没受什么伤。只是格拉西斯似乎消耗过大，吃饱以后就找地方睡觉去了。等下次佛罗王国人送补给过来的时候，估计格拉西斯就能完全恢复。”

“格拉西斯消耗过大？”

叶音竹大吃一惊，他很清楚格拉西斯的实力有多么恐怖，佛罗王国的那几万人竟然能让格拉西斯消耗那么多能量，看来那几万人也不简单。

紫眼中闪过一道寒光，道：“格拉西斯的消耗是值得的，有近万人死在它的战争践踏之下，其中大部分是重骑兵。奥利维拉把能带走的粮草拉到了隐秘之所，其他带不走的粮草都烧了。”

听紫这么说，叶音竹才松了一口气，他遥望东方，淡然微笑道：“既然那边已经顺利抢到了粮食，估计佛罗王国大军马上就会行动了。你说，他们究竟会如何选择呢？是进攻，还是撤退？我很期待。来人，传我命令，全城进入战备状态，随时准备迎接我们的对手。”

与叶音竹的兴奋恰好相反，此时的佛罗王国大军营地之中，是一片愁云惨雾。

一看到运送粮草的将士没有一点秩序地走进营地之中，库斯勒就有一种不好的预感，难道是……他一直望着队伍最后面，希望看到粮草，可等所有人都进入营地之后，他也没见到一点粮草的影子。

“这是怎么回事？粮草呢？”库斯勒强装镇定，随手指了一名小兵，问道。

“元、元帅大人，粮草被抢了。”小兵颤抖着说。

这小兵的话，证实了库斯勒的猜测，库斯勒险些昏死过去。

那一千名血色卫队战士是干什么吃的？还有那五千名禁卫军呢？再加上两万多名普通士兵，一共三万人，难道就那么不堪一击吗？

那些进入佛罗王国境内，一次次地抢夺大军物资的人真的那么厉害吗？

现在说什么都已经晚了，大军的补给线又断了，现在，他都不知道怎么安抚手下的五十万大军了。

回到帅帐之后，库斯勒猛地一拍桌案，痛心疾首地道：“都怪我，我不应该对血色卫队过于有信心，早就该派遣一支军队去接应他们。没了粮草，我们怎么继续攻打米兰帝国？还有存粮吗？”

一名后勤军官赶忙上前，神色凝重地道：“一点也没有了，我军已经断粮两天。这几天，我们甚至开始宰杀负责运送补给的角马了，但还是有不少战士饿着肚子。元帅大人，我们有五十万人，每天都会消耗天文数字一样的粮草，您必须早做决断才行。再这样下去，不用和米兰帝国人交战，我们自己就先饿死了。”

“我知道，可现在让我去哪里找粮草？这一次我军出征已经倾尽全国之力，就算现在让人再送一批粮草过来，十天内也很难送到这里。卑鄙的米兰帝国人，竟然用这种肮脏的手段阻挡我们前进的脚步，我绝对不会让你们称心如意的。断我粮草，不就是想逼我撤军，好给你们喘息的时间吗？我偏不给你们这个机会。我们没有粮草，就吃你们米兰帝国的。来人，传我命令，全军开拔，目标，斯福尔特城。”

“是，元帅大人。”

库斯勒的表情有些狰狞，他大声道：“你们都给我听好了，回去告诉你们的手下，这次进攻斯福尔特城只能成功不能失败，想要吃饭，就给我把吃奶的力气都使出来！食物就在城中，谁第一个攻入城内，我就封他做军团长！”

“佛罗王国人动了。”

尽管苏拉心疼叶音竹，可还是不得不将刚刚进入修炼状态的叶音竹叫醒。

闻言，叶音竹睁开双眼，一跃而起，休息了一会儿的他看上去精神不错。他看着东方，目光冷厉。

“终于来了，佛罗王国人，你们果然没有让我失望，以进为退是你们最好的选择，但是，你们又能坚持几天呢？”

“侯爵大人，佛罗王国大军来了。”

安切诺蒂带着一群将领来到城楼之上，远远地望着正从百里外飞速接近的佛罗王国大军。

叶音竹沉声道：“一切都准备好了吗？”

安切诺蒂坚定地点了点头，道：“不成功便成仁。我们绝对不会让他们越雷池一步。”

面对佛罗王国的五十万精锐，此时米兰帝国战士众志成城，他们都知道，保住斯福尔特城是他们活命的唯一机会，也是阻止佛罗王国大军进入米兰帝国境内的唯一机会，这一战，他们绝对不能输。

叶音竹沉声道："佛罗王国的第一轮冲击必然是最猛烈的，安切诺蒂元帅，告诉大家，不惜任何代价，阻止佛罗王国人攻上城楼。"

安切诺蒂答应一声，转身下了几道命令，斯福尔特城中的人都紧张起来，做好了应战准备，现场气氛沉重，巨大的压力令人喘不过气来。

远远地，叶音竹仔细地观察着佛罗王国大军。

其实那五十万人比不上当初进攻琴城的米兰帝国北方军团的二十万大军，只不过他们的人数比北方军团的人数多。

五十万大军分成左、中、右三路齐头并进。中央军约有三十万人，血色卫队也在中央军之中，左右两路各约十万人。

叶音竹在书上看到过的兵种，这五十万人中几乎都有。

这五十万人中，最厉害的就是那五万名重骑兵，他们和血色卫队在一起，共同护卫着元帅和魔法师。

正如叶音竹判断的那样，佛罗王国大军没有别的选择，在没有补给的情况下，他们根本不敢从其他两座城市冲入米兰帝国境内。现在的他们，只有攻破斯福尔特城，从城中得到足够的补给，才有底气继续挺进。

佛罗王国大军在距离斯福尔特城还有二十里的地方才停止前进。

双方陷入了短暂的寂静之中。

城楼上的东方军团将领知道，敌军之所以停下来，是在急行军之后进行休整，等他们休整完，应该就要发动进攻了。

佛罗王国人将攻城车、云梯、弩车等器械放在阵前。还有数万人组成了沙袋填埋队。

库斯勒端坐在自己的巨龙背上，脸色一片冰冷，从表面看去，佛罗王国大军压境，东方军团只能龟缩在城内，他们似乎占了优势，实际上他是有苦说不出。如果不能在短时间内拿下斯福尔特城，那么，他就只能无功而返，到时候恐怕佛罗王国损失更大。

库斯勒也知道这场战争的重要性。这场战争关系到龙崎努斯大陆今后的局面。斯福尔特城究竟是一个突破口，还是一块铁板，都会在这几天内得到答案。

“杀坐骑，将轻骑兵的坐骑全部杀掉。攻城的时候，那些坐骑没有任何作用，还不如让我们的将士饱餐一顿。两个小时后，开始攻击。没有我的命令，攻击永不停止，直到拿下斯福尔特城。”库斯勒对自己的属下下了死命令。

轻骑兵的坐骑开始倒下，不一会儿，营地上方升起了袅袅炊烟。听着坐骑的悲鸣，佛罗王国战士心中满是悲愤之情。大战一触即发，每一名佛罗王国战士都知道，眼前这一战，他们绝对不能输。

这就是破釜沉舟，没有退路，只能前进。

明和紫无声无息地来到叶音竹背后，他们的神色同样凝重。虽然他们是神兽，战斗力远超平常人，但是面对五十万大军，他们还是觉得有些困难。他们还是第一次与这么多敌人作战。

叶音竹又何尝不是呢？

但在这个时候，他知道自己绝对不能畏缩。

正午时分，现在是冬日里最温暖的时刻，远处的炊烟渐渐散去，淡淡的烤肉味顺着微风飘入斯福尔特城。

安切诺蒂叹息一声，道：“他们杀坐骑了，看来他们下定了决心，不死不休。”

叶音竹淡淡地道：“我们的处境跟他们一样。难道我们还有退路吗？米兰帝国战士们，你们要记住，在你们背后，就是米兰帝国的广袤土地，你们组成了这最后一道防线。你们只需要坚守五天。五天之后，在没有任何补给的情况下，佛罗王国人必定撤退。五天，不惜任何代价也要顶住五天！”

“是！”众将应诺。

同样饱餐一顿之后，将士们继续守城。

佛罗王国大军终于动了。他们分为左右两路，两路各两万人，带着攻城器械，以最快的速度，朝斯福尔特城扑来。

“投石车！”

安切诺蒂大喝一声。

城楼上，米兰帝国战士站在数百架投石车旁边。嘎吱声中，一个个直径一米的巨大石块被装入投石车中，眼看着敌人逐渐接近，所有人都静静地等待着。

“弩车！”

安切诺蒂再次大喝。

城楼上，战士们拉开了一百二十架大弩的弓弦。一辆弩车一次性可以发射八根弩箭。和投石车相比，弩车的射程显然要远得多，可以达到八百步。

在那四万名带着攻城器械的佛罗王国战士之后，紧跟着另外四万名战士，他们已经准备好，等前面四万人冲锋失败后就立即扑上去。为了生存，为了赢得这场战争，佛罗王国大军已经有些疯狂了。

“看，那是什么？”安切诺蒂旁边的一名将领惊呼出声。

顺着他所指的方向看去，只见冲在最前面的四万名佛罗王国战士中，有十余名穿着血红色衣服的人。

叶音竹脸色一变，喝道：“是血魔法师！快，弓箭手！”

第一百七十八章

山岭巨人，大展神威

他们发现得还是晚了一些，弓箭手射出的箭全部都被盾牌挡了下来，一道道血色光芒在佛罗王国前锋大军中散开。凡是被血色光芒笼罩的佛罗王国战士，肌肉瞬间膨胀，双眼通红，用比先前更快的速度朝城楼冲来。

嗜血魔法！正是血魔法师的嗜血魔法。

在魔法师中，血魔法师是一种另类的存在，与其他系的魔法师相比，血魔法师的个体战斗能力并不强，他们甚至没有什么太强的攻击魔法，但是，血魔法师比其他魔法师更适合在战场上战斗。因为他们的嗜血魔法可以在极大范围内提高战士们的战斗力。

一旦被嗜血魔法所影响，战士的战斗力就会瞬间提升一倍多，同时会失去痛感，一味冲杀，不知恐惧。

也就是说，被嗜血魔法影响的战士，立刻就会变成死士。当然，这也是有缺点的，当嗜血魔法的效果消失之后，战士本身的生命力会大幅度下降。被嗜血魔法笼罩一次，战士的寿命至少会减少三年。

十余名血魔法师全力释放魔法之后，冲在最前面的上千名佛罗王国战士顿时进入了嗜血状态，疯狂地朝斯福尔特城扑来。同时，那些佛罗王国的沙袋填埋手也在快速运送沙袋，朝护城河奔来。

“明，快解决那些血魔法师！”

叶音竹沉声大喝，他知道，如果让这些血魔法师继续施展魔法，那么，己方所要面对的将会是数万名死士。

与此同时，安切诺蒂也下达了攻击的命令。刹那间，弩车、投石车同时发威，机轴摩擦的声音传遍了整个城楼。

明将双目化为一目，一道雷电从明的独目中激射而出，只听咔嚓一声，挡在一名血魔法师身前的盾牌瞬间破碎，下一刻，那名血魔法师已经变成了焦炭。

山岭巨人的天赋异能——雷霆一击可不是这些脆弱的魔法师所能抗衡的。接到叶音竹的命令后，明的独目中射出了十余道闪电，不一会儿就解决了敌方战阵中的那些血魔法师。

明大展神威，看得周围的将领大为吃惊，心中很是佩服，只不过战事紧急，谁也没心思去想明到底是什么人。

明解决这十几名血魔法师的时候，被嗜血魔法影响的几千名佛罗王国战士已经冲到了护城河处。

弩车、投石车的威力绝对是恐怖的。虽然那些变成死士的战士在速度和力量方面都提升了许多，但是在弩车和投石车面前，都没有用。他们还没泅渡护城河，就被一片箭雨和巨大的石块解决了。

叶音竹大喝道：“投石车停止攻击，弓箭手继续！全体魔法师准备应变！”

攻城的损失无疑是巨大的，佛罗王国大军仿佛根本不知道生死为何物，发起了一轮又一轮冲锋。他们将云梯架在护城河上，大量的填埋手冒着箭雨，背着沙袋往前走，一批填埋手死了，立刻就会有另一批冲上来，扛起前者落在地上的沙袋继续前进。

一时间，斯福尔特城前血流成河。

城下，攻城器械不断向前推移，佛罗王国战士在护城河外竖起了数十座箭楼，向城楼射箭。可惜，这些箭楼上无法安装弩车。弩车不论是射程还是杀伤力，都远远超过弓箭手射出的箭。因此，这些箭楼的作用很有限。

城楼上的米兰帝国将士知道，这只是一个开始，真正的苦战还在后面。

护城河里的沙袋越来越多，佛罗国王大军的冲锋也变得更加凶猛了。

米兰帝国将士竖起大量盾牌，借此抵挡箭楼上射来的箭矢，安切诺蒂急切地向没有穿铠甲的叶音竹道："侯爵大人，先退后一点吧，以免被流矢所伤。"

叶音竹摇了摇头，他看上去很冷静，丝毫不为城下的形势所动。他冷淡地道："安切诺蒂元帅，麻烦您去后勤部队看一下，务必要保证城上所需物资能及时得到补充。"

虽然城楼下和箭楼上有数千名佛罗王国弓箭手不断射箭，但安切诺蒂发现，叶音竹根本不用担心流矢的问题，因为那名不知道用什么方法引动了雷电的大汉半横在他面前，任何流矢都别想从大汉面前经过。就算有从侧面射来的箭，也会被大汉抬手挡下，最为骇人的是，这名大汉竟然直接用身体去挡箭。那些箭射在大汉身上，只能发出一声声闷响，根本无法伤害到大汉。于是安切诺蒂放心地离开了。

此时，佛罗王国大军已经完全到达了城下，最前面的是战车上面的重装步兵，这种步兵的速度虽然慢，但防御力极其惊人，每一名步兵手中都拿着一个比自己身体还要高大的塔盾。

他们来到护城河边之后，每三名重装步兵为一组，用特殊方法将塔盾摞在一起，形成一道坚固的防线，就算是弩箭，也很难射穿他们那厚达半尺的巨型盾牌。

叶音竹冷冷地看着城下这一幕，想着应对之法。这是标准的攻城手法，他在兵书上看到过这种攻城方法的详细介绍。塔盾在前，并不是为了进攻，而是想尽可能地降低己方的伤亡。

现在佛罗王国大军的目标还不是城楼，而是城下的护城河。有这些塔盾在，后排的士兵就不会那么快被弩箭射死。与此同时，后面的战士趁机把各种攻城器械推上前来。

趁有塔盾保护，填埋队更是不断地往护城河里扔沙袋。只要护城河被填平，佛罗王国大军就会发起总攻。为了能够进入斯福尔特城，达到以战养战的目的，佛罗王国统帅已经不计后果了，大有孤注一掷的意思。

“投石车！”

叶音竹大喝一声，先前在他命令下已经停止攻击的投石车再次被拉起了机簧，伴随着嘎吱声，数十个巨大的石块朝护城河对岸落去。

一时间，阵阵惨叫声传来。塔盾虽然防御力惊人，但在投石车投出的巨石的攻击下，还是不堪一击。此时，投石车的威力发挥了出来，后面一些推着攻城器械的人，因为惧怕巨石，所以停止了前进。

“派人将安切诺蒂元帅叫回来一下。”叶音竹说道。

在一旁安排后勤补给的安切诺蒂接到命令后，立马回到了城楼之上。眼看敌人的塔盾墙被石块砸了个七零八落，他立刻指挥城楼上的弓箭手朝下面射去。

此时，城楼上的弓箭手根本不需要瞄准，只要不停地拉弓放箭就可以了，下面的敌人实在太多了，就算胡乱射也能射中一个。

库斯勒站在佛罗王国大军后方，静静地看着前方。他知道，这场战斗本身就是一场消耗战，佛罗王国战士在用自己的生命杀开前进的道路。现在这个时候，他已经没有其他办法了，想要前进，就必须付出代价。

“元帅，是不是该让其他魔法师上了？”库斯勒身旁一名参军低声建议道。

库斯勒摇了摇头，道：“不，还没到时候。现在我们要做的是消耗对手的防御武器，同时，也要利用这段时间填埋护城河，否则，就算魔法师完全压制住了对手，我们也没有冲上城楼的机会。来人！”

“元帅。”一名传令兵躬身行礼。

“传我命令，让前锋军不惜一切代价，务必在一个小时内，将护城河给我填平。若还是填不起来，就用他们自己的身躯去填。”

库斯勒的声音冰冷无情，谁都知道，他并不是在开玩笑。

佛罗王国大军的冲锋变得更加凶猛了，倒下一个塔盾，他们就立刻又竖起一个。护城河边的尸体越来越多。

双方已经战斗了两个小时，在这两个小时内，佛罗王国的前锋军死了五千人。这五千人的牺牲并不是没有价值的，斯福尔特城的护城河已经被填起了一半。

城楼上的弓箭手已经换了三批，每一批弓箭手在手臂酸疼到无法抬起的时候才会后退。

弩车的杀伤力虽然惊人，但弩箭比较少。这种一寸粗的重箭一旦射入人群之中，就会带走数条生命。

城楼上，弓箭手排成三排，拉弓，上前，放箭，配合默契。大量箭矢飞向城下，不断射击着佛罗王国战士。

安切诺蒂沉声道："侯爵大人，照现在的情况发展下去，用不了多久，我们的护城河就会被佛罗王国大军填平，到时候，他们必将发起更加猛烈的攻击，如果我没判断错，他们就是在等待那个时刻，那时他们会让所有魔法师向我们释放魔法。"

叶音竹一直盯着城下，此时，在塔盾的掩护下，佛罗王国大军疯狂地填埋着护城河。在大批战士后面，攻城车、云梯等众多攻城器材都已经推到了护城河附近，正好停在投石车的射程之外，显然，只要护城河一被填平，下一刻，大批佛罗王国战士就会配合着攻城器械发起猛攻。

见此情景，叶音竹眼中光芒一闪，向身边的安切诺蒂道："安切诺蒂元帅，城上的指挥暂时交给您，请您务必让守城士兵压制住他们。"

安切诺蒂点了点头，道："您去休息一下吧，只要我还活着，就绝对不会让佛罗王国人冲上城楼。"

叶音竹淡然一笑，从安切诺蒂身边走过，当两人擦肩而过之时，他微笑道："安切诺蒂元帅，掩护我吧。要是一直任由他们填埋护城河，我怕我们坚持不了五天。琴城的人，跟我来。”

说完，不等安切诺蒂阻止，叶音竹就带着明、紫走下了城楼。

安切诺蒂大吃一惊，喊道：“侯爵大人，您要干什么？”

叶音竹的声音远远传来：“要想守住斯福尔特城，我们就要尽可能地减缓佛罗王国人填埋的速度。”

“元帅，侯爵大人带着七百人朝城门那边去了。”

安切诺蒂心中一紧，不禁有些怀疑叶音竹，怀疑叶音竹和他带的那些人都是奸细，如果真的是那样，一旦叶音竹打开城门，放下吊桥，那斯福尔特城就真的完了。

“放心吧。叶领主自有他的用意，元帅大人，请您像相信陛下一样相信叶领主。”金色淡淡的声音在安切诺蒂耳边响起，他显然看出了安切诺蒂在担心什么。

安切诺蒂有些急切地道：“金色大哥，侯爵大人只带了七百人，我们要不要再派一些人和他一起去？”

金色摇了摇头，道：“不用了，叶领主的七百人足以对抗千军万马，你等着看吧。”

在他们说话的时候，叶音竹带着人已经出了城，吊桥也被放下来了。叶音竹一马当先，带领七百人顺着吊桥冲了出去。

远处，佛罗王国的库斯勒元帅看到斯福尔特城的吊桥竟然被放了下来，顿时吃了一惊。米兰帝国人要干什么？他们疯了吗？我们这么多人等在这里，他们竟然还敢出来？

根本用不着库斯勒下令，立功心切的佛罗王国前锋军看到吊桥放下，立马如同潮水一般涌了过去。

就在这时，一道紫光出现了。

那道耀眼的紫光先是冲天而起，在空中化成一片巨大的光幕，然后，紫光冲到了最前面，迎上了佛罗王国前锋军。

紫色，本就是一种令敌人害怕的颜色。而这紫色又如此耀眼，紫光一到佛罗王国战士身边，就会与佛罗王国战士融为一体，再仔细一看，会发现那些佛罗王国战士变成了一块块紫色的晶体。下一刻，当那耀眼的紫光再次从他们身上扫过时，他们直接就化为了一地紫色晶粉，之后就被风吹散了。

“三角阵，冲！”

在紫竹斗气的作用下，叶音竹腾空而起，借助红灵化成的红色双翼，他飞了起来，停留在半空之中。

与此同时，那道紫光停了下来，原来那是一个人。那人抬脚踏上吊桥之时，身体迅速变大，眨眼间就变成了一名身高超过二十五米的巨人。巨人的身体上覆盖着一层紫色晶体，闪耀着耀眼的光芒。巨人的手上还握着一柄泛着紫光的巨剑。

战神！

看到这一幕，所有人都想到了这两个字。这人的身体实在是太大了，阳光照射在它身上，反射出万道光芒，一瞬间，在场的人都感受到了威压，先前那些还疯狂向前冲锋的佛罗王国战士顿时一愣。

这时，展开双翼的叶音竹恰好飘落在巨人的肩膀上。他们两人组合在一起，就像末世的战神与天使，夺人眼球，摄人心魄。

从斯福尔特城冲出的七百人分成了两拨，其中五百人跟随叶音竹和紫一同冲过了吊桥，另外两百人留在了对岸。那两百人一字排开，同时发出一声怒吼，从他们身上发出一个个黄色光环，向叶音竹和另外五百人笼罩而去。一时间，叶音竹那队人身上就多了一个黄色光环。

有一股神秘力量从黄色光环内传到叶音竹和东龙帝国战士身上，他们觉得自己的战斗力得到了增强，这还是他们第一次体会到利爪德鲁伊的天赋魔法——咆哮的好处。

受到咆哮魔法影响之后，叶音竹感觉自己的战斗力至少提升了百分之二十。

“冲！”冰冷的声音从紫的肩膀上响起。

叶音竹身穿一袭白衣，背上一双红色羽翼，站在紫宽阔的肩膀上，仿若一名傲视天下的强者。橘黄色的飞瀑连珠琴悄然出现在他怀抱之中。

悲伤的气氛，在这一瞬间笼罩战场。

突如其来的变化令佛罗王国前锋军陷入了一片慌乱之中，没等他们调整过来，紫就迈开了步子，朝他们冲了上去。

“嗷！”

又是一声怒吼，在紫身边，另一个身体膨胀起来，眨眼间，那人就变得比紫还高了，一直到超过五十米，那人的身体才停止变化。原来是明。

明的攻击手段相对紫来说，比较单一。在出城的时候，叶音竹就交给了明一项任务。等变身成功之后，明也迈开了脚步，大踏步地朝敌军走去。他不需要攻击，只要一脚踩下去，那些敌人就会变成肉泥。

在明和紫的身后，是由梅、兰两宗宗主带领的五百名东龙帝国战士，他们如同五百柄尖刀一样，插进了佛罗王国大军之中。

重装步兵的防御很好是吗？可惜，他们的防御再强也比不过东龙帝国战士的斗气。

东龙帝国战士身穿薄薄的软甲，虽然软甲的防御力一般，但是，这样的软甲不会限制他们的活动，他们能将速度提升到极致。他们手上的武器是矮人族大师铸造的，威力非凡。他们将斗气输入武器中之后，武器都带了一层黄光。站在最前面的前锋军已经倒下了，他们只需举起武器，继续向前冲。

一看到那五百人的武器上发出黄光，库斯勒就暗自心想：这是拥有黄级斗气的军团吗?

眼看那两个巨人朝自己的手下走去，库斯勒的心跳都漏了一拍。不知道为什么，库斯勒有一种直觉，他觉得站在紫色巨人肩膀上的白衣青年才是这支特殊队伍的首领。此时此刻，他有种鞭长莫及的感觉。

不，不能再等了，米兰帝国什么时候拥有这样一支队伍了？不将他们消灭，谁知道我方还会有多少损失。

想到这里，库斯勒当机立断，下达了发动魔法攻击的命令。

这次佛罗王国征召五十万人攻打米兰帝国，除了战士以外，还征召了国内的绝大部分魔法师，总计有八百名魔法师。其中三百名为血魔法师，五百名为其他属性的魔法师。佛罗王国不像米兰帝国，没有米兰魔武学院那种培养魔法师的摇篮。八百名魔法师对于佛罗王国和其他王国来说，已经是一个非常庞大的数字了。

在库斯勒的命令下，魔法师开始施展他们的魔法。低沉的咒语吟唱声传了出来，一瞬间，半边天空的颜色都变了。

大踏步走出去的明，一拳就将一座箭楼打塌了。眼看魔法师调动魔法元素，造出一片魔法云，明咧嘴一笑，不再按照叶音竹的命令攻击那些攻城器械，转而双手猛地朝地面砸去。

轰然巨响之中，明那长达二十米的粗壮手臂没入了地下。

此时，紫全力攻击，大开杀戒。根本不需要叶音竹的辅助，在利爪德鲁伊的咆哮魔法作用下，紫的战斗力完全发挥了出来。

紫的速度极快，佛罗王国战士根本阻挡不了它。它手中十七米长的紫晶剑堪比死神的镰刀，只是几次呼吸的时间，就有超过三百名佛罗王国战士死在了它的紫晶剑下，由于紫晶剑上有晶石魔法，所以那些战士都变成了紫色粉末。一时间，空气中紫色粉末疯狂飞扬。

叶音竹自然也看到了远处的魔法云，但是他并没有过多的担忧，因为佛罗王国的魔法师距离自已这边太远，一般远程控制如此大规模的魔法攻击，根本就不可能寻找到具体目标，只能进行地毯式的攻击，而这样地毯式的攻击无疑会伤到佛罗王国战士。这样一来，佛罗王国大军的损失会更大。同时，佛罗王国的魔法师数量虽然不少，但实力参差不齐，真正能够对叶音竹一方构成威胁的只有极少数，就算他们发出魔法攻击又能怎么样？

跟随叶音竹出来的都是东龙帝国的精锐，这种大范围的中低级魔法轰击，根本无法打破他们的斗气防御层。

就在叶音竹思考这些的时候，明给了他一个大大的惊喜。

明在猛地将双臂插入地面之后，全身上下发出了乳白色的光芒，乳白色光芒中还有些黄光。这些光芒不断通过明的双臂，进入地下。

大量佛罗王国战士趁此机会将明包围起来，不断用他们的武器敲打着明的身体，可惜，他们面前的是山岭巨人，别说是他们，就算是他们的元帅，实力达到了紫级的库斯勒，也不可能破开明的防御。

“轰！”

大地突然震动起来，宛如地震了一般，数千名佛罗王国战士未来得及反应，就跌倒了。

就在这时，佛罗王国魔法军团终于吟唱完了咒语，几百个人发出的魔法攻击汇聚成一片魔法云，朝着斯福尔特城那边飞去。

东龙帝国战士目光坚定，以最快的速度和伙伴紧靠在一起，同时蹲下身体，尽可能地避免受到魔法攻击。他们催动斗气，身上亮起了黄色光芒。

叶音竹目光柔和，轻抚手中的飞瀑连珠琴，一串低沉的嗡鸣声响起，淡淡的紫光从他身上释放出来，将他和紫的身体笼罩在内。他知道，现在还不是自己使出全力施展魔法的时候。

就在这时，神奇的一幕出现了，明口中发出一声怒吼，这怒吼甚至令斯福尔特城都震动了一下，护城河水被明的怒吼声震起了数丈之高，紧接着，土地动了。

是的，土地竟然动了，明全身的骨骼都在响，显然，此时它已经用了全力，一层耀眼的乳白色光芒从它身上爆发出来。它慢慢抽出插入地面的手臂，而它面前的地面，竟然被它扯了起来。那可是上千平方米，厚达十余米的土地啊!

明直接把土地当成了一个超大的盾牌，将其挡在东龙帝国战士面前。天上的光都被明举起来的土地挡住了。之前还在这块土地上攻击明的佛罗王国战士，有些将刀插入地面，紧紧地抓住了刀柄，有些就直接摔落下去。至于攻城器械，自然都在重力的作用下，滚落下去，伴随着轰然巨响，这些笨重的攻城器械已经破损。

这是什么力量，这是神的力量吗？库斯勒看着眼前这一幕，万分惊骇。不，这并不是神的力量，而是次神级的山岭巨人的力量。

就算人类强者也修炼到次神级，也不可能像明一样，将那么大一片土地抬起来。山岭巨人的天赋能力加上次神级的强大实力，才令眼前的一切得以发生。

佛罗王国魔法军团发出的魔法根本不可能轰开眼前这厚达十余米的巨大盾牌。

明的神色有些凝重，全身不断发出一层层乳白色光芒，它那有力的双臂竟然在微微地颤抖，但是，它并没有停止自己的行动，而是继续推着面前的地面一步步前进。

叶音竹清晰地看到，明每前进一步，地面上都会留下一个深达数米的脚印。

见此场景，叶音竹脸色微微一变，赶忙道："紫，快帮帮明。其他人，跟我来。"

明掀起大地，使得佛罗王国的前锋军被分成了两部分，一部分在明前面，一部分在明后面。叶音竹没有任何犹豫，带领东龙帝国战士向那些被分散的前锋军发起了冲锋。

紫大踏步上前，虽然变成本体的它比明矮了一大截，实力也没达到次神级，但作为紫晶比蒙，它还是很强大的。有它的帮助，明的压力瞬间减轻了几分，手臂也不再颤抖了。

叶音竹没有收回飞瀑连珠琴，他展开双翼，飘在半空之中，一边指挥着东龙帝国战士攻击那些佛罗王国战士，一边不断拨动琴弦。

动听的琴音一瞬间就传遍了整个战场，叶音竹身上散发的淡淡的紫光笼罩了下方大部分战场。

实力提升之后，叶音竹的精神力也有了大幅度提升。虽然他现在的精神力还不足以让他利用琴曲使每一个人有不一样的感受，但区分敌我还是没有任何问题的。

一曲《高山流水》，进一步拉大了双方的差距。

这还是东龙帝国战士第一次在叶音竹的琴音影响下作战，利爪德鲁伊的咆哮魔法效果还没有消失，又得到了《高山流水》的增强战斗力的效果。一时间，这些东龙帝国战士宛如下山的猛虎一般，虽然他们只有五百人，但战斗力十分惊人。叶音竹第一次看到他们作战，不禁吓了一跳。

在复国之前，东龙八宗人在黑暗中隐藏了上千年。上千年来，他们只是在不断磨炼，将自己的恨意埋在了内心最深处，此时，叶音竹带给他们的，正是一个将恨意爆发出来的机会。对东龙八宗人来说，龙崎努斯大陆上所有国家的人都是他们的敌人，都是当初毁灭了东龙帝国的西龙帝国的后裔，所以，面对佛罗王国战士，他们根本不会手下留情。

两大神兽，紫和明齐心合力，那上千平方米的土地终于被它们举了起来。

在佛罗王国大军后方的库斯勒瞬间就意识到了紫和明要干什么，惊慌失措地大喝道："快，前锋军后退！快，鸣金！"

晚了，终究还是晚了，两大神兽同时发威，又怎么会让人轻易逃走？

明和紫将那片土地举起来之后，又将其狠狠砸了下去。那片土地就像天神拍下的巴掌一般，将那些没能及时后退的佛罗王国前锋军死死压住，令他们再也不能见到阳光。

那片土地的面积实在太大了。那可是上千平方米的土地，山岭巨人用尽全力，再加上紫晶比蒙的力量才将其高高举起。

不错，明作为山岭巨人，攻击手段不如战争巨兽格拉西斯的多，所以它的排名才会在战争巨兽之后，但是，明也有自己的长处。明本身的属性就是土，不论是岩石还是大地，都是它最亲密的伙伴。它本身的属性在这场战斗中发挥了极大的作用。

上千平方米土地被人重重地砸下，带来的结果只有死亡。

所有攻城器械都成了齑粉，没来得及后退的佛罗王国前锋军被掩埋在了大地之下，没有人会怀疑他们的命运，他们永远地睡在了斯福尔特城前。

眼前的场景只能用“惨不忍睹”来形容。库斯勒看到逃回来的前锋军时，有一种想哭的冲动。

除了先前攻城过程中死去的近万人，从叶音竹他们手下逃回去的前锋军不足三成。这么短的时间内，两万多名佛罗王国战士就死在了异国他乡。他们大部分人，都死在明和紫砸下的土地之下。

“撤！”

叶音竹当机立断，下达了撤退的命令。

从冲出斯福尔特城到撤退，不超过一刻钟时间，吊桥放下了又如何？

没有一个佛罗王国战士能够站上吊桥。一有佛罗王国战士靠近吊桥，两百名利爪德鲁伊就会疯狂攻击他们，直到将其撕碎。叶音竹之所以将利爪德鲁伊留在这里，就是想让利爪德鲁伊守住后方。

明和紫第一时间恢复了平常的人形，此刻的明大汗淋漓。

叶音竹发现明的四肢在微微地颤抖，就算明是神兽，是次神级的强者，先前那一击，也消耗了太多能量。

两百道黄色光芒准确地笼罩在包括明、紫在内的琴城战士身上。那些黄色光芒如同丝绸一般围绕着他们的身体轻轻地旋转，无论是他们身上受的伤，还是消耗的能量，都在快速恢复着。黄色光芒轮流笼罩在琴城战士身上，使他们的实力恢复了大半，他们感觉十分舒服，大战后还有人帮他们疗伤，真是太好了。

没错，这正是利爪德鲁伊的另一项天赋魔法——返老还童。

返老还童比光明系治疗术更加直接，释放在人身上时，比用光明系治疗术更让人觉得舒服，是能够快速恢复他人体力和减轻伤痛的特殊魔法。

第一百七十九章

飞下城楼

对明来说，利爪德鲁伊提供的能量还是太少了，先后接受十余次返老还童治疗之后，他的四肢才停止颤抖。

东龙帝国战士看着紫和明的目光已经变得无比狂热，这才是真正的强者，真正无敌的存在。他们从没见过以上千平方米土地为武器的生物。紫和明刚刚那一击令佛罗王国战士停止了攻击，那一刻，竟然没有一名佛罗王国战士敢再冲上来攻击琴城战士，也没有一名佛罗王国战士敢阻止琴城战士回斯福尔特城。

吊桥重新拉起，城门关闭，叶音竹带着伙伴们重返城中。

回城之后，叶音竹立即命令所有人在城内休息，他则带着紫、明以及始终跟随在他身边的苏拉登上城楼。

此时，城楼上一片寂静，叶音竹一行人成了城楼上所有将士目光的焦点。

将士们在城楼上将先前发生的一切看得清清楚楚，每一个细节都深深地刻在了这些米兰帝国将士心中。

今天早上，东方军团的将士们看到佛罗王国五十万大军压境的时候，实际上对自己是没什么信心的，毕竟双方人数差得太多，所以他们抱了必死的决心，誓死守城。

没有多少实战经验的他们，究竟能够抵挡佛罗王国大军多久？他们不知道，他们只知道自己绝对不能后退。

叶音竹仅仅带了七百人，就冲出了城外，奋勇杀敌，击退敌军。叶音竹他们给了东方军团将士活下去的希望和胜利的希望。

大战刚刚开始，敌军已经损失三万人，而他们只有一些战士中箭，损失几乎可以忽略不计。他们根本没想过己方能取得这样的战果，这真的是人力所能做到的事情吗?

当叶音竹重新站在城楼之上，仿佛什么都没有发生过一样盯着城下的佛罗王国大军时，如同潮水一般的欢呼声传遍了整个斯福尔特城。

每一名米兰帝国东方军团的战士，都发出了欢呼，一浪高过一浪的欢呼声回荡在斯福尔特城上空，甚至传到了城外。这些米兰帝国东方军团将士从来没有这么高兴过。他们看到了胜利的希望!

一般来说，越是经验不足的战士越需要鼓励，东方军团的战士确实不像北方军团的战士那样身经百战，可是当他们满怀信心时，他们的战斗力不会比久经沙场的战士差。

叶音竹带队出城，不仅打退了佛罗王国大军，同时将必胜的信念带了回来，将米兰帝国东方军团将士的士气提升到了巅峰。

一万名佛罗王国前锋军退了回去，和斯福尔特城将士的欢欣雀跃正好相反，这些近距离感受过紫和明恐怖战斗力的战士眼中只有恐惧。那两个巨人太可怕了，两万多人，一瞬间就没了。

先不说那两个恐怖的巨人，单是那五百名身穿软甲，没有坐骑的战士，就足以令他们胆寒。那五百人拥有极强的杀伤力，其每一招发出的斗气光芒都给他们留下了极大的阴影。他们早已没有了那种一往无前的气势，更别提鼓起勇气发起冲锋了。

库斯勒的嘴唇不断地颤动，他没想到战场上的情况竟然会偏离他的预想如此远。而这一切，都是因为冲出城的那七百人。

七百人相对于五十万佛罗王国大军，是一个多么渺小的数字？可就是这七百人瞬间就扭转了战局。

“元帅大人，我们，我们现在该怎么办？”一名参军试探着问道。

库斯勒看着前方，冷冷地道：“休息一个小时，一个小时后，展开第二次冲锋。”

库斯勒没有别的选择，佛罗王国大军不能后退，虽然损失了三万人，但那并没有伤到佛罗王国的筋骨。要想抢夺粮草，成功进入米兰帝国，这一战何等关键？没有粮草，他甚至不能让将士们休息太长时间。如果不是之前的那场战斗实在太令人震撼，他连一个小时都不想耽误。毕竟，每耽误一分钟，将士们的肚子就会更饿一分，其战斗力也会相应地下降。

库斯勒知道，这场战斗真正的变数就在刚才那七百人身上。那毫发无损退回斯福尔特城内的七百人，给了他巨大的压力。他还记得先前站在紫色巨人肩头，背生双翼的人。那个人身上有一种魔力，仿佛那个人就是天地的中心。

强压下内心的不安和各种负面情绪，库斯勒远远地望着斯福尔特城，终于，他看到了站在城楼上的白色身影。

由于距离过远，库斯勒无法看清楚那人的长相，他能看出来那人的年纪很轻。看到米兰帝国众将士如同众星捧月一般将他围在中央，库斯勒的心情变得更加沉重了。库斯勒知道，米兰帝国东方军团已经换了统帅，而这新的统帅，正是那个身穿白衣的年轻人。米兰帝国果然不愧是龙崎努斯大陆第一帝国，终究不是那么容易毁灭的。

这场攻防大战由于佛罗王国大军的撤退而告一段落，欢呼之后，叶音竹立刻下达了休整的命令。刚刚战斗的时间虽然不长，但在这段时间内，所有守城将士的精神都高度紧张，此时放松下来，将士们才感觉到疲倦。尤其是弓箭手，他们的手臂都在不自觉地发抖。

紫和明分别端坐在叶音竹两旁修炼，想尽快恢复自己的实力。

现在，城楼上的米兰帝国将士看紫和明的眼神完全变了。这两个能够化身巨人的强者是刚才那一战真正的功臣。将士们不知道紫和明是如何做到的，只是对两人的战斗力有了清楚的认识。看到两人要盘膝修炼，将士们赶忙空出一块地方，没敢打扰两人。

“侯爵大人，谢谢您，是您带给了我们生的希望。现在我才明白陛下为什么要派您来这里。原本我还不太相信您，不相信您的人能成功抢夺佛罗王国的粮草，如今看来，您说的一切都是真的。”安切诺蒂因为心情激动，一次性说了一大串。

叶音竹淡然一笑，道：“现在说胜利还言之过早，这不过是一次试探性的进攻，敌人并没有用全力，等敌人下次进攻，苦战才真正开始。不过，有一点我可以肯定，那就是佛罗王国大军攻打我们的决心也没那么坚定。刚才我仔细数了一下他们的军旗数量，发现他们最多不超过四十五万人。这说明他们已经派遣一部分人回国去调集粮草了，他们终究还是给自己留了一条后路。”

佛罗王国大军刚出现，叶音竹就开始数他们的军旗数量，他相信自己的判断不会错。

从战术上看，攻击别人的时候给自己留一条后路是正确的，佛罗王国大军统帅库斯勒派人回国调集粮草本不算错，但库斯勒在这个紧要关头派人回国，给自己留一条后路，容易动摇军心，可能会有战士胆怯，不愿意用尽全力攻击斯福尔特城。

简单的休整后，叶音竹派人出城将射出去的箭捡了回来。虽然现在城中的箭还是足够的，但谁知道这场战斗要持续多长时间，因此每一根箭都很重要。补给才是东方军团现在所掌握的真正优势。

一个小时后，当佛罗王国人进行了简单的调整之后，原本的前锋军被调到了后面，四十多万人竟然全部出动，朝着斯福尔特城而来。

一批新的攻城器械也被人从后面推了出来。看来，佛罗王国人早就准备好了很多攻城器械，明先前毁坏的那些，只是很小的一部分而已。

四十多万大军同时压上来，所带来的压力是非常大的，场景也十分震撼。米兰帝国一方，先前因为叶音竹带人出击而鼓起的士气在现实面前渐渐回落，每一名米兰帝国战士的脸色都重新变得凝重起来，正如叶音竹所说的那样，苦战现在才开始。

看了看佛罗王国大军，叶音竹低头看向紫和明。紫和明还在他身边休息。通过与紫之间的灵魂联系，叶音竹知道，紫的消耗并不是很大，随时都可以再战。紫暗中告诉叶音竹，明之前稍微有些冲动，导致过度消耗了能量，短时间内无法恢复到最佳状态。现在，叶音竹所能依靠的只有紫。

佛罗王国大军前进的速度很快，这一次，他们一直推进到距离斯福尔特城五里处才停下来，佛罗王国战士太多了，远远看去黑压压一片，看不到边际。他们在五里外将斯福尔特城完全围住了。

随着攻城器械不断前进，至少六万名佛罗王国战士，从三面同时朝斯福尔特城冲了过来。大量的填埋手跟在他们身后，再次行动。同时，魔法师开始对着斯福尔特城施展魔法。佛罗王国人终于展开了全面攻击。

两百多名血魔法师在战士的保护下，在斯福尔特城前释放了一大团血雾，凡是冲向斯福尔特城的佛罗王国战士，都会经过这片血雾区域，进入嗜血状态后，佛罗王国战士会加速向前冲。

与此同时，在血色卫队两个大队的保护下，五百名魔法师开始用魔法轰炸斯福尔特城。虽然五百名魔法师的实力各不一样，但是他们同时释放魔法的场面还是挺震撼的。一时间，只见空中出现了一片七彩光芒，就连太阳的光芒也被这片七彩光芒遮挡了。

安切诺蒂大吼一声，道：“魔法师，防御！”

东方军团自然也是有魔法师的，虽然东方军团的魔法师不能跟北方军团的魔法师相比，但他们还是能跟佛罗王国魔法师一较高下的。

作为龙崎努斯大陆第一帝国，米兰帝国拥有很多实力不俗的魔法师。随着安切诺蒂一声令下，三百名魔法师一齐出现在城墙后方。他们同时发动了防御魔法，一层层防御层罩住了斯福尔特城的城楼，勉强抵挡着对方的攻击。

为了防止血魔法师吸取自己身上的魔法力，米兰帝国的魔法师只能隐藏在城墙后面，这样也有坏处，他们看不见敌人，防御起来更为艰难。

佛罗王国的八名魔法师一起释放魔法，引得空气中的魔法元素到处流动。感受到战场上巨大的能量波动，米兰帝国将士的心都在颤抖。

弓箭手射出去的箭似乎没那么有力了，别说是这些没什么经验的战士，就算是老兵在这里，也不能保持冷静。眼看一颗颗威力巨大的魔法球在自己面前爆炸，恐怕没什么人能保持冷静。

眼看魔法球撞在魔法防御层上，不断爆炸，叶音竹微微皱起了眉头。作为一名紫级魔法师，他很清楚，照这样下去，不出一个小时，己方魔法师的魔法防御层必然崩溃，到那时，护城河会很快被填平。想要守住城，就必须将对方的魔法师解决掉。

“音竹，让我去吧，我想，我能干掉对方一批魔法师。”作为最熟悉叶音竹的人，苏拉自然知道叶音竹在想些什么，也明白叶音竹内心的焦急。

“不行！”叶音竹脱口而出，他宁可自己冒险，也不愿意让苏拉出战。此次，就算自己再次带领东龙帝国战士冲出去，也未必能活着回来，更别提苏拉了。

佛罗王国人跟疯了一样，数十万大军一起向前冲，不计损失地填埋着护城河。还有一部分人挖了两条沟渠，护城河中的河水已经顺着那两条沟渠流走了不少，用不了多久，佛罗王国人就能越过护城河，到达城门前。

佛罗王国的那五百名魔法师其实距离城楼很远。以那些魔法师的实力，原本施展不了远距离魔法，因为那五百人可以用一种叫魔法助推的特殊方法来施展魔法，所以距离限制不了他们。

魔法助推就是一百人释放自己的魔法力，帮助另外四百人施展魔法，那么，魔法释放的距离就可以大幅度增加，只不过不能保证魔法攻击的准确性。之前，叶音竹他们在城外遇到了一片魔法云，但没被伤到，就是这个原因。

此时，对方的魔法师远在己方魔法师的攻击范围之外，他们身前还有血色卫队保护，如果自己冲出去偷袭的话，恐怕立刻就会被对方围困。

怎么办?

叶音竹遇到了一个难题。想要冲出去绝对不容易，但如果继续这样下去，斯福尔特城根本没有守住的可能。

“音竹，让我去吧，我不会有事的。”

苏拉再次开口，这一次，他的语气变得比先前坚定了许多。

叶音竹沉声道：“不用说了，我不会让你去的，你就留在这里。紫。”

端坐在叶音竹身边的紫睁开双眼，看向叶音竹，两人四目相对，紫什么都没问，就明白了叶音竹的意思。紫点了点头，向叶音竹表明自己的决心。

叶音竹抬手抓住苏拉的肩膀，道：“在这里等我回来。”

苏拉大吃一惊，问道：“音竹，你要干什么？”

叶音竹淡然一笑，道：“放心吧，以我和紫的实力，没那么容易被他们伤到。安切诺蒂元帅。”

“属下在。”

安切诺蒂赶忙上前一步。

叶音竹淡淡地道：“我不在的时候，由你指挥防御。让我们的魔法师再加把力气，在我回来之前，务必保住防御层。”

经过先前一战，安切诺蒂对叶音竹已经佩服得五体投地，自然不会反对叶音竹的做法。

“叶领主，”金色突然开口了，他的脸色有些阴沉，“你真的决定了吗？”

叶音竹点了点头。

安切诺蒂不知道叶音竹要做什么，金色却隐隐猜到了。这一次和先前那一战不一样。城下有数十万敌人，还有几百名魔法师。

“叶领主，公主殿下说过，不论发生什么事，都必须保证你的安全。我不建议你去。”

叶音竹微微一笑，看着金色道：“前辈，那您有什么更好的办法吗？不除掉那些魔法师，我们根本守不住斯福尔特城。放心吧，敌人有敌人的办法，我也有我的撒手锏。”

听叶音竹这么说，金色眼中满是敬佩之色。

“作为统帅，始终冲在最前面是不明智的行为。我只能说我很敬佩你，从六道之决的时候开始，你就是我最欣赏的年轻人。”

叶音竹苦笑一声，道：“前辈以为我愿意冲在最前面吗？紫，我们走。”

叶音竹一边说着，一边舒展开背后的红色羽翼，直接从城楼上一跃而下，朝城下滑翔而去。

紫跟随在叶音竹身后跳了出去，他没有翅膀，却有最特殊的晶石魔法，他伸开双臂，手臂上瞬间长出了两片像翅膀一样的紫晶。虽然他的双臂不能像翅膀一样拍打，但他可以滑翔。

金色呆呆地看着叶音竹的背影，一时无言。就算叶音竹没有说他为什么要身先士卒，金色也知道原因。正是因为东方军团没有什么可用之人，叶音竹才会一次次以身犯险。

过了一会儿，金色摇了摇头，轻叹一声，道：“既然你能为米兰帝国豁出性命，我又怎能一直站在这里呢？”

两人突然从城上飞下来，吸引了大部分佛罗王国人的目光，刹那间，万箭齐发，两人成了佛罗王国人的靶子。

库斯勒一直关注着斯福尔特城的情况，此时，突然看到叶音竹和紫从城楼上滑翔而下，他不惊反喜，立刻下达了数道命令。

他自然知道叶音竹和紫下来是干什么的。他心里想的是，如果自己能将东方军团的新任统帅干掉，那么，东方军团必败无疑。

看到那么多箭向自己射来，叶音竹不打算硬挡，瞬间收拢背后的双翼，令身体在重力的作用下快速下降，轻松躲过了大部分的箭，然后，在空中飞快地翻转身体，从密集的箭雨中找到一丝缝隙，躲闪过去。

紫没有和叶音竹在一起，他从另一个方向滑翔了下去，和叶音竹相比，紫直接多了。他没有躲闪，只是让紫色晶体覆盖了自己的身体。那些箭射在他身上就跟挠痒痒一样，根本伤不到他，也无法阻止他前进。

滑翔的速度是很快的，眨眼间，叶音竹就越过了护城河。

无数佛罗王国战士高举起自己手中的武器，等待着叶音竹落下去，好将他刺穿。

看到佛罗王国战士的动作，叶音竹轻轻一笑，感觉有些不屑。只见乳白色光芒一闪，诺克希之剑瞬间出现在他右手之中，又见青色光芒一闪，碧丝出现在他左手之中。

叶音竹随手一挥，碧丝就像鞭子一样甩了出去，套住了脚下敌人的脖子，只是一瞬间，那些敌人就倒下了。

解决完那些人，叶音竹才落在地面上。他动了起来，如同游鱼一般，在佛罗王国战士之间穿梭，朝那五百名魔法师冲去。

现在，就算是傻子也知道叶音竹要干什么了，但是，此时此刻没有一个人能挡住叶音竹。

叶音竹的速度很快，动作幅度不大。佛罗王国战士刚想对他出手，他就已经如同一缕清风般从佛罗王国战士身边掠了过去。看不清他是怎样使出诺克希之剑的，他每经过一个佛罗王国战士身边，都会有一个佛罗王国战士倒地，走近一看，他们的喉咙上都有一条血线。

叶音竹只是飞快地移动着，此时的他已经忘记了其他事情，释放出精神力，一心想要找到五百名魔法师所在的位置。

就算敌人的攻击很猛，他也总能找到缝隙，完美地躲过去。

紫一落在护城河对岸，就展开了攻击。虽然紫现在没有明强，但他毕竟是紫晶比蒙，论战斗力，其他三大神兽根本比不过他。

紫之所以没有现出本体，是因为现出本体后容易被围攻，而且现出本体之后，很难发挥出自己的优势，毕竟敌人太矮小了。

那要怎么办呢？紫还能大展神威吗？

当然能。紫在落地的时候，砸死了数名敌人。那个时候的他，就向佛罗王国人展示了神兽的肉体攻击力有多强。

光芒一闪，紫消失了，当他再次出现时，周围全是敌人，而叶音竹刚刚从这里掠过。

叶音竹凭借平等本命契约，直接将紫召唤到了自己身边，然后继续前进。

紫站在那里，耀眼的紫光透体而出，长达十七米的紫晶剑出现在紫的双手之中，或者说，飘浮在紫的手掌之上。毕竟，紫现在没变成本体，不好操控那巨大的剑。

紫咧嘴一笑，道：“比蒙会武术，谁也挡不住。是这么说的吧？竹攻！”

竹攻被紫用十七米长的紫晶剑施展出来，威力根本无法形容。

一刹那，无数竹影以紫的身体为中心，贴地飞了出去，至少有八十名佛罗王国战士死在这一招之下。紫刚刚没有往紫晶剑里注入斗气，只凭借紫晶剑本身的威力，就干掉了那么多敌人。

在琴城，比蒙巨兽得到各宗宗主的认可之后，就开始学习东龙八宗武技了。当然，这是一个痛苦而漫长的过程，普通比蒙巨兽智力低下，少不得吃些苦。

东龙八宗的人自然不可能将所有武技教给比蒙巨兽，比蒙巨兽也学不了那么多。比蒙巨兽只学了一小部分，这样也比较容易接受。

紫的武技老师不是叶音竹，而是叶音竹的爷爷——叶离。作为紫晶比蒙，紫的领悟力比其他比蒙巨兽强多了。虽然学的时间不长，招式使得也不是很精妙，但紫已经学会了三十三式，就剩最深奥的三式不会了。

紫学会了东龙八宗的武技，再加上比蒙巨兽的力量，在战场上就像不可战胜的战神一样。他和他的剑，如入无人之境一般前进着，任何阻挡在他面前的敌人，都会立刻烟消云散。

叶音竹并没有关注紫这边的情况，他只是全力向前赶路，没有再飞，毕竟，空中的箭太多了，还很容易被对方魔法师攻击，在地面上前进才是最好的方式。

几里的距离对叶音竹这样的高手来说，根本不算什么，几次呼吸间就可以穿过去。尽管一直在躲避着敌人的攻击，他的速度也没有慢多少，眼看距离五百名魔法师越来越近了。就在这个时候，他遇到了强敌。

“可以停下了。”

冰冷的声音响起，周围的战士突然快速散去，腾出一大片空地。叶音竹突然发现，自己竟然找不到空处突围，前行的路已经完全被堵死了。

挡在叶音竹面前的人并不多，只有十个。可这十个人让叶音竹感觉到了危险，他找不到这十个人形成的防御线的一丝破绽。

这十人长得差不多，穿着一样的暗红色铠甲，还骑着真正的巨龙——风龙。

龙骑将？

一般来说，金星龙骑将的坐骑是真正的巨龙。从这十人胯下的巨龙的大小来看，那些巨龙不是七阶巨龙，而是成年的八阶巨龙。也就是说，挡在自己面前的都是金星龙骑将。

叶音竹心中暗暗感叹，真是不能小看任何一个国家啊，佛罗王国这样的国家，竟然会有这么多龙骑将。看他们的样子，似乎是特意在这里等自己的。

没错，眼前的这十人是库斯勒手中的王牌，也是佛罗王国这么多年以来积蓄的最强力量。

这次，佛罗王国倾全国之力，调集五十万大军攻打米兰帝国，这十人跟随紫星龙骑将库斯勒一起出征。从开战到现在，这十人还是第一次出手。原本，库斯勒是准备攻入米兰帝国之后，再让他们动手的，现在迫于形势，不得不出动他们。

即使在米兰帝国，金星龙骑将的数量也不会超过二十五人。眼前的这十人显然不是传统意义上的那种带兵打仗的将领，为了培养他们，佛罗王国不知给了绿龙城多少好处。

当初，佛罗王国挑选出来的优秀儿童足有千人，但被风龙选中的，只有眼前这十个人。他们从未接受过任何军事教育，从懂事起，就一直在修炼武技，拥有一定实力之后，才开始和绿龙城中的风龙一起修炼。经过三十年的努力，他们才拥有现在的实力。

看到叶音竹和紫从城楼上跳下来的时候，库斯勒就下定了决心。他不知道这两人凭什么有那么大的把握能够在万军之中斩杀自己的魔法师，他只知道这两人既然出来了，自己就绝对不会让他们活着回去。为此，他不惜派出了自己手中的最强战斗力。

出现在叶音竹眼前的这十个人，在佛罗王国中并没有被称为金星龙骑将，因为他们虽然实力很强，但是没有指挥作战的能力。他们是蓝级强者，在佛罗王国的地位非常高，被称为强者杀，是佛罗王国真正的王牌。如果不是因为他们的年龄超过了二十五岁，上次在七国七龙排位战中，叶音竹就该见到他们了。

观察十人一番之后，叶音竹低下头，皱起了眉头。要是单打独斗，这十人中没一个人是自己的对手，就连他们的坐骑也不足为惧，但是，他们不会跟自己单挑，他们会一起上。

叶音竹是人，并不是神，面对如此多的强者，他知道，自己想要冲出重围绝对不是一件容易的事。

每一个国家都有隐藏的实力，佛罗王国也不例外，虽然叶音竹早就猜到自己冲出来后会遇到阻碍，但没想到这阻碍居然如此强悍。

唉，还是有些麻烦啊！这样想着的叶音竹开始将碧丝缠绕在手腕之上。

那十人分散开，以半包围的阵形靠近叶音竹。他们抬起龙枪，指向叶音竹，似乎在表示，只要叶音竹敢动，他们就会立刻发起攻击。在他们看来，就算叶音竹是一名紫级强者，也没有机会从他们的包围圈中逃脱。

将碧丝缠好后，叶音竹抬起头，看着离自己越来越近的十人，竟然笑了出来。此时的他，神态轻松，丝毫没有被围困的焦灼，身体周围还有淡淡的紫光闪烁。

他想通了，有压力，自己才能进步。一直以来，他都是顶着压力进步的，现在也不例外，这就是他进步的一个机会，所以他笑了出来。

第一百八十章

紫晶奥义

“杀！”

看到叶音竹的笑容之后，那十人感觉受到了侮辱，于是再也忍耐不住，同时发起了攻击。这是战场，不是角斗场，他们不会给叶音竹一对一的机会。

他们的十柄龙枪一起爆发出耀眼的斗气光芒。十条风龙瞬间加速，冲击力绝对不会比紫级强者的冲击力小。与此同时，十条风龙同时张口吐出风刃，封死了叶音竹所有可以闪避的路线。

叶音竹轻轻地摇了摇头，甚至向那十人挥了挥手，笑容里带着一丝玩味。突然，他消失了，在那十柄龙枪距离他还有十米的时候消失了，就像从来没出现过一样。

“怎么可能？”库斯勒失声惊呼。

下一刻，叶音竹已经出现在紫身边。此时，以紫的身体为中心，方圆百米之内根本没有一名佛罗王国战士。

没有佛罗王国战士敢靠近拿着十七米长紫晶剑的紫。他们宁可面对斯福尔特城的箭雨，也不愿意和眼前这个魔鬼一样的紫色男人对抗。

“紫，助我。”

听到这句话，紫立马抓住叶音竹，等叶音竹准备好之后，将叶音竹用力地扔了出去。然后，紫低吼一声，双拳同时捶在地面上，借助反作用力，将自己弹了出去。

紫那一扔用了蛮力，叶音竹倏地从那十人头顶飞了过去，那十人根本来不及拦截，就连射出去的箭也追不上叶音竹。

正在那十人赶着风龙，准备转身去追叶音竹时，紫低沉的声音在他们耳中响起："你们的对手是我。"

紫光闪烁，下一刻，紫现出了本体，紫晶比蒙的气息瞬间释放出来，影响到了准备飞起来的十条风龙。

风龙开始悲鸣。感受到神兽的气息之后，它们怎么可能正常飞行呢?

那十人感觉到了胯下的风龙在颤抖。如果不是他们控制着风龙，恐怕那些风龙已经转身逃走了。

紫傲然立于十人面前，表情冰冷。看到紫，还有紫手中的长剑，那十人的眼神终于有了变化，不再像先前那么坚定了，这说明他们的信心开始动摇了。

"嗜血。"

库斯勒的声音远远传来，这十人终于想起了自己还有机会。他们同时动手，身上爆发出一团血雾，血雾顷刻间将他们自己以及风龙笼罩在内。没错，这十人不仅是战士，还是血魔法师。佛罗王国特意将他们培养成了魔武双修的强者。虽然他们不像平常的血魔法师那样拥有两种强大的辅助魔法，但单是嗜血这一个魔法，就能令他们的实力瞬间提升一个层次。

他们身上的蓝色斗气渐渐开始转变成紫色斗气，胯下的风龙在嗜血的影响下不再颤抖，全身鳞片竖起，眼睛都变成了血红色，它们感受不到紫的气息了。

紫的神色变得凝重起来，它知道自己不一定能战胜这样的对手，毕竟，对手人数有点多，而且他们似乎已经变成了死士。

斯福尔特城，佛罗王国魔法师的魔法攻击越来越密集，米兰帝国魔法师的防御层快要被破了。此时，城下的护城河已经基本被填平。

被血魔法师释放的嗜血魔法影响的佛罗王国战士不断向前冲锋。虽然死了很多人，但他们距离城墙越来越近了。

城楼上，安切诺蒂调来了掷矛手。他知道，近身搏击战就要开始了。同时，城楼上的战士做好了防御准备，守城的器械很多，他们不担心缺武器。

叶音竹终于越过了那十人，落在了地面上，可他又遇到了新的危机。

出现在他面前的正是当初在七国七龙排位战中从背后给了死神战士们致命一击的血色卫队。五百名血色卫队战士拿着武器，骑着驯龙，向叶音竹发起了冲锋。

看到血色卫队，叶音竹的眼睛都红了，他想起了死去的伙伴，想起了那四十三名魔法师，一时间，体内热血沸腾。这个时候，他不能退，也不想退。

光芒一闪，叶音竹将手中的诺克希之剑变成了龙魂戒。下一刻，他怀中已经多了一张古琴，那是枯木龙吟琴。

他将斗气运转到右手上，然后右手掌心向下，朝地面虚按，轰然巨响声中，一个小土包出现在他面前。他把土包当作桌子，将琴放在了上面。然后，他看向了冲过来的五百人。此时的他，完全进入了紫微琴心的杀戮之境。

叶音竹一直都不认为自己是魔武双修的人，他修炼武技是为了更好地学习魔法。

他是一名神音师，是一名琴魔法师，是已经达到紫级的大魔导师。整个佛罗王国都没有大魔导师，他要让佛罗王国人知道紫级大魔导师的力量。

“嗡——”

叶音竹的右手从枯木龙吟琴的琴弦上抚过，七根琴弦同时颤动起来，七道不同颜色的高频音刃快速飞出。

虽然叶音竹看上去没有用多少力气，但这突然出现的琴音让整个战场的人停了一下，这就是爆音的威力。

弹出爆音之后，叶音竹没再等待，他开始不断拨动琴弦，随着他的动作，披散在脑后的黑发都滑到了脸颊旁。此时的他，看上去就像个醉心弹奏，不问世事的琴师。

叶音竹的双手每一次抚过琴弦，都会发出一片高频音刃，琴音慢慢在惨烈的战场上响了起来。

达到紫级的叶音竹，在战场上发挥出了他真正的实力。

当初，参加七国七龙排位战的时候，叶音竹刚刚进入紫微琴心境界，还不能熟练地运用自己的力量，此时的他，经历了六道之决，终于达到了秦殇所说的理想状态——高频音刃不断，曲自成。

血色卫队的速度是极快的，他们原本以为马上就可以干掉叶音竹，没想到冲到距离叶音竹百米的地方时，却遇到了恐怖的高频音刃。

就连达到了次神级的妮娜也不愿意一直被高频音刃攻击，更何况这些血色卫队战士。

高频音刃的攻击力是何等恐怖，冲在最前面的数十名血色卫队战士一下就被高频音刃击中，就连他们胯下的驯龙也被击中了。

叶音竹站在枯木龙吟琴前，看上去依旧那么优雅。

高频音刃飞出去之后，一圈圈紫色光晕悄然蔓延。

轻柔而且动人的旋律传遍了整个战场，与战场上的氛围极其不搭。

这才是合格的琴魔法师啊!

叶音竹的双眼早已变成了紫色，明明现在他的心里满是对血色卫队的恨意，却能弹出如此动听的琴曲，这感觉是如此怪异。

如果秦殇在这里，一定会很吃惊，因为自己的得意弟子运用的，正是否极泰来之法。否极泰来之法就是利用两者之间的反差，爆发出更强的力量。

高频音刃聚集在叶音竹身前百米范围内，不论是人还是驯龙，只要进入这个范围之内，都没有生还的可能。

血色卫队倒霉就倒霉在他们的速度太快了。他们不知道高频音刃有多大的威力，一下就冲进了高频音刃聚集的区域，试图直接穿过高频音刃聚集的区域，杀掉叶音竹。没想到，飞舞的高频音刃就像长了眼睛一样，直往他们身上飞来。一时间，人的哀号声和龙的悲鸣声不断传出来，再加上那动听的琴曲，现场气氛十分诡异。

安切诺蒂站在城楼上，一边指挥着城楼上的战士进行防御，一边盯着叶音竹。刚刚安切诺蒂还很担心叶音竹，怕叶音竹出事，怕斯福尔特城会被攻破。看到叶音竹弹琴的一幕之后，安切诺蒂就不再担心了。那还是人吗？他加上他那个伙伴，战斗力胜过千军万马。

叶音竹和紫突然出现，使得佛罗王国大军冲锋的速度减慢了一些。

斯福尔特城内的魔法师就要顶不住了，有些实力稍弱的魔法师因为过度透支精神力，晕厥了过去，而敌人的魔法攻击丝毫没有减弱的迹象，被嗜血魔法影响的佛罗王国战士更是冲到了城下。

城楼上的人一次次将云梯推倒，佛罗王国战士又一次次将云梯竖起。佛罗王国战士甚至将箭楼推到了能与米兰帝国战士对射的位置，攻城车也将近战部队送到了城楼下面。

“放火油、滚木、礌石！”

安切诺蒂大喊了一声，最终还是被逼得把这些都用上了。佛罗王国战士已经开始推着攻城车撞城门了，一旦城门被破，他们还如何能抵御那数十万大军？

为了守卫自己的国家，为了守护更多的生命，东方军团的战士在城楼上和顺着云梯爬上来的佛罗王国战士做着殊死搏斗。

虽然米兰帝国这边没有血魔法师，但是他们有利爪德鲁伊。利爪德鲁伊施展了咆哮魔法，一道道淡淡的黄色光芒笼罩上了米兰帝国战士的身体。

受到咆哮魔法影响的米兰帝国战士不比进入嗜血状态的佛罗王国战士弱。现在，双方比的是意志，战斗变得更加惨烈。

佛罗王国战士在等斯福尔特城的魔法防御崩溃，到了那时候，米兰帝国战士就没有力量阻挡他们攻入城内了。

米兰帝国战士也在等待，他们在等待突然来到这里，给他们带来无数惊喜的叶音竹侯爵将对方的魔法师歼灭。

战斗进行到这个时候，佛罗王国派上前线的战士已经超过了十五万。在嗜血迷雾的作用下，十几万名佛罗王国战士疯狂地朝城楼冲去，没有人后退。他们要攻破这座城，给佛罗王国带去崛起的机会。进入嗜血状态后，他们完全忘记了痛苦和害怕。

“轰！”

紫用紫晶剑将那十人中的一人和风龙拍飞了出去，但因为另外两个人从旁边冲了过来，紫不得不收手防御，才没能彻底干掉那个人和那条风龙。那条风龙被拍飞后，展开双翼开始控制冲势。

虽然紫晶比蒙的防御力比不上山岭巨人和战争巨兽的防御力，但是紫晶比蒙的防御力绝对不差，那十人一时半会儿攻不破紫的防御。

他们都不敢近身攻击，那十七米长的紫色长剑实在太可怕了。他们知道，只要自己坚持下去，缠住那个二十五米高的巨人，最后就一定会赢。

不知道为什么，一向不知后退的紫竟然采取了守势。

紫将紫晶剑竖起来，不断抵挡着敌人的攻击，很少反击，也没有释放晶体魔法，只是冷冷地看着自己的对手。虽然它的体力在下降，但它还能战斗很长时间。

最先冲过去的三百名血色卫队战士都死了。终于，没有人敢再踏入高频音刃那片区域。突然，叶音竹停止发出高频音刃。他闭上双眼，左手按弦，右手轻弹，弹完了最后一个音符。

叶音竹刚开始弹琴的时候出现的紫色光晕终于在这一刻爆发了。轻柔的琴曲，在这一刻所展现出来的，正是它本来的效果。

《忘机》又叫《鸣凤清音之忘机》，琴宗九大名曲之一，效果：沉睡。

紫级大魔导师施展的琴魔法，又岂是这些血色卫队战士所能抵挡的？

下一刻，两百名血色卫队战士瘫倒在地，他们睡着了。

许多听见琴音的普通战士也睡了过去，一些守护魔法师的重骑兵也睡着了，就连他们的坐骑也失去了战斗力。

随后，叶音竹抱起枯木龙吟琴，义无反顾地朝前面冲了出去。没有人发现，他的双手八指上已经出现了一道道血痕。

不停发出高频音刃的同时弹奏琴曲，会消耗多少能量？这只有叶音竹自己才知道。他不是不想选杀伤力更大的琴曲，只是他知道，自己如果真的换了杀伤力更大的琴曲，恐怕就永远无法离开这片战场了。

他不能死，琴城跟米兰帝国只是合作关系，为了帮助米兰帝国，将自己也搭进去的话，是不值得的。更何况，他从城中出来，并不是为了杀掉佛罗王国战士，那几十万人又岂是他和紫能够杀得完的？

他的目标是那些魔法师，不能在其他人身上浪费太多时间。他加速冲了上去，此时，他的魔法力和斗气已经消耗了四成。

库斯勒终于感觉到了恐惧，距离城楼近了，他才看清楚叶音竹的样子。这白衣青年带给他的震撼实在太大了。

作为一名统帅和紫星龙骑将，库斯勒从来不认为个体能在战场上起到什么作用，他一直认为打胜仗靠的是战术和大量的战士。此时此刻，他知道自己错了，眼前的白衣青年用行动告诉了他，个体也可以影响战局。

“魔法师，集中攻击那个白衣人。重骑兵第三、第四军团听令，不管怎么样，你们也要挡住那个人。”

库斯勒毕竟是老将，立马就想出了应对之策。

可惜，叶音竹的速度太快了，那两个重骑兵军团根本没有加入战斗的机会。因为有很多睡着的佛罗王国战士挡住了他们的去路。

库斯勒绝对不信这一切都是叶音竹事先计算好的。战场上的形势是瞬息万变的，没有人能事先计算好一切。

失去了血色卫队的保护，佛罗王国的五百名魔法师就如同小羊羔一样，完全暴露在叶音竹面前。

魔法师们当然感觉到了叶音竹很危险。叶音竹弹奏琴曲的时候，这些魔法师就有些恐惧。虽然他们知道叶音竹弹奏琴曲的时候释放了魔法，但是他们不知道那究竟是一个什么样的魔法，更不知道什么样的魔法能让那么多战士陷入沉睡之中。

五百名魔法师在不断攻击斯福尔特城城楼的时候，消耗了大量的魔法力。看到叶音竹如同鬼魅一般朝自己冲过来，这些魔法师所能做的就是用最快的速度发出魔法攻击。他们只有一个目的，那就是绝对不让叶音竹近身。

五百名魔法师发出数百个低级魔法球，顷刻间，空中布满魔法球，这一次可不是地毯式攻击，而是集中攻击。

其实低级魔法并不可怕，低级魔法球也不可怕，可怕的是那么多低级魔法球全对着一个人释放。

以叶音竹的实力，他完全可以在这些魔法球临身之前闪避，但是，他并没有那么做，反而抬起了自己的双手，发出瞬发魔法，正面迎上了这些低级魔法球。

叶音竹并不是不想闪避，而是不能闪避。他不能为了闪避而分心，因为陷入沉睡的重骑兵已经被拖到了一边，第三、第四重骑兵军团正在以最快的速度朝这边飞驰而来。如果他躲避那些低级魔法球，必定要减慢速度，那样就没有办法冲到五百名魔法师面前了。所以，他选择了硬碰硬。

叶音竹的瞬发魔法和那些魔法师的瞬发魔法不一样。他挥出双拳的时候，双臂都变了颜色，一团耀眼的金色光芒将他的身体完全笼罩在内。

“轰！”

遇到金色光芒之后，数百个低级魔法球爆炸了。

空气中的魔法元素一瞬间变得紊乱起来。叶音竹只停了一秒，下一刻，他已经高高跃起，朝着魔法师飞了过去。

金色光芒与低级魔法球碰撞后产生的冲击波扩散到了魔法师那边，前排的魔法师来不及闪避，都被冲击波震倒了，有的人甚至喷出了鲜血。

五百人对一人，五百名魔法师也没有赢。

库斯勒感觉自己要疯了，此时此刻，场面已经有些失控了。

“魔法师快散开！重骑兵，保护魔法师。”

叶音竹硬接下第一轮攻击时，魔法师们就有些乱了。他们没想到那个白衣青年会这样做。魔法师的反应速度比战士的反应速度慢，当他们发现叶音竹的身影，准备防御时，叶音竹已经从天而降，落在了他们中间。

魔法师们都听到了库斯勒的声音，他们第一时间开始奔逃。在他们看来，打了这么久，叶音竹必定消耗了不少能量，在这种情况下，就算他能发动强力攻击，也不可能伤到每一个人。

每一名魔法师都在祈祷，祈祷叶音竹不要攻击自己。

没错，这些魔法师判断得很正确，叶音竹确实消耗了很多能量，他甚至感觉有些虚弱，尤其是最后那一招，消耗了他许多能量。

所谓蚁多咬死象，那么多低级魔法球，合在一起威力不小。虽然他凭借闪、雷的瞬发禁咒挡住了那些低级魔法球，但还是受了点伤。他强忍着将那一口涌上喉咙的鲜血咽了下去。

就算他已经成功站在五百名魔法师中间，想一次性干掉五百名魔法师，也很有难度。

叶音竹好不容易才冲到这里，他真的没有办法吗？当然不是。没错，之前他弹奏琴曲的时候，影响到了其他重骑兵，可以说靠了一点运气。可现在到了最关键的时刻，一切就得靠他的实力了。

如果没有一定的把握，他怎么可能和紫以身犯险呢？他们离开城楼的时候，就通过灵魂联系决定了出城一战的方法。尽管途中遇到了不少意料之外的阻碍，最终，叶音竹还是站在了五百名魔法师中间。

紫已经被那十人攻击很多次了，毕竟，变成本体之后的它太大了，敌人那么多又那么小，它不可能完全躲过那些攻击。

突然，紫笑了起来，笑容看上去有些诡异。眼看那十人再次冲来，只见紫光瞬间收敛，紫竟然放弃了本体，变成了人形。

紧接着，紫消失了。冲向紫的十人惊呆了。

紫再次出现的时候，已经站在了叶音竹身边。两人对视一眼，什么都没说，就知道各自该做什么。

叶音竹先是一闪身，接着一个鱼跃，整个人就没入了地下。下一刻，令库斯勒胆战心惊的一幕出现了。

紫的双掌之上忽然出现了两道紫色光芒，那两道紫色光芒紧紧地缠绕在紫晶剑的剑柄之上。

“紫晶奥义，旋——风——激——光——斩——”

紫动了。

他带着那无比巨大的紫晶剑，开始快速旋转。紫晶剑有十七米长，再加上紫手臂的长度和剑发出的紫色光芒，攻击范围扩大了不少。一个以紫为中心的巨大旋涡就此形成了。

随着紫不断加速，只是眨眼的工夫，这个旋涡就笼罩了方圆几百米内的空间。

紫渐渐消失在旋涡中。

如果说战争践踏是战争巨兽的撒手锏，那么，紫施展的旋风激光斩就是紫晶比蒙的攻击绝技。

按照紫晶比蒙的年龄和实力来算，紫还没有成年，他要是想发挥出旋风激光斩的威力，就必须积蓄力量。

之前那十人攻击紫时，紫一直在忍耐，等的就是这一刻。叶音竹之所以突然离开，就是为了躲避这恐怖的旋涡。

以紫现在的实力，只能施展一次旋风激光斩，可想而知，这属于紫晶比蒙的绝技有多么可怕。

巨大的旋涡并不是原地不动的，当它瞬间吞噬了周围上百名魔法师之后，开始快速地动了起来。以紫现在的力量，只能维持这个旋涡半分钟，但是，这半分钟也足够了。

场上开始出现一尊尊雕像，那些雕像很快就被卷入了紫色旋涡，化为了紫色旋涡的一部分，永远消失在这个世界上。

原来，那五百名魔法师受到紫色旋涡的影响，变成了雕像，然后被紫色旋涡吞噬了。

这才是紫晶比蒙真正的力量。作为兽人族的第一神兽，当紫施展出紫晶比蒙的绝技时，不论是战争巨兽和山岭巨人，还是神圣巨龙，都会万分小心，不敢靠近这恐怖的紫色旋涡。

即便紫色旋涡只能维持半分钟，时间也是足够的，因为消灭那些魔法师实际只需要十秒。十秒过后，那五百名魔法师就永远消失了。

叶音竹之所以全力冲刺，为的就是将紫这个恐怖的炸弹带入敌方战阵中心，在敌人分布最密集的地方施展旋风激光斩，才能狠狠地打击敌人。

谁能想到紫的实力如此恐怖？库斯勒千算万算，还是没算到紫那么强大。

那十名骑着风龙的强者杀，看到紫色旋涡之后才反应过来，当他们想要冲上去阻止紫的时候，他们的风龙后退了，死活都不愿意靠近那个紫色旋涡。紫晶比蒙的威压，在这一刻完全释放出来。

斯福尔特城城楼。

佛罗王国的五百名魔法师死了，城楼上的将士不由得松了一口气，再晚一点，魔法师的防御层就要破了。

由于消耗过大，米兰帝国的魔法师直接瘫倒在地，大口大口地喘着粗气，有些魔法师因为透支精神力，实在支撑不住，永远地离开了这个世界。那些魔法师用自己的生命守住了城楼。

看到那绚丽的紫色旋涡，东方军团的战士感到无比兴奋，他们大吼一声，狠狠地将刚刚爬上城楼的敌人打了下去。

在残酷的战争中，东方军团的菜鸟战士正在不断进步。

叶音竹和紫离开城楼时，苏拉和金色两个人也在战士的掩护下悄悄出了城。苏拉看到叶音竹和紫被强者杀围攻，忍不住想要冲出去，却被金色一把拉住了，金色告诉他，现在还不是救援的时候。

趁着紫色旋涡吞噬五百名魔法师，佛罗王国大军惊慌得不知所措之时，金色动了。他宛如一支利箭一般，眨眼间就跨过了宽阔的护城河，朝着叶音竹和紫的方向冲去。

令金色感到惊讶的是，就算自己将速度提升到极致，那个看上去十分纤瘦的苏拉依旧跟在自己身边，半点没有落后。

苏拉手握一柄利刃，利刃没有发出任何光芒，看上去就像一柄普通的刀。但每当他掠过佛罗王国战士身旁时，佛罗王国战士都会停止动作，因为他们已经被杀了。

苏拉下手快狠准，没有一点迟疑，丝毫不比金色弱。

他们两个比叶音竹的速度快，跟一阵风一样，眨眼就没入了佛罗王国大军之中。

持续了半分钟的旋风激光斩实在太恐怖了，不仅直接带走了五百名魔法师的生命，而且吞噬了来不及逃走的数百名血色卫队战士。从远处赶来支援魔法师的重骑兵们来不及减速，直接冲进了紫色旋涡之中，再也没有出来。

第一百八十一章

碧玉魔龙之毒

恐怖，这绝对是恐怖的一幕。可惜，旋风激光斩最大的缺点就是旋涡的移动速度比较慢，否则，紫的目标就会是强者杀。连神圣巨龙都要畏惧的旋风激光斩，那十人遇上，也完全会没有抵抗之力。

库斯勒已经完全呆住了。

那可是整整五百名魔法师啊！佛罗王国的大部分魔法师就这么没了，他实在无法接受这个事实，也不知道怎样跟国内的人交代，现在他比得知后勤补给中心的粮草被抢时更心痛。

库斯勒万万没有想到，血色卫队、精心培养的强者杀和重骑兵都没能拦下叶音竹和紫，使得五百名魔法师消失在了紫色旋涡之中。对方只有两个人，自己有几十万人，可他们来去如风，如入无人之境，在己方战阵中大开杀戒，真是可恶！

后面的重骑兵们提前减速，终于停了下来，没有冲进紫色旋涡。虽然有些自视强大的战士会直接冲入紫色旋涡，以为自己能活着出来，但无一例外，他们都消失在了紫色旋涡之中。这样的牺牲，没有任何意义。

佛罗王国战士看着那个紫色旋涡，脸色越来越阴沉。正在猛烈攻击城楼的人由于震惊，呆愣了一会儿，就被东方军团战士打了下去。

叶音竹和紫歼灭了五百名魔法师，不仅给了守城将士喘息的机会，而且鼓舞了士气。

两军交战，统帅一般都在后方指挥。深入敌阵，以身犯险本是兵家大忌。叶音竹迫于现实，不得不上场与敌人厮杀。他和紫取得了如此辉煌的战绩，在东方军团将士心中，他们两个就是超级英雄。

叶音竹和紫离开城楼的时候，谁能想到结果竟然会这样？他们凭借自己的力量，阻挡住了佛罗王国大军。

紫光收敛，当紫重新出现在所有人面前的时候，他手中的紫晶剑已经消失了。以他所在的位置为中心，一百五十米范围内没有任何生物存在。

所有人都离得很远。他们根本看不到，此时的紫四肢都在颤抖，全身都是汗水。

紫自己也没想到，施展紫晶奥义——旋风激光斩居然会让自己消耗这么多能量，他没有力气再拿紫晶剑，只能将其收起来。

一阵风飘过，紫身边多了一个人。

叶音竹一把抓住紫粗壮的手臂，低声问道："紫，你怎么样？"

紫苦笑着摇了摇头，低声道："没事，只是有些疲惫，短时间内帮不了你了。"

叶音竹将紫竹斗气输入紫体内，好让紫支撑下去。

"紫，你已经做得非常完美了，剩下的一切就交给我吧。虽然你刚刚这一击没有给佛罗王国大军造成致命的打击，但也足以令他们军心涣散。你休息吧。"

叶音竹一边说着，一边拿出生命储存宝石，只见粉红色光芒一闪，暂时失去战斗力的紫就被他收入了生命储存宝石之中。

叶音竹很满意眼前的情况，脸上露出了微笑，虽然暂时失去了紫的帮助，但他已经达到了目的。击溃佛罗王国的魔法师军团，对东方军团意义重大。

只要他能够成功回到城楼之上，就会对佛罗王国大军带去沉重的打击。对叶音竹来说，返回斯福尔特城根本不是什么问题。闪、雷有特殊能力，可以让他像先前一样，直接钻入地下，躲避佛罗王国战士的攻击，等回到城内，他再出来就行。

正在他准备钻入地下的时候，他看到了两个人，脸上的笑容顿时消失了。他自言自语道："他们怎么来了？"

金色与苏拉正如同两支利箭一般，飞快地朝着叶音竹冲过去。他们的速度确实很快，大多数佛罗王国战士都没从先前的震撼中恢复过来，因此，一时间，两人竟然连过数关，甚至连强者杀也没能拦住他们。

库斯勒毕竟是统帅，关键时刻，还是他最先反应过来。他的双眼已经完全变成了血红色，强忍着心痛，他怒吼着下令："给我杀！谁杀了那个白衣青年，就赏谁金币一万，封军团长。"

凭借着紫级的斗气，库斯勒的声音传遍了战场，将呆滞中的佛罗王国大军唤醒。

所谓重赏之下必有勇夫，重骑兵以及血色卫队立刻行动起来，他们朝叶音竹发起了冲锋，将苏拉与金色淹没其中。

"驯龙师何在？"库斯勒怒吼一声。

话音刚落，一名红衣人就来到了他面前。

"派出碧玉，不惜一切代价，务必要杀死那个人。"

红衣人迟疑了一下，问道："元帅大人，真的要派出碧玉吗？我方战士……"

库斯勒毫不犹豫地道："你没听到我的话吗？我要你不惜任何代价，杀掉那个人！如果让那个人继续活下去，我怎么对得起死去的魔法师？难道我这几十万大军真的要被一个人打退吗？杀，给我杀！"

“是，元帅大人。”

红衣人从怀中取出一根长笛，神情凝重地吹了起来。

看到苏拉和金色来支援自己，反而陷入重围，叶音竹突然明白了，保密工作做得太好也不是什么好事。苏拉和金色不知道他能钻入地下，所以才担心他有危险。

叶音竹还能怎么办？他迈开步伐，如同幻影一般前进，左手拿着奥古斯都之剑，右手握着诺克希之剑，抬起了双臂。

叶音竹杀出一条血路，飞快地朝苏拉和金色冲去。

“怎么办？安切诺蒂元帅，我们要不要去救侯爵大人？”斯福尔特城城楼上，一名将军急切地问道。

看着城楼外发生的一切，安切诺蒂目光沉静。欢呼声以及高涨的士气又一次将斯福尔特城从城破的边缘拉了回来。

“去，当然要去。如果不是侯爵大人，还有现在的我们吗？传我命令，调集两万名敢死队战士，就算全死在外面，也要将侯爵大人抢回来。”

敌军的魔法师全灭，给斯福尔特城带来了希望。安切诺蒂很清楚，如果不是叶音竹，斯福尔特城早就守不住了。

正像库斯勒意识到了叶音竹的重要性一样，安切诺蒂也意识到了叶音竹是守城的关键，更何况，叶音竹还是长公主殿下看重的人。

正在此时，一个清朗的声音突然破空传来：“米兰帝国战士、琴城战士不可轻举妄动，守好城池，我自有办法回城。”

这是叶音竹的声音，他看到金色和苏拉的时候，就想到了安切诺蒂可能会为了营救自己而派兵出城，更何况梅、兰两宗宗主还在城内。他们要是出城，只能做无谓的牺牲。苏拉和金色已经遇到了危险，不能再把其他人拖进来。所以，在冲杀时，叶音竹依旧不忘用斗气将自己的声音远远地送了出去。

叶音竹的声音很大，安切诺蒂听到了，库斯勒自然也听到了。库斯勒后退一步，险些站立不稳。

他喃喃地道："琴城，那人果然来自琴城。难道那人就是琴城领主不成？"

此时，血色卫队战士已经围住了苏拉和金色。苏拉和金色背对着背，保持戒备状态，叶音竹距离他们还有百米。

血色卫队战士作为佛罗王国的精锐战士，还是有一定能力的，叶音竹的速度慢了下来。

强者杀利用血色卫队拖住叶音竹的时间，追了上来。

金色的实力确实惊人，他没有带武器出来，只随手捡了一柄普通的战刀，刀光所过之处，佛罗王国战士无不倒地，谁也挡不住他。

苏拉的表现同样出色。在被围困的时候，他极为冷静，握着一柄短刃，速度飞快，出手极为狠辣，他手中的短刃总能刺中别人的要害。就这么一会儿，有不少敌人死在他手上，金色不由得对他刮目相看。

那十人的到来，令叶音竹三人压力大增。他们也确实看得起叶音竹，竟然分出五人对付他，另外五人则冲向了苏拉和金色。

那十人都是蓝级强者，还有十条八阶风龙，实力不可小觑。

此时的叶音竹失去了紫的帮助，就意味着他失去了瞬间转移的能力。

看到血色卫队战士不再围在一起，叶音竹心中一紧。有风从天上吹下来，他连呼吸也变得困难了，不需要用眼睛去看，他也知道从空中降下了数百道风刃，那是风龙发出来的。同时，他听到了五条风龙俯冲时带来的声音。

那五人拿着龙枪刺了下来。

叶音竹没有闪避，以他现在的实力，对付这样五个人没什么问题，只是有一个问题要解决，那就是他没时间弹奏琴曲。要怎么做呢？作战经验丰富的叶音竹一瞬间就做出了决定。

他将两只手上的剑收入须弥神戒之中，下一秒，他的双臂就变成了金色的。

他伸出双拳，向空中轰去。现在，他借助的是闪、雷的力量。

闪、雷同时发动攻击的话，其威力与禁咒差不多。

刹那间，一团耀眼的金色光芒将叶音竹完全包裹在内，他变成了一个金色的太阳，接着，金色光芒爆发了。

八阶魔兽是不能发动禁咒的。虽然那五条风龙很强，再加上它们背上的强者杀，其整体实力可以达到紫级，但它们本身还是八阶魔兽，对禁咒有种天生的恐惧。它们感受到禁咒的气息之后，大吃一惊，想要闪躲，却来不及，谁让它们冲下来的速度太快呢?

看到金色光芒爆发，五条风龙连忙将自己的防御提升到极致，可惜，风龙的防御力一向不太强，速度才是它们的优势。青色光芒与金色光芒撞击在一起后就爆炸了，就连后退得稍微慢一些的血色卫队战士也被震飞了。

五条风龙开始不断悲鸣，它们又到了空中，不过不是自己飞上去的，而是被爆炸的余波震上天的。这下，它们身下一片血肉模糊，就连鳞片都脱落了。幸好，它们的龙翼并未受伤。它们勉强飞起来，大滴大滴的血从天上落下来。

叶音竹的情况并不好，毕竟，他承受了五条风龙的全力一击。此时，他脸色惨白，双腿已经没入泥土之中，还好，他没有吐血。

他选择硬碰硬，为的就是给自己争取足够的时间，所以一击之后，他甚至没有调整呼吸，就强行将自己的双腿从泥土之中拔起来，飞速朝着苏拉和金色的方向冲去。血色卫队为躲避爆炸散开了一些，他可以趁这个机会冲过去。现在，他距离苏拉和金色只有五十米了。只不过，这一路上有很多重骑兵。

看到叶音竹冲过来，金色暴喝一声，扔掉刀刃都已经卷曲的战刀，双手合拢，一团耀眼的紫色光芒骤然爆发出来，震飞了围着他和苏拉的数十名重骑兵，朝着叶音竹的方向冲去。

可惜，除了那些重骑兵之外，天空中还有五名强者杀。五柄龙枪随着无数风刃一起落下，封死了金色和苏拉前进的道路。

接受了五百名魔法师死去的现实之后，佛罗王国战士的战斗力反而增强了。现在，他们真的没办法了。如果他们不能取得胜利，就没有食物，也没有活路。等斯福尔特城的魔法师休息好，反过来攻击他们的话，他们就更不容易攻下斯福尔特城了。

来到城外的那个白衣青年打乱了他们的所有计划，他们看着那个白衣青年，心中满是怒气。库斯勒的悬赏也刺激到了他们，他们开始疯狂地朝叶音竹冲过去。

“滚开！”

金色大吼一声，挥动双臂，震开了两名强者杀。风龙的魔法和强者杀的斗气给他带来了不小的压力。他是达到了紫级六阶的强者，对方很难伤害到他。在几名强者杀的阻挠下，他愣是没能冲到叶音竹那边。

“接剑！”

叶音竹大喝一声。下一刻，一道光瞬间穿透十余名佛罗王国战士的胸膛飞到了金色身前。叶音竹知道金色没有合适的武器，难以展开拳脚，突出重围。

就算金色是大战师，在没有武器的情况下，还是很难将自己的全部实力发挥出来。

看到那道光，金色下意识地伸手将其抓住。原来叶音竹掷过来的是奥古斯都之剑。

一股光明气息顷刻间遍布全身，金色不用眼睛看，也知道自己现在拿着的是一件神器，顿时精神大振。他将斗气注入奥古斯都之剑，一道耀眼的金色光芒一下就斩倒了一片冲过来的重骑兵。紧接着，金色拿着奥古斯都之剑，宛如一道金色闪电般一跃而起，迎上了一名强者杀。对方一直攻击他，他再也压不住心中的怒火了。

包围圈中只剩苏拉一个人。面对红了双眼的重骑兵，苏拉一点也不慌张，一道光闪过，他的身体就变成了一片幻影，当初叶音竹送给他的永恒替身傀儡发挥了作用。

永恒替身傀儡可以免疫一切物理攻击，将使用者变成虚幻之体，就像幽魂一样。

苏拉飘然而起，手中短刃画出一道道优美的弧线，在冲过来的重骑兵的咽喉上留下一条条血线，顺便还给金色留了落地的空间。

空中的金色拿着奥古斯都之剑，直直地朝那名强者杀刺了过去。等那名强者杀察觉时，一切都晚了。奥古斯都之剑硬生生地破开风龙吐出的巨大风刃，从它的腹部下方一闪而过。

血雨随风飘散，风龙惨叫一声，开始下坠。它的腹部都被剖开了，眼看是活不了了。幸好它没有飞很高，落地的时候，它背上的强者杀及时跳了下来，才没有摔伤。

看到风龙瞬间被斩杀，其他强者杀吓了一跳。

刚才那一剑，金色使出了全力，不然，他也跳不了那么高，刚好划破风龙的腹部。催动剑芒消耗了他大量斗气，落地的一瞬间，他不得不喘息了几下。

周围的敌人实在太多了，金色就放松了这么一会儿，身上就多了十余道伤口。

利用先前的机会，叶音竹强行冲入敌阵之中，奥古斯都之剑在金色手上，他则拿着诺克希之剑，并将斗气全部注入了诺克希之剑中。

他使出傲竹剑法，在敌阵之中辗转腾挪，杀死了一个又一个敌人，此时，他距离苏拉和金色又近了一些。

叶音竹没有看到，就在他身后不远处，一道若隐若现的碧绿色身影贴地而行，所过之处，不论是驯龙还是佛罗王国战士，全都倒在地上，没了气息，身体变得乌黑。

被叶音竹震伤的五条风龙没敢再攻击他，只是飘浮在半空之中。看到那碧绿色的身影之后，五条风龙的眼中满是惊恐之色。

还有二十米，就差二十米了。

叶音竹毫不吝惜斗气，疯狂地斩杀着面前的敌人。距离苏拉和金色只有最后二十米了，只要和他们会合，敌人就阻挡不了自己回城。想到这里，叶音竹脸上不禁露出了微笑。

“音——竹——”

一声凄厉的尖叫突然响起。叶音竹感觉这声音很熟悉，有点像苏拉的声音，又有点像黑凤凰的声音。

原来是苏拉的声音。

叶音竹看到苏拉不顾一切地朝自己这边冲了过来。变成虚幻之体的苏拉直接从重骑兵身上穿了过去，眨眼间就到了叶音竹身前。

不对，苏拉怎么冲到叶音竹背后了？

万分惊讶的时候，叶音竹猛地转过头，发现自己背后竟然没有敌人。

没有敌人并不代表危机解除。

一条体长超过两米的碧绿色长蛇突然扑向叶音竹。一股腥气扑面而来，叶音竹只感觉脑海中一片昏沉，下意识地一剑朝碧绿色长蛇身上斩去。

那碧绿色长蛇的速度比叶音竹想象中快得多。他原本想要斩掉蛇头，却只斩到了蛇身中上段的位置。

咦？为什么这条碧绿色长蛇看上去有些眼熟？叶音竹觉得有些奇怪，可是没有时间细想。

他在体内提起一股清凉之气，使自己不再那么昏沉。

那条碧绿色长蛇挨了一剑，已经变成两截了。

连蛇都用上了，佛罗王国统帅还真是无所不用其极，叶音竹正在腹诽，却突然发现了不对劲。碧绿色长蛇的前半段身体并没有停下来，一眨眼就到了他的胸前，眼看就要咬到他了。

就在这时，一道虚幻的紫光出现在叶音竹面前。虚幻之体变成了真实的肉体，苏拉撞进了叶音竹怀中，帮叶音竹挡住了那条碧绿色长蛇。

刚才那一瞬间，苏拉将自己的速度提升到了极致。他凭借永恒替身傀儡的力量，穿过无数敌人，来到叶音竹背后，在叶音竹斩断碧绿色长蛇的同时，他解除了永恒替身傀儡的效果，抬起左臂，挡在了蛇口之前。

“嗯。”

苏拉轻哼一声。叶音竹只觉得苏拉一下就没有一点力气了。一道黑气顺着苏拉的小臂蔓延到了大臂。

毒蛇！

突然，叶音竹想起了碧绿色长蛇的来历。当初，结束七国七龙排位战后，他为了寻找海洋，在山野中修炼过，他在那时拜了菲尔杰克逊为师。第二天醒来的时候，他发现自己进步了不少，在自己不远处还有一条碧绿色的蛇。菲尔杰克逊告诉他，这种碧绿色长蛇是一种龙，名字叫碧玉魔龙，也被称为禁忌之龙、毒龙。碧玉魔龙是除神圣巨龙以外所有龙族的克星。它们之所以又被称为毒龙，就是因为它们的毒液是任何龙族都无法免疫的。同时，碧玉魔龙喷出的毒雾还能腐蚀灵魂。

一股恐惧感袭上叶音竹心头，并不是因为碧玉魔龙，而是因为倒在他怀中的苏拉。现在，他顾不得去想为什么苏拉的斗气光芒是紫色的。

恐惧达到极限就会化为疯狂。

“苏——拉——”

叶音竹大吼一声，用左手牢牢地抓住苏拉，右手拿起诺克希之剑，挥出一连串残影。

这一刻，傲竹剑法在他手中展现出了最恐怖的力量。

咬在苏拉手臂上的碧玉魔龙头被震得粉碎。就连落在地上的半截蛇尸也被诺克希之剑的剑芒震碎了。

其实，碧玉魔龙自身的防御力还是很强的，可惜，叶音竹拿着一柄由神圣巨龙独角制成的诺克希之剑，这柄剑可以打破所有巨龙的防御，对龙族有克制作用。因此，叶音竹拿着诺克希之剑斩出第一剑之后，这条碧玉魔龙就受了伤。

“苏拉，坚持住。”

现在，叶音竹无比心痛。如果苏拉没有冲过来，那条碧玉魔龙就会咬在自己身上，以碧玉魔龙当时的速度，自己根本没有闪躲的机会，护体斗气也挡不住它的牙齿。

叶音竹震碎了碧玉魔龙的头，却没有伤到苏拉。黑色的血液不断从创口处流淌出来，此时此刻，苏拉的脸上已经笼罩上了一片黑气。

叶音竹毫不犹豫地催动紫竹斗气输入苏拉体内，同时右手连闪，九根紫竹针顷刻间刺在了苏拉的肩膀上，但是，就在他将紫竹针刺进苏拉肩膀的时候，他发现紫竹针并不能完全阻止毒素扩散。

苏拉虽然被咬了，没有力气再行动，但他的意识是清醒的。当他挡在叶音竹身前的时候，他感觉自己是那么满足，此时，他没有慌张，也没有为解毒而焦急，脸上还带着一丝笑容。他当然知道碧玉魔龙有多毒，否则也不会惊恐万分地冲上来。终于，他还是挡在了叶音竹身前。

他想，既然未来不能跟叶音竹在一起，为叶音竹去死，或许就是自己最好的归宿。

苏拉的嘴唇都变紫了，脸也变得更白了，可他还是微笑地看着叶音竹。

“没用的，音竹，别白费力气了，想办法离开这里，答应我，你要好好活着。”想到自己就快死了，苏拉就没有再掩饰自己的声音，用自己真正的声音跟叶音竹说道。

可惜，此时叶音竹早已乱了方寸，根本没有注意到苏拉声音的变化。

“不，不会的。我不信这毒解不掉，一定有解毒的办法。苏拉你要坚持住，千万不能死。”

说着，叶音竹紧紧地将苏拉搂进了自己怀中。他从未像现在这样恐慌过，他不知道自己为什么会这样，他心中只有一个念头，那就是无论如何也要保住苏拉的性命。

光芒一闪，叶音竹就将苏拉收入了自己的生命储存宝石之中。他知道，想要救苏拉，首先就要回到斯福尔特城。在这里，他根本想不到办法，也没有时间救苏拉。

此时的叶音竹，黑发披散，身上的白袍虽未沾染上鲜血，但血腥气极为浓郁。他的双眼已经变成了血红色，额头上的银龙魔纹闪着耀眼的光芒。

叶音竹愤怒了，是的，眼看自己最好的兄弟为了救自己，身中剧毒，叶音竹彻底愤怒了。他全身释放着无比强烈的杀气，比巨龙发出的威压更骇人。

碧玉魔龙被杀掉的一瞬间，库斯勒身边的驯龙师瘫倒在地，生死不明。驯龙师要将自己的血脉与碧玉魔龙的血脉融合在一起，才能控制碧玉魔龙。现在碧玉魔龙死了，驯龙师显然也活不成了。

库斯勒的脸色顿时变得无比难看，他没有想到，即使派出碧玉魔龙突袭，自己还是失败了，那个白衣青年还活着。他抬起右臂，抓住插在身旁的龙枪，准备亲自上场。就在这个时候，他感受到了叶音竹身上散发的杀气。

在狂怒之中，银龙一族的龙威、紫晶比蒙的强大威压与叶音竹自身的杀气完全融为一体。虽然他远没有明、紫的本体那么高大，可是，他身上散发出的杀气是那么恐怖，恐怖到连血色卫队和重骑兵军团都不敢接近他。就连强者杀的心都揪起来了。

这是多么强的杀气！

叶音竹抬起右手，轻轻地抚上自己的心脏位置，然后缓缓地闭上了双眼，那一刻，他整个人都变得神秘起来。他完全融入了周围的环境之中。

粉红色的光芒一闪，两圈紫色光晕同时从他身上散发出来，一圈光晕来自丹田，另一圈光晕则来自眉心。同样的紫色光晕代表的是完全不同的能量，那是斗气和魔法的能量。

叶音竹站在战场中央，抬起了他的双臂，两张古琴同时出现在他双掌之下。一张是那带有无尽悲伤之意的飞瀑连珠琴，另一张则是有恐怖杀伤力的枯木龙吟琴。

除了沉睡中的超神器枯木龙吟琴，这两张神器级的古琴是叶音竹手中威力最大的两张古琴。这时，叶音竹将它们取了出来。那两张古琴没有落到地上，悬浮在了叶音竹身体两侧的斜前方。

淡淡的紫光环绕着叶音竹，也环绕着他的两张古琴，此时，他的脸色已经变得无比严肃。

"伤我挚友，你们要付出代价。"

他一边说着，一边动了起来。

金色还是第一次看到叶音竹露出这样的表情，趁周围的重骑兵愣住的时候，他强行冲到了叶音竹身边。

"杀——"

库斯勒从远处腾空而起。那一声暴喝，正是库斯勒口中发出的。因为叶音竹身上散发的杀气而暂时停止攻击的佛罗王国战士，再次朝叶音竹杀了过来。

第一百八十二章

虚无音刃

时间过得越久，佛罗王国战士越能感觉到白衣青年的恐怖。现在他们想做的，就是将白衣青年杀掉。

叶音竹就像没看到向自己冲来的敌人一样，这一刻，他竟然闭上了自己的双眼。

“金色前辈，快进入我的生命储存宝石。”

金色自然不会违抗叶音竹的命令，粉红色的光芒闪过，金色的身影也消失了。

想到周围冲上来的佛罗王国战士，叶音竹嘴角噙着一丝不屑的微笑，接着，八指齐动，伴随着一声嗡鸣，十四道音刃同时从他的古琴上飞了出去。

“嗡——”

那一声惊人巨响给佛罗王国战士留下了无比深刻的印象。就在那一刻，叶音竹的双手八指都流出了鲜血，一层紫光覆盖在那十四道音刃之上。

刚才，叶音竹领悟了一种新的力量——虚无的力量。

那十四道音刃就像虚影一样，没有强行切割敌人的铠甲，飘然而去，无视了所有物理防御，只是一瞬间，距离叶音竹百米之内的佛罗王国战士全部停了下来。

围攻叶音竹的人有多少？距离他百米范围内有多少佛罗王国战士？五千名重骑兵眨眼间就变呆滞了。那两张神器级古琴发出的特殊音刃，并没有伤害到他们的肉体，只是进入了他们的精神之海，震碎了他们灵魂深处最宝贵的东西。

每个人精神之海的大小都是不同的，精神力越强，精神之海越大。就算是老人和孩子，也有精神之海，就像每个人都有手和脚一样。

精神之海是人的精神世界，而在精神之海中最重要的东西，就是跟人的生命同等重要的精神烙印，那被包裹在灵魂之中的精神烙印始终浮在精神之海的中央。

如果一个人的肉体受了重伤，伤重不治，就会死去，而如果与生命同等重要的精神烙印被破坏，灵魂被毁掉，那么，结果也是一样的。眼前这些佛罗王国战士的精神烙印被叶音竹震碎了。

为了做到这件事，叶音竹几乎耗光了自己的精神力，他终于做到了。

叶音竹受到了多方面的启发，才想出虚无音刃，苏拉的永恒替身傀儡和闪、雷瞬发的无属性禁咒给了他灵感。

看到苏拉受伤，他满心都是杀意，强行将自己的精神力提升到了顶点。

在使用虚无音刃攻击的时候，他也不知道能否成功。神音系魔法本就是精神系魔法中的一种，既然他可以通过提高音律振动的频率，将音刃的切割力提升到极致，为什么不能尝试一下，用精神力控制虚无音刃直接攻击对方的灵魂呢？

除非对手拥有足够的精神力来抵挡，否则，虚无音刃就可以无视任何物理防御。

琴曲同样可以影响敌人的精神之海，但需要一定时间来弹奏。他只要随手拨弦，就可以立即发出虚无音刃，不需要花费太多时间，还能毁掉对方的精神之海。

当然，和琴曲相比，虚无音刃的消耗也是巨大的。弹奏一首杀伤力最大的琴曲，才消耗他十分之一的精神力，而虚无音刃几乎将他的精神力耗光了，甚至让他有些晕。

他成功了，他的成功也意味着敌人要陷入被消灭的恐慌之中了。

当叶音竹感受到围着自己的佛罗王国战士再没有任何灵魂气息，只剩下生命气息的时候，他就知道自己成功了。

他强忍着头晕，立刻使用闪、雷的力量，直接钻入了地下。

其实，佛罗王国的不幸和幸运是相伴的。虽然失去五千名重骑兵，有些不幸，但是保住了大部分血色卫队战士，对他们来说，是幸运的。

重骑兵贪功，冲在了最前面，因此被伤到了。还有一名失去了坐骑的强者杀被虚无音刃笼罩，精神烙印被震碎了。

叶音竹毕竟是第一次施展虚无音刃，还不能很好地控制它的威力。虚无音刃的威力足以媲美禁咒，它可以被瞬间发出，敌人根本来不及反应。当然，叶音竹并不清楚，如果没有那两张神器级古琴的帮助，就算他的魔法实力达到紫级五阶，也不一定能够施展出虚无音刃。

不一会儿，库斯勒就来到了叶音竹先前所在的位置，但库斯勒看到的，只有黑色的土地。

“人呢？你们怎么不动？”库斯勒拿着龙枪怒吼道，他甚至不知道发生了什么，那五千名佛罗王国战士和坐骑就那么静静地待在原地，一动不动。

不知道是谁第一个倒下的，第一个人倒下后，其他人就像被推倒的多米诺骨牌一样，一个个接连倒下，一分钟后，库斯勒身边的人就全倒了下去。

叶音竹重新回到斯福尔特城的时候，脸色变得一片惨白。

看到他之后，城内的将士开始欢呼。可惜，此时的叶音竹一点兴奋的感觉都没有。他先将紫和金色从生命储存宝石中释放出来，然后吩咐安切诺蒂，一定要不惜一切代价守住城楼，并且将利爪德鲁伊以及东龙帝国强者们暂时交给了安切诺蒂指挥，之后让安切诺蒂给自己在城内找了一间安静的屋子。

他要给苏拉疗伤，不能再耽误时间了。

想到苏拉可能会死，叶音竹的心都乱了。此时的叶音竹已经忘记了外面的一切，一心想着治好苏拉。他越来越怕，就算苏拉现在还在生命储存宝石之中，没有死，他也害怕。他能感受到苏拉的呼吸变得越来越弱，心脏跳得越来越慢了。

安切诺蒂命手下将叶音竹送到了屋子那里，叶音竹只吩咐了一声不许任何人打扰就转身进了屋子。

苏拉，你可千万不能有事啊！叶音竹心中暗暗地祈祷着。

他从来不信神，可这时候，他希望这个世界上真的有神的存在，那样的话，或许苏拉就会在神的庇佑下，恢复健康，继续陪在自己身边。

光芒一闪，叶音竹将苏拉从生命储存宝石中释放出来。

"嗯……"

苏拉一出来，就哼了一声，由于没有力气，眼看就要倒下去。叶音竹赶忙小心翼翼地接住了苏拉，将其缓缓地放在屋内的床上。

这间屋子非常大，足有上百平方米，布置虽然算不上豪华，但非常干净。将苏拉放好之后，叶音竹拉起了苏拉的手腕，检查苏拉的身体状况。

很快他就发现，苏拉目前的情况极不乐观。虽然他试图用紫竹针阻止毒素扩散，但还是有一些毒素扩散了。碧玉魔龙的毒实在太霸道了，苏拉的脸都变灰了，生命气息正在不断减弱。

虽然叶音竹跟叶离学过一点医术，但以他的水平，根本解不了这个毒，眼下他一点办法都没有。

犹豫片刻，他想起当初自己给离杀解毒的办法，随即飞快地取出碧丝，缠绕在苏拉左臂肩窝处。苏拉被咬的小臂并没有肿大，只是变成了黑色的。

精神力还没恢复过来，叶音竹感觉自己越来越晕了。可是，他知道自己现在绝对不能休息，否则，苏拉就真的没救了。

他用两只手分别捏住碧丝和紫竹针，小心翼翼地将自己的紫竹斗气输入其中。现在他只希望紫竹针和碧丝中的生命气息能将碧玉魔龙的毒逼出去。

淡淡的碧绿色光晕和紫色光晕同时出现，碧丝和紫竹针上散发着竹子的清香，生命气息在叶音竹斗气的催动下飞快地注入苏拉体内，逼迫着毒素朝伤口流去。

一些黑血开始顺着苏拉的左臂流淌出来。

叶音竹从旁边找来一个盆，接着黑血。那些黑血有剧毒，万一流出去，被人不小心碰到了，还不知道要害多少个人呢。

碧丝和紫竹针内蕴含的生命气息确实强大，在生命气息的作用下，苏拉体内的毒素被慢慢逼出来了一些，渐渐地，苏拉的脸不再是灰色的了，呼吸也变得顺畅起来。此时，盆内已经有了大半盆黑血。

照这样下去，毒素应该会全部被逼出来吧？虽然排毒让苏拉流了不少血，但只要经过一定时间的调养，苏拉还是能够恢复过来的。想到这里，叶音竹不禁松了一口气。苏拉，你不能有事，放心吧，我一定会把你救回来的。

半个小时之后，叶音竹的精神力略微恢复了一点，这都是神源魔法袍的功劳。神源魔法袍会自行过滤空气中的魔法元素，将无元素输入他体内，令他不用修炼也可以慢慢恢复。至于给苏拉治疗消耗了多少斗气，他已经完全顾不上去想了。

黑血快将盆装满之时，苏拉小臂上终于流出了鲜红的血液，手臂也不再那么黑了。叶音竹又小心翼翼地让碧丝和紫竹针中的生命气息在苏拉体内运转了一周，这才逐渐收回碧丝，并将紫竹针取了下来。

“呼——”

叶音竹长出一口气，轻松了不少。他想，苏拉现在需要休息，以苏拉的身体素质，过个十几天，总能恢复过来吧？

做完这些后，叶音竹顿时感觉到全身一阵酸软。之前在战场上冲杀，透支了自己的力量，现在一放松，他才感受到身体在抗议。

他终究是人而不是神，这次能够成功杀掉对方的魔法师，坦白说，还是靠了一些运气。如果不是战术过于诡异，以佛罗王国大军和强者杀的实力，他和紫不可能那么快就冲到魔法师中间。

下面该怎么办？

经过刚刚这场战斗，佛罗王国应该会大受打击。在安切诺蒂的指挥下，米兰帝国战士至少可以支撑三天，不让佛罗王国大军攻入城内。虽然城内士兵大多是新兵，但加上后勤补给部队也有二十多万人，就算佛罗王国的统帅使用人海战术，也不容易攻破其防线。

更何况，佛罗王国大军没有食物，每过一天，他们的情况就会变得更加糟糕。大战之后，消耗了大量的能量，没有食物，他们要如何支撑？就算杀坐骑，也总有杀光的时候。

现在米兰帝国战士需要做的就是坚持，坚持到佛罗王国大军主动撤退。

就算对方有龙骑将，己方也有东龙帝国战士和利爪德鲁伊。佛罗王国大军没那么容易攻破斯福尔特城。唉，头好疼。看来，自己真要休息一下才行。

正在叶音竹盘膝坐下，准备进入修炼状态，恢复一下体力时，他突然呆住了，因为他看到苏拉的左小臂又开始变黑了。

毒！

不，这怎么可能？

叶音竹如同弹簧一般从地上跳了起来，第一时间用碧丝牢牢地绑住苏拉的手臂，同时再次刺下紫竹针。

为什么会这样？自己刚才明明已经将毒素逼出来了啊！叶音竹刚刚平静下来的心又快速跳动起来。

毒素的扩散令昏迷中的苏拉身体一阵痉挛。苏拉皱起了眉头，脸上露出了痛苦之色。现在的苏拉似乎比之前更痛。

连巨龙都承受不住碧玉魔龙的毒，苏拉又怎么会好受？

碧玉魔龙的毒不是那么好解的。碧玉魔龙既没有尖利的爪子，也没有强大的攻击力和防御力，它之所以能够成为九阶魔兽，被称为禁忌之龙，就是因为它的毒十分难解。如果生命气息能将它的毒清除干净，那么，它就不配被称为毒龙了。

叶音竹的脸色变得很难看，他知道，不能再用生命气息逼毒了。一是因为效果不好，二是因为苏拉已经流了很多血，要是再流一次，可能会因失血过多死亡。

怎么办，该怎么办？此时此刻，叶音竹完全乱了方寸。

正在这时，一股魔法气息从苏拉身上传来，叶音竹感觉那股魔法气息很亲切。

光芒一闪，一道银光从苏拉身上射了出来，一条三米长的银龙顿时出现在叶音竹的面前。

“爸爸。”

一看到叶音竹，那条三米长的银龙就惊喜地叫了一声。它拍打着龙翼，朝叶音竹扑了过来。

这突然出现的银龙，正是当初认苏拉为主的银币。不过，银币似乎忘记自己不是小银龙了，过了这么久，飞速成长的它体重早已达到了数百公斤。不过，幸好被它叫作“爸爸”的叶音竹实力超群，不然还真是接不住。

“银币，你怎么出来了？”叶音竹被吓了一跳，问道。

看到银币，叶音竹的脸色才好看了一些。虽然苏拉身上的毒依旧在扩散，但有碧丝和紫竹针挡着，这毒一时半会儿还要不了苏拉的性命。

银币扭过头，看了一眼床上的苏拉。它还是幼龙，说话不是很利落，只是伤心地道：“妈妈病了，爸爸救妈妈。”

一直以来，银币都叫苏拉妈妈，叶音竹因为这个称呼笑过苏拉很多次，此时此刻，听到银币叫苏拉妈妈，他不断回想起那时苏拉笑骂他的情景，心中满是伤感。

“是爸爸无能，救不了你妈妈。”叶音竹抱住头，痛苦地说道。

叶音竹确实想不出什么办法了。他要怎样才能救苏拉？怎样才能将碧玉魔龙的毒解掉？

“爸爸笨！”

银币猛地从叶音竹怀中跳了出去，拍打着龙翼落在床前，睁着一双亮晶晶的大眼睛看着苏拉，嘴里念着咒语。

有一身银色鳞片的银币本就漂亮，念咒语的时候，一圈光芒罩在它身上，显得它更加圣洁。虽然它的魔法等级才达到绿级，但它迟早会成为紫级强者。

此时，浑身散发着神圣气息的它显得更可爱了。

“光明系魔法？”

叶音竹心中一动，赶忙上前。

一道绿色光芒从银币的小爪子上射出，直接落到了苏拉身上。银龙族最擅长光明系魔法，现在，银币就在用光明系魔法给苏拉洗身体。光明系魔法似乎起作用了，苏拉皱起的眉头舒展了几分，手臂上的黑色也淡了一点。

“对啊！”

叶音竹猛地一拍自己的脑门，光明系魔法号称能够消除一切异常状态，自己怎么把它给忘了？传统的排毒手法不成，还有魔法啊！可惜，银币的魔法实力太弱了，绿色光芒消失之后，苏拉的手臂又变黑了。

银币失望地看着苏拉的手臂，作为苏拉的契约魔兽，它和苏拉可谓是血脉相连。说来也奇怪，苏拉修炼的功法是暗魔系的，银币作为银龙，本应该排斥苏拉才对。可是，一直以来，银币和苏拉的关系都极为亲密，从未出现过排斥的情况。

银币不甘心地再次念起咒语，却被叶音竹阻止了。

“银币，你还小，救妈妈的事就交给爸爸吧。”银币实力太弱，净化不了毒素，这不代表光明系魔法没有用。绿级的光明系魔法无法净化这毒素，那紫级的光明系魔法呢?

想到这里，叶音竹心中重新燃起了希望，在脑海中呼唤起了一个名字。

他的额头上，那代表着银龙一族的特殊符号亮起了夺目的光芒。紫色光芒一闪，叶音竹面前多了一个人。

那人皮肤白皙，有着银色头发和紫色眼眸，长得和叶音竹差不多高，身材比例非常好，只是神色有些冷淡。

叶音竹一看到她，赶忙上前两步。

“离杀，帮帮我，苏拉中毒了。”

被叶音竹召唤来的，正是银龙公主离杀。两人上次见面，还是七国七龙排位战的时候。当时离杀在第一战中被箭射中，受了伤。七国七龙排位战结束之后，叶音竹离去，离杀也独自回了银龙城。

突然感受到叶音竹的召唤，离杀也吓了一跳。因为叶音竹从来没有这样急切地召唤过她，她还以为叶音竹出了什么事。在被召唤来的时候，她甚至做好了战斗的准备。谁知道，她一来却发觉自己在一个宽敞的房间之中。

“我还以为你早就把我忘了。”

看到叶音竹没事，离杀暗暗松了一口气，同时也有些生气。上次，叶音竹在七国七龙排位战结束后不告而别，令她心中充满了怒火，之后叶音竹也一直没有召唤她，更是令她极为不满。她甚至已经忘记了，自己和叶音竹之间只不过进行了灵魂依附而已。

“先别说这些了，快，离杀，救救苏拉，他中毒了。”

情急之下，叶音竹一把拉住离杀的手，将她拉到了苏拉床前。

叶音竹的手很热，甚至有些烫。被他这么一拉，离杀脸颊微红，感受着他掌心的温度，一时间竟然有些心跳加速。

当初，离杀刚刚认识叶音竹的时候，其实是从心底里看不起叶音竹的。作为高贵的银龙，离杀觉得叶音竹不过是一个小小的人类，实力又不强，不配得到她的尊敬。

后来，叶音竹凭借自己的智慧和实力得到了她的灵魂依附。从那时候开始，离杀对叶音竹的感觉就产生了变化，尤其是叶音竹的实力飞速提升，达到了足以与她抗衡的地步之后，她对叶音竹的看法就彻底转变了。

七国七龙排位战的时候，叶音竹不惜消耗大量斗气为她解毒。叶音竹所弹奏的乐曲萦绕在她脑海中，挥之不去。现在，她对叶音竹更多的是钦佩。

再见到叶音竹，离杀发现他憔悴了。虽然心中有气，但这个时候，她也没有为难叶音竹，将目光落在了苏拉身上。

看到苏拉受伤的手臂，离杀大吃一惊，问道："这是什么毒？难道你也无法解毒吗？"

要知道，当初佩贾射出的毒龙箭上有可以令巨龙丧命的剧毒，叶音竹都能用碧丝和紫竹针解毒，难道那个方法不管用了吗？

叶音竹沉声道："是碧玉魔龙的毒，之前在战场上，苏拉为了救我被碧玉魔龙咬了一口。离杀，你快帮帮他，现在只有你能救他了。"

听到"碧玉魔龙"四个字，离杀瞬间颤抖了一下，骇然道："你是说碧玉魔龙？天啊，你们怎么惹上了那种怪物？难怪连你都救不了苏拉，居然是碧玉魔龙的毒！"

叶音竹急切地道："别多说了，离杀，毒素扩散得很快，我的碧丝和紫竹针也只能暂时阻挡一会儿，还是赶快用魔法吧。"

离杀摇了摇头，道："对不起，音竹，你给苏拉准备后事吧。不是我不帮你，而是碧玉魔龙的毒太烈。坦白告诉你，别说是我，就算是神圣巨龙也不可能解掉碧玉魔龙的毒。"

“什么？”

叶音竹大吃一惊，离杀的话对他来说宛如晴天霹雳一般，让他全身一阵颤抖。

“不，这不可能。光明系魔法不是号称可以消除一切异常状态吗？为什么就不能解碧玉魔龙的毒？”

离杀看着叶音竹那焦急的样子，不禁解释道：“音竹，你冷静点听我说。碧玉魔龙在龙族中是禁忌般的存在，它是我们龙族的克星，别说是你们人类，就算是我们龙族，看到它也要绕着走。如果光明系魔法能解它的毒的话，我们又何必将它称为禁忌之龙？不过，你别太着急，也不是完全没办法救苏拉。”

听了离杀的话，叶音竹顿时眼睛一亮，追问道：“那你快说，究竟要怎样才能救苏拉？要怎样才能给他解毒？”

离杀道：“所谓解铃还须系铃人，碧玉魔龙的毒只有碧玉魔龙才能解。只有逼迫碧玉魔龙，让它将释放的毒素吸回去，才能救活苏拉。那碧玉魔龙在什么地方？以你和我的实力，小心一点的话，活捉它也不是不可能的事情。你的碧丝是至宝，对它有一定的克制作用。”

希望的火苗又被冷水浇灭了。让碧玉魔龙来吸毒？那条碧玉魔龙早就被叶音竹杀掉了。

“一看到苏拉中毒，我就蒙了，一剑杀了那碧玉魔龙，现在连尸骨都找不到了。”叶音竹苦涩地说道。

离杀脸色一变，无可奈何地道：“你杀了碧玉魔龙？那我就真的没办法了。不过，这也不能怪你，你也不知道只有碧玉魔龙才能解毒。”

叶音竹脸色大变，伤心地道：“是我害了苏拉，他是为了救我才中毒的，我却断绝了他活下来的希望，是我害了他。”

泪水不受控制地滑落，看着苏拉，叶音竹停止了思考，关于两人的回忆在他大脑中闪现，依稀间，他似乎看到了当初那个偷他戒指的小乞丐，看到了在宿舍中忙碌，给自己做美味菜肴的身影。从他进入米兰魔武学院开始，苏拉就总是陪伴在他身边。

叶音竹一下子跪倒在苏拉床前，泣不成声地道：“苏拉，不，苏拉，你不能死。你答应过我，要给我做一辈子饭，做我一辈子的管家，你忘了吗？你已经收了我的钱，不能反悔的。你不能死！苏拉，醒过来，醒过来，只要你能活着，不论你要什么我都给你，苏拉……”

叶音竹紧紧地握住苏拉冰凉的手，他看到苏拉的右手无名指上还戴着自己送的那枚戒指。戒指很光亮，纹路依然清晰，可见苏拉平常有多珍视它。

离杀静静地站在一旁，看到叶音竹那痛不欲生的样子，她的眼睛渐渐红了。她突然觉得叶音竹好傻。

虽然她不知道苏拉中毒的全部经过，但从叶音竹的话中，她明白了苏拉是为救叶音竹才变成这样的。

“叶音竹，你这个傻瓜，如果我不施展一次光明系魔法，你是不会甘心的吧？我们都期待一下奇迹发生吧。”

离杀开始吟唱咒语。

感受到空气中的魔法元素波动，叶音竹猛地抬起头，止住了眼中的泪水。是的，他现在也只能期待奇迹发生了。

离杀背后的银发无风自动，每一根发丝都闪耀着柔和的光，一会儿的工夫，整个房间就充满了深紫色光芒。

离杀释放的能量不断涌入叶音竹和苏拉的身体。

叶音竹和佛罗王国大军战斗的时候，体内经脉被震伤了，此时在光明系魔法的作用下，受损的经脉正快速愈合着，就连头也不那么晕了。

离杀缓缓地抬起自己的右手，伸出纤细的手指在空中画出一个又一个金色符号，这些符号在她吟唱咒语时，飘到苏拉上方，发出了淡淡的金光，并且开始围着苏拉缓慢地旋转。

空气中的光元素变得越来越浓郁，浓郁到将其他魔法元素挤出了房间。

光元素在慢慢抚平叶音竹内心的伤痛和所有负面情绪，在那金色符号的衬托下，不论是离杀还是苏拉，都显得如此圣洁。

离杀吟唱咒语的速度越来越快，她的皮肤上渐渐出现了一层银色的鳞片，听她的声音，叶音竹隐隐感觉到她现在很辛苦，显然，为了给苏拉解毒，她已经用了全力。

看着离杀，叶音竹觉得时间过得好慢，他紧张得都停止呼吸了。

奇迹会发生吗？

他的心无比忐忑。一定会的，奇迹一定会发生的。他是在说服自己，他的心乱了，他甚至在后悔自己的莽撞。如果他在离开斯福尔特城前，先跟苏拉说一下自己有办法脱身，苏拉就不会和金色冒险出城救自己了。现在说什么都晚了。

终于，离杀吟唱完了最后一句咒语。

屋外，一道直径超过五米的巨大金色光柱从天而降，耀眼的金色光柱直接穿透了屋顶，笼罩在苏拉身上。

离杀先前用手指画出的一个个金色符号完全融入了金色光柱之中，一股光明气息罩着苏拉的身体。

“噗”，一股黑烟从苏拉体内冒出，苏拉呻吟了一声，脸上的表情突然变得极度痛苦。

“不好，她的斗气是暗魔属性。”离杀惊呼一声。

一听到离杀的话，叶音竹立马将神源魔法袍罩在了苏拉的身上。

在离杀施展光明系魔法前，叶音竹就已经想到了可能会发生眼前的情况。神源魔法袍可以将其他魔法元素转化成无元素，让穿着它的人不受其他属性的魔法影响，安全地吸收魔法元素。

奇迹真的会发生吗？叶音竹在祈祷。

就在这个时候，他突然发现，躺在神源魔法袍之下的苏拉变了。苏拉的身体在慢慢变大，头发渐渐变成了暗蓝色。

现在，苏拉整个人都散发着一种奇异的光芒。

离杀施展的是光明系单体治疗魔法的极限魔法，这个魔法甚至有起死人而肉白骨的效果，名曰：大净化术。

光明系魔法大净化术，效果：消除一切异常状态。异常状态自然也包括伪装……

第一百八十三章

苏拉就是黑凤凰

在神源魔法袍的帮助下，离杀消耗大量魔法力施展的大净化术发挥出了真正的净化效果。

当大净化术起作用的时候，苏拉发生了变化。

苏拉身上散发出来的光芒，在离杀发出的金色光芒的笼罩下，一点都不起眼。

此时，端坐在风龙背上的库斯勒脸色铁青，心情差到极点。看到五百名魔法师一下子就没了，佛罗王国大军的士气无比低落。库斯勒不得不重新整军，暂时停止进攻斯福尔特城。

就在这时，一道从天而降的金色光柱吸引了战场上所有人的注意。

库斯勒也算见多识广，看到这道金色光柱，他铁青的脸色不由得缓和了几分。

他阴毒地道："看来，碧玉魔龙也不是白死的。虽然没有干掉那个白衣青年，但也咬了另一个人。看他们连大净化术都施展出来了，那个被咬的家伙应该很重要。哼，大净化术又如何？难道他们以为大净化术就能解碧玉魔龙的毒吗？笑话，真是笑话。来人，传我命令，全军休息两个小时。"

叶音竹自然不知道库斯勒正在战场上嘲笑他，他的心思都在苏拉身上。过了一会儿，金色光柱逐渐消失，苏拉身体周围的奇异光芒也渐渐散去。看到床上的人，叶音竹的心仿佛被针扎了一下。他吃惊得瞪大了眼睛，嘴唇在微微颤抖，身体完全僵硬了。

怎么会这样？

原本躺在床上的苏拉不见了，或者说，苏拉变成了另外一个人。

苏拉原本只有一米六多，且身体干瘦，此时躺在床上的人有一米七五，就算被神源魔法袍盖着，叶音竹也能看出这人身材极为匀称。这人的脸被暗蓝色长发盖住了一半，从露出的半张脸上，叶音竹能看到纤细的秀眉和完美的脸部轮廓。这人的每一处看上去都是那么完美，如果不是伸出魔法袍的半截手臂还是黑的，叶音竹实在无法相信躺在床上的人和苏拉是同一个人。

是她，怎么会是她？

看到那张脸后，叶音竹的大脑变得一片空白。他一直将那人放在心底珍藏着，以为很难再有机会见面。现在，心底的两道身影正在快速重合着。

离杀也呆住了，她没想到苏拉原来这么美。其实她早就知道苏拉用了伪装术，出于尊重苏拉的意愿，才一直没有将真相说出来。

离杀一向很自负，认为自己长得不错，至少跟香鸾不相上下。这时，看到床上的苏拉，离杀生出了一丝自惭形秽的感觉。

苏拉美得不像人类，人怎么可能如此完美无瑕？

在大净化术的作用下，苏拉手臂上的黑色明显淡了很多，但那顽固的毒素依旧没被驱散，正像离杀说的那样，足以毒死巨龙的绝世之毒又岂是那么容易解的？

“嗯……”

苏拉呻吟了一下，接着缓缓睁开了双眼。

叶音竹看到了一双暗蓝色眼眸，此时，那双暗蓝色眼眸看上去娇弱无神，里面仿佛有水波在慢慢流淌。

那双暗蓝色眼眸搜寻着叶音竹的身影，找到叶音竹之后，定定地看着叶音竹，就像看珍宝一样。

“音竹，你没事，真是太好了。我还没有死吗？”苏拉面带微笑地说道，声音听上去很虚弱，却非常清晰。

叶音竹颤抖着问道：“怎么会是你？苏拉呢？苏拉在哪里？为什么会是你？你告诉我。”

叶音竹一时接受不了这个事实，猛地上前一步，抓住她的肩膀，让她半坐在床上。

“音竹，你怎么了？啊！痛……”

突然被叶音竹抓住，苏拉感觉很痛，她不明白叶音竹为什么要这样。当她低头调整姿势，想让自己坐得舒服一些的时候，她才看到垂在肩膀两侧的暗蓝色长发，口中发出一声低低的惊呼：“我的伪装术……”

离杀冷冷的声音在一旁响起：“音竹召唤我来帮你解毒，我用了大净化术，你的伪装自然被解除了。没想到你居然这么美，更没想到音竹到现在都没看穿你的伪装术。他真是个傻瓜。”

不知道为什么，苏拉感觉离杀的声音中带着几分嫉妒。

短暂的惊讶过后，苏拉反而平静下来，暗蓝色的眼眸中多了几分神采，看着明显受到了冲击的叶音竹，苏拉轻叹一声，道：“是的，音竹，苏拉就是黑凤凰，黑凤凰就是苏拉。本来我想把这个秘密带到地下，没想到被你发现了。我从一开始就在骗你，你恨我吗？”

此时，苏拉的目光无比温柔。她暗想：或许，这就是天意吧，在我死之前，终究还是让他知道了我的真实模样。

恨？听到这个字，叶音竹觉得很奇怪，他心里根本没有恨的感觉。此时，他的心揪着，各种复杂的情感让他快疯了。

在他的内心深处，无论是苏拉还是黑凤凰，都占据了极为重要的位置，尤其是苏拉。现在，这两个人竟然变成了一个人，一时间，他无法接受这个事实。

“苏拉呢？你伪装成了苏拉，苏拉又在哪里？”叶音竹激动地说道，浑然不觉自己抓住苏拉的双手有些用力。

“咝……”

苏拉先是痛得抽了一口凉气，接着有些凄然地笑了，她无奈地道：“傻瓜，你真的是傻瓜，难怪离杀姐会这样说你。虽然我一直在努力伪装，但我不知道多希望你能发现我的真实身份。我的内心在挣扎，你这个傻瓜始终没有察觉。你还不明白吗？从一开始，黑凤凰就变成了苏拉，我既是苏拉，也是黑凤凰。我一直在欺骗你，一直不敢让你知道我的真实样子，因为我怕……”

“你怕什么？”叶音竹浑身颤抖着反问道。

“因为我怕越陷越深，因为我怕自己更加爱你……”

“嗡——”

叶音竹只觉得大脑仿佛被巨锤砸中了一般，一阵眩晕，无数纷乱的影像不断在他脑海中闪现。

罗尔城，第一次见面，她是可怜的小乞丐，却偷走了自己身上最重要的空间戒指。

米兰魔武学院，第二次见面，她变成了自己的室友。

难怪那时候无论两人关系多好，她都不肯跟自己一起洗澡，那是因为她是女生啊！

她用心照顾自己，还给自己做美味的菜肴，如果她真的是男孩子，又怎么可能将那些事情做得那么完美？

他们第一次去科尼亚城，也就是现在的琴城的时候，在最关键的时刻，她坦白了偷走空间戒指的事，将空间戒指中的东西还给了自己，唯独留下了空间戒指。直到现在，自己都还记得她将空间戒指视若珍宝的样子。难道从那时候开始，她就爱上自己了吗？

那次，自己无意中闯进浴室，看到了一个变高的背影。苏拉怎么可能突然变高呢？那是因为苏拉变成了黑凤凰。难怪自己第一次见到黑凤凰的时候感觉很熟悉，现在一切都解释得通了。

参加七国七龙排位战的时候，难怪黑凤凰在拥有绝对优势的情况下都不对自己下杀手，她是舍不得伤害自己啊！

想到这里，叶音竹终于理清了脑海中的思绪，他的黑眸中多了一层水雾。

“为什么，为什么你为我付出了那么多，却什么都不告诉我？为什么我让你帮我做媒的时候，你都不露出真实的模样？”

叶音竹感觉心中有一团火，烧着他的心和他的大脑，他太激动了。这件事深深地刺激到了他。他不受控制地将苏拉拥入怀中，脑中不断回想着苏拉冲到他面前，为他挡住碧玉魔龙的场景。

苏拉就是黑凤凰，自己应该高兴，可是怎么办？她快死了，自己救不了她。想到这里，叶音竹泣不成声。

苏拉依偎在叶音竹温暖的怀抱之中，脸上带着淡淡的微笑，叶音竹的泪水一滴滴落在了她的脸上。

“傻瓜，不要哭，听我给你讲一个故事好吗？一个关于黑凤凰和苏拉完整的故事。既然上天让你找出了真相，我也没有隐瞒的必要了。”

叶音竹泪流满面地点了点头，他喉咙中像哽着什么似的，一个字也说不出来。

“你已经知道我是蓝迪亚斯帝国的公主了，但你知道我多不想成为公主吗？这个身份不仅给我带来了无尽的痛苦，还给我带来了屈辱。”

说到这里，苏拉脸上满是悲伤。

叶音竹紧紧地搂着苏拉，将自己的脸贴在她的头顶上静静地聆听着。

“还记得吗？在参加七国七龙排位战的时候，我对你说过，我的母亲是蓝迪亚斯帝国皇宫中的一名宫女，按照皇宫中的规矩，宫女满了二十二岁就可以离开皇宫，到外面的世界和自己喜欢的人结婚。原本我的母亲一直在宫中过着平静的生活，她好不容易等到二十二岁，结果在离开皇宫的前一个晚上被我的父亲奸污了，从那时起，母亲就开始了她痛苦的一生。以前，我是苏拉的时候，跟你说的身世不是骗人的，只不过隐瞒了一部分事实，现在我把黑凤凰的事情说给你听，这两部分合在一起就是我真正的身世。"

"苏拉。"

叶音竹的心好痛。他的记忆力很好，他记得苏拉跟他说的一枚银币的故事，也记得参加七国七龙排位战时，黑凤凰跟他说过的惨痛经历。他实在无法想象，如此悲惨的事情都发生在她一个人的身上。

"在那件事发生之后，母亲依旧离开了皇宫，离开后她才知道自己怀孕了，而且是龙凤胎，几个月后，她生下了我和弟弟，可弟弟因为没钱看病夭折了。母亲为了买点水果祭奠弟弟而变成了残疾，我们每天过的是连奴隶都不如的生活。父亲找到我的时候，母亲因为积劳成疾，早已死去，留给我的遗物只有一枚银币，那枚银币还是我从小贩手中偷回来的。就算我快饿死了，我也没有把那枚银币花出去。贵为公主又如何？恐怕没有一个公主有过我那样的生活。你还记得死去的萨摩耶吗？那个人是我同父异母的哥哥，小时候的我没有力量保护自己，他对我做了不可原谅的事情，我很恨他。直到我遇到老师，报复了他，让他再也继承不了皇位，痛苦的我才得到一些解脱。音竹，你知道带走我的老师是谁吗？"

"是暗塔塔主斯隆吧。"叶音竹声音沙哑地说道。

苏拉微微一愣，道："原来你已经猜到了。没错，我的老师就是那个被无数光环笼罩着的法蓝七塔塔主之一、强大的次神级圣魔导师——斯隆。老师救了我，并收我为徒。从那时开始，我才过上了像人的生活。虽然每天的修炼都很苦，但我不在乎。因为我要报复伤害过母亲和我的人，让他们为自己的所作所为付出代价，所以我拼命修炼。那个光明之塔的小师妹玛丽娜怎么也理解不了我，她怎么可能理解我呢？她根本没经历过那样的事情。她生长于光明之处，我却始终站在黑暗里面。”

苏拉顿了顿，声音低了几分，脸色也变灰了。她体内的碧玉魔龙之毒开始发作了，可她强忍着，没有表现出来。

“在暗塔学成之后，我回到了蓝迪亚斯帝国。由于我是暗塔塔主的弟子，父亲不再忽视我，对我极为重视。老师对我说过，无论如何也不许我报复父亲。他毕竟是我的父亲，我身上流淌着一部分他的血液。为了永远和他断绝关系，我答应他，替他做三件事。他要求我做的第一件事，就是让我潜入米兰帝国，弄清楚米兰帝国究竟有多少魔法师。”

说到这里，苏拉脸上的神色逐渐变得柔和起来，她向叶音竹怀中靠了靠。

“也就是那时，我给自己施加了伪装术，将自己变成了一个小乞丐，继而遇到了你。这一生中，你是唯一让我感到幸福的人。”

淡淡的紫光闪烁，离杀消失在紫光之中。其实，她被召唤的时间还没有结束，但离杀很清楚，自己留下来已经没有任何意义。再说，她觉得将最后的时间留给他们两个人比较好。

叶音竹知道离杀要离开，也没有阻止她，他的心已经完全放在了苏拉身上。

苏拉脸上露出淡淡的微笑，尽管她手臂上的毒正在不断扩散，她却笑得很幸福。

“还记得吗？你给我金币的时候，我对你说了什么？”

叶音竹柔声道：“你说我是个好人。”

苏拉点了点头，道：“亏你还记得。我说的是实话，我见过很多人，却第一次见到你这么单纯的傻瓜。虽然也有人施舍过我一点钱，但没有人像你，一次性给那么多金币。当初我偷了你的戒指，连我自己都想不明白是为了留个纪念还是为了卖钱。”

叶音竹也想起了当初的情景，丢了戒指之后，他生活得非常窘迫。不过，幸好他遇到了安雅。

“后来到了米兰魔武学院，看到你走进宿舍，我着实吓了一跳，还以为你是来找我要戒指的呢。不过，你傻乎乎的，一点也没看出我就是偷你东西的小乞丐，还和我成了室友。你知道我是什么时候喜欢上你的吗？”

叶音竹轻轻地摇了摇头，表示不知道。他连她是女的都不知道，又怎么可能知道这些。

苏拉微笑道：“就是你第一次将全部财产给我的时候。你那时根本就没想过我会骗你。你知道吗？除了母亲以外，你是第一个这么相信我的人。”

叶音竹愣了一下，不敢相信地问道：“就这么简单吗？我还以为是因为我长得英俊。”

苏拉扑哧一笑，笑骂道：“臭美。好看的男人少吗？我见得多了。我喜欢你，是因为你有一颗纯洁的心。我从没想过自己会用‘纯洁’这个词来形容一个男人，认识你之后，我才知道这个世界上还是有好人的。或许是因为我自己的童年经历太坎坷了吧，我喜欢你真的就是这么一个简单的原因，跟你的长相和实力都没有关系。”

说到这里，苏拉停了一会儿，她没有那么多力气了，脸也变得更灰了。

“和你在一起的时间越长，我就越喜欢你。当我看到你和海洋还有香鸾在一起的时候，我就会心痛，直到那时我才明白，原来我已经爱上你了，你早已成了我生命中不可或缺的一部分。也正是因为这样，之后和你在一起的时候，我变得越来越焦虑。”

“为什么？”叶音竹不解地问道。

苏拉抬起右手，握住叶音竹的手，道：“因为我怕失去你，有段时间，我整天患得患失。我知道，你只把我当好兄弟，我却还是忍不住想要跟你在一起。我怕你会离我越来越远。因为害怕失去你，我变得越来越不像自己。我陷入了极度的矛盾和痛苦之中。”

“那你为什么不告诉我你是女的呢？你以为我会介意你的身份吗？苏拉，不会的，真的不会的。不论你是米兰帝国人，还是蓝迪亚斯帝国人，我都不会介意。”

苏拉叹息一声，道：“我知道自己不能和你在一起，才没有告诉你真相。从小经历的那些事情早已让我变成了一个很理智的人。我不敢肯定你知道我是女孩子之后会怎么样，你可能会喜欢我，也可能不喜欢我。你想想，你知道我是女孩子之后，我们还能在同一间宿舍生活吗？要是你不喜欢我呢？我岂不是会更加痛苦？反之，就算你喜欢上了我，等我必须离开的时候，我们两个都会承受不了分离的痛苦。只要我不说出真相，一直单相思的话，还能静静地待在你身边。你心地单纯，我不希望伤害到你，所以……”

说到这里，苏拉的声音有些哽咽了。

叶音竹噙着泪水，将苏拉的手放到了自己脸颊上，道：“所以你选择一个人默默背负这些，是吗？苏拉，你真的好傻。”

苏拉长叹一口气，道：“我只能这样。哪怕有万分之一的机会能够和你在一起，我也不会放弃，可是我们真的不可能，我们之间有太多阻碍。我之所以愿意现在跟你坦白一切，是因为我马上就要死了，我再也不愿意将这些东西埋藏起来。音竹，答应我，如果你对我还有几分感情，哪怕是兄弟之情也好，在我死去之后，就忘了我吧。”

“不，我不会让你死的，一定不会。”叶音竹激动地道。

此时，他才发现，苏拉的整条左臂都变黑了，于是，他赶忙将手按在碧丝之上，不顾一切地把体内的紫竹斗气输入碧丝之中，帮她压制着毒素。

“傻瓜，别再浪费你的斗气了，没用的。如果碧玉魔龙的毒能够轻易化解，当时我又怎么会那么着急地冲过去？能够为你而死是我这一生最后的幸福。

“音竹，你知道当初我有多矛盾吗？我真的很想告诉你我是女的，可是，每次话到嘴边的时候，又说不出口。后来我奢望你能够发现，可你这个单纯的傻瓜，一点都没看出来，一直把我当成兄弟。

“直到参加七国七龙排位战，你才第一次见到我本来的样子。你真傻，居然跟我说看到我觉得很亲切。傻瓜，我们在一起住了那么久，你再见到我，又怎么可能觉得不亲切呢?

“代表蓝迪亚斯帝国参加七国七龙排位战，是我答应父亲的第二件事。当时，如果我能取得七国七龙排位战的第一名，我就不用替他办第三件事了。可是，我没想到你能击败我。你不必觉得最后一战是我故意放水，就算我不放过你，你最后也能打败我，你有那个实力。虽然有些落寞，但我还是替你高兴，你终于有了一定的自保能力，我相信你能活着回到米兰帝国。”

回想起两人在七国七龙排位战中发生的点点滴滴，叶音竹感觉更加痛苦了。明明有那么多破绽，为什么自己就没往那个方面想呢？甚至在发现问题之后，也被当时的黑凤凰蒙混过关了，相信黑凤凰就是苏拉的师姐，看来自己确实是傻瓜。

“七国七龙排位战结束之后，我本来打算再也不见你了。因为我怕，我怕再见到你会令我无法自拔。可是，当父亲告诉我，让我一年之后去替他做第三件事的时候，当法蓝封闭之后，我还是忍不住走向了琴城。

“你知道吗？那时候，我根本就不知道自己为什么会走向北方，直到寒冷令我清醒过来，我才发现，自己距离琴城已经很近了。于是，我又一次试着说服自己，反正只有最后一年了，我就再在你身边待一年。就这样，我又一次来到了你的身边，又一次看到了你这个傻瓜。咳咳……”

苏拉咳嗽了几下，有黑色的血顺着她的嘴角流出来，她的眼神都涣散了，但是她的脸上依旧带着笑容。

“傻瓜，我终于发现不用回蓝迪亚斯帝国和法蓝的方法了，那就是死。比起回去过那种行尸走肉一样的生活，我更希望死在你的怀里。”

叶音竹不断将斗气输入碧丝之中，消耗过大，全身都开始颤抖了。尽管他拼命阻止毒素扩散，毒素还是慢慢扩散到了苏拉全身。

被强行阻拦过几次后，这一次，碧玉魔龙的毒发作得格外猛烈。随着毒素的扩散，苏拉变得越来越虚弱，她慢慢闭上了眼睛。

“不要！苏拉，睁开眼睛。你不能睡，答应我，你一定不能睡着。”叶音竹泪流满面地吼着。

虽然苏拉的语气听起来很平淡，但一字一句都是她的真心，是她对他的爱。

想到那个一直默默守护自己的人就要死去，叶音竹觉得自己难过得不能呼吸了。他想到了两人经历的一切，心中所有模糊的影像变得清晰起来。他终于发现，自己之所以一直没办法接受海洋的感情，是因为自己心中早已隐藏了一个人的身影，那个人就是苏拉，只不过当时苏拉是男人，他才没在意那种感情，将其埋在了心中。此时此刻，当真相大白之时，那藏在内心的情感终于爆发出来，他终于明白自己心中装着谁。

“音竹。”苏拉勉强睁开双眼，看着叶音竹，“能为我说一句话吗？哪怕是骗我也好。”

“苏拉，我爱你，我爱你，我爱你……”叶音竹紧紧地抱着苏拉，一边流泪一边不住地道。他的心都要碎了，呼吸也越来越不顺。终于，他“哇”的一声，吐出了一口鲜血。

苏拉心疼地看着他，道：“傻瓜，你终于有一次不傻了，你知道我最希望听到什么。可是，我现在好担心。音竹，冷静一点，好吗？你这样，让我如何能够安心离去？其实我知道，我死后，你会比我痛苦很多，但我没办法，你就当我是个自私的人吧。爱一个人，本应该守护他一直到死，将痛苦留给自己。可惜，我做不到了。”

突然，苏拉急促地呼吸了几下，吓得叶音竹赶忙将她抱得更紧了。

苏拉的脸上泛起了红晕，她的精神忽然变好了一些。

“音竹，答应我，答应我一件事，我从来没求过你，答应我好吗？”

叶音竹哽咽得说不出话，只能拼命地点头，他的斗气已经耗光了，再也不能阻止毒素扩散。

“音竹，答应我，如果你真的爱我，希望我走得平静一些，就忘了我吧。你就当那个小乞丐从来没有出现过。”

“不，不，苏拉，你不能死……”

叶音竹紧紧地搂着苏拉，又吐出一口鲜血，染红了苏拉的衣服。

见此情景，银币猛地从一旁跳了出来，之前它就在一旁看着，现在，它能感受到自己的主人就要不行了。它跟主人之间的契约联系正在变弱。

“妈妈，妈妈不要死，不要死……”

苏拉脸上的红晕渐渐变黑了。

她没有看银币，她要将最后的时间留给最心爱的男人，哪怕灵魂消散，她也要将叶音竹的样貌永远印在记忆之中。

“我要去了，音竹，把你送我的戒指以及那枚银币和我安葬在一起，好吗？忘了我，记得一定要忘了我。”

两行清泪顺着脸颊滑落，苏拉的手软软地垂了下去，眼睛也慢慢地闭上了。这一次，叶音竹感受不到她的生命力，也摸不到她的脉搏了。

“不——”

叶音竹“扑通”一声跪倒在苏拉床前，紧紧地搂着她。他怎么也无法相信，自己刚刚找到的真爱就这么离去了。

“苏拉，苏拉，求求你，活过来。苏拉，不管要付出什么代价，都请你活过来，就算要用我的命换你的命，我也愿意。”

泪水已经流干了，叶音竹的眼角出现了淡淡的血迹，那是极度痛苦时才会流下来的血泪。

感受到苏拉的身体开始变冷，叶音竹心痛得无法呼吸，他快急疯了。

突然，他想到了什么，对，以命换命。当初，紫不是也死过一次吗？要是自己通过碧丝，将生命力输给苏拉的话，说不定她可以活过来。

想到这里，叶音竹不顾一切地将碧丝的一头缠绕在自己的手臂上，凭借着刚刚恢复不多的精神力将生命力输给苏拉。

但是，很快叶音竹的那一丁点希望就变成了绝望，因为他发现，停止呼吸的苏拉根本无法接受他的生命力。她的身体就像一个完全封闭的容器一样，不论自己怎么努力，也无法将生命力输入其中。

怎么办，怎么办？

叶音竹慌了，他从没有像现在这样慌张过。他紧紧地搂着苏拉，说什么也不愿意放手。

“苏拉，你说让我忘了你，可是，你知道这有多困难吗？你不能走。你就这样走了，知道我要承受多少痛苦吗？”

苏拉脸上还带着淡淡的微笑。能死在叶音竹怀中，对她来说确实是幸福的。如果她还活着，一定不愿意看到现在这样的叶音竹。可是，失去爱人的痛，又岂是那么容易消失的？

让叶音竹忘了苏拉，那是何等困难？他们并不是一见钟情，而是朝夕相处积累起来的感情。在这么短的时间内，叶音竹经历了大惊、大喜、大悲，就算他是紫级强者，也快要支撑不住了。

第一百八十四章

黑凤凰的红丸

苏拉的身体变得越来越冷了，叶音竹的目光也随之变冷。一旁的银币呆呆地站在那里，看叶音竹抱着苏拉，它不敢出声，怕打扰叶音竹。

叶音竹抱着苏拉，缓缓站起身。

“佛罗！”

两个从牙缝中挤出来的字令房间内的温度瞬间降到了冰点，叶音竹的双眼不知道什么时候变成了暗红色，连眼白都看不见了，一股无比恐怖的气息从他身上散发出来。

“傻小子，还不停止！如果你魔化了，就真的救不活这丫头了。”一个声音传来。

叶音竹从极度的痛苦中惊醒，他先是愣了一下，然后下意识地看向自己右手上的戒指。

黑雾飘然而出，出现在叶音竹面前。

“本来我睡得好好的，没想到你出了这么大的事情，要是我再晚一点出来，你就要魔化了。你想过魔化的后果吗？你这个臭小子。”

看到这团黑雾，叶音竹就像看到了救命稻草一样，眼睛也不再那么红了。他抱着苏拉，“扑通”一声跪倒在黑雾面前。

“老师，求求您，救救苏拉吧。不论您要我做什么事情，我都愿意。苏拉她已经……”说到这里，叶音竹再也说不下去了。

“放心，她现在只是进入假死状态，还没死。你以为暗塔的人那么容易死吗？如果你再折腾几下，她倒有可能真的死掉。算起来，她也是我的徒孙，我就帮她一把。你先把她放下来。”

叶音竹心中大喜，听菲尔杰克逊的意思，显然是能救苏拉，于是他赶忙小心翼翼地把苏拉平放在床上。

菲尔杰克逊释放出一股淡淡的黑色气流，让其涌入苏拉体内。

上次帮叶音竹弹动超神器枯木龙吟琴之后，菲尔杰克逊就一直处于沉睡之中，要不是叶音竹突然出现了大问题，它也不会醒过来。

“碧玉魔龙的毒果然霸道。”

菲尔杰克逊轻叹一声，先前涌入苏拉体内的那股黑色气流从她体内钻了出来，还带出了一股淡淡的紫黑色气流。

菲尔杰克逊直接将紫黑色气流引到了一旁盛有污血的盆中。

苏拉的手臂变白了，上面的毒似乎没有了。

见此情景，叶音竹大喜，连忙问道：“老师，这样就可以了吗？苏拉没事了？”

菲尔杰克逊没好气地道：“哪有那么容易？你以为碧玉魔龙那么好对付啊！你这小子不知道是运气好还是运气差，居然能够先后遇到两条毒龙。我现在做的只是暂时帮她稳住伤势，并不能帮她解毒。她已经进入假死状态，又没有碧玉魔龙来吸毒，想要解毒还是非常困难的，必须用一种特殊方法才行。”

叶音竹追问道：“什么方法？老师，我能做什么？”

菲尔杰克逊道：“你是帮她解毒的关键。你还记得吗？在你拜我为师之前，我帮你杀死过一条碧玉魔龙，然后把它的晶核给你吃了。其实，这丫头也真是傻，如果那条碧玉魔龙咬的是你，问题就好解决了。你吃过碧玉魔龙的晶核，本身就对碧玉魔龙的毒有免疫力，只要放血就能解毒。这丫头却不行，就算她本身有黑凤凰血脉，也抵挡不住碧玉魔龙的毒。想救她，就只有一个办法，那就是以你的身体为引子，用特殊方法炼化她体内的毒。”

听到菲尔杰克逊的话，叶音竹眼中的暗红色彻底消失了。现在，他的身体状况非常不好，刚刚险些进入魔化状态，令他更加虚弱了。

菲尔杰克逊道：“把那根凤凰翎给我。笨小子，你忘了吗？凤凰翎有一个很特殊的能力——涅槃重生。这丫头本身就拥有黑凤凰血脉，没有人比她更适合吸收凤凰翎中的能量。”

“对啊！”

叶音竹用力地拍了一下自己的头，感觉自己真是笨，怎么把凤凰翎给忘记了？凤凰翎可以复活一个人，难道还救不活苏拉吗？

想到这里，他总算放松了一些，赶忙将凤凰翎从须弥神戒中取了出来，脸色也没那么难看了。

菲尔杰克逊沉声道：“你别高兴得太早，虽然凤凰翎很珍贵，但我刚才说过，解毒的关键在于你，不要以为有凤凰翎就一定能够救她的性命。凤凰翎是可以复活她，可是不能解碧玉魔龙的毒，此毒的霸道之处也在于此。就算她活了，还是要承受碧玉魔龙的毒，还是会非常痛苦，最终死去。因此，当你以凤凰翎为引，使这丫头涅槃重生之后，你必须立刻凭借凤凰翎中隐藏的能量，将你体内的抗体输入她体内，才能彻底帮她解毒。”

叶音竹道：“老师，您说吧，我具体要怎么做？我一切都听您的。”

菲尔杰克逊道：“你现在要做的就是先恢复体力，你体力透支得如此严重，又怎么能救得了她？时间不能拖得太久。你现在开始静下心来修炼两个小时，尽可能地恢复体力，不要管精神力，只要恢复体力就行。在你清醒之前，我会把前面的步骤完成，你一醒来，就可以开始解毒了。”

“好。”

叶音竹答应一声后，赶忙盘膝坐在地上，不知道是因为太疲倦还是心有所念，很快，他就进入了修炼状态。

看着进入修炼状态的叶音竹，菲尔杰克逊长叹一声，道：“这两个孩子啊！年轻的时候，在感情上难免会遇到一些波折。这次，我就帮你们一把。可惜，这丫头恐怕还要经历一番劫难。不过，挺过这次的难关之后，想必她今后能走得更加顺当一些。”

在菲尔杰克逊的控制下，凤凰翎缓缓地飘到了空中，菲尔杰克逊分出一道灵魂之力，朝银币射去，银币立刻就陷入了沉睡，之后就被菲尔杰克逊送回了银龙鳞片之内。

凤凰翎散发着灼热的气息，六米长的翎毛上暗藏着黑暗与火两种属性的强大能量。

菲尔杰克逊如同绳子一般缠绕上凤凰翎，眨眼间就将翎毛包裹住了。淡淡的光芒闪烁，长达六米的凤凰翎竟然被菲尔杰克逊炼化了，化为一滴滴暗红色液体，滴入了苏拉口中。

每一滴暗红色液体流入苏拉体内，苏拉身上都会闪过一道暗红色光芒，看上去极为神奇。

只有极少数人知道，凤凰翎还可以这样使用。就算其他人知道凤凰翎有这样的妙用又如何？凤凰翎由能量化成，极其坚硬，不论是敲打还是用烈火烧灼，都不可能使凤凰翎有任何变化。也只有菲尔杰克逊这样的超级大师，才能凭借它那强大的灵魂之力将凤凰翎彻底炼化。

此时，菲尔杰克逊利用的并不是凤凰翎的复活能力，而是涅槃的种子。虽然蓝迪亚斯皇族拥有黑凤凰血脉，但他们的血脉太少了，以至于他们和人类没有太大的区别，死了就是死了。真正的凤凰是不会死的，因为它们能涅槃。不论受多重的伤，只要经过涅槃，它们就可以获得新生。

当然，涅槃并不能解决所有问题，像碧玉魔龙的毒就不是涅槃能够解掉的，还有就是灵魂的创伤。

涅槃重生只能让凤凰不死，不能守护其灵魂。

一滴滴暗红色液体流入苏拉口中之后，苏拉体内沉睡已久的黑凤凰血脉逐渐觉醒，她的皮肤上开始出现一层精美的凤凰魔纹。

菲尔杰克逊赞叹道："艺术品，这真是一件完美的艺术品！斯隆那小子也算是有眼光，他恐怕是打算等这丫头的黑凤凰血脉真正觉醒之后，再采摘她的红丸吧。这丫头的黑凤凰血脉虽然少了一些，但是很纯正，没想到，在这个世界上居然真的有超越神圣巨龙血脉的特殊存在。恐怕，只有传说中的龙神血脉才能和她的血脉相比。只不过，这一次恐怕要便宜我新收的徒弟了。斯隆，你就后悔去吧。"

在凤凰翎的作用下，苏拉的肌肤变得更加白皙了，身上的魔纹也变得更加明显了。她的眉宇间亮起了一道淡淡的火焰光芒。

"嗯……"

苏拉低哼一声，心脏上方突然亮起了一道暗红色光芒，紧接着，暗红色光芒开始变大，最后慢慢笼罩了她的全身，在她身体周围形成了一层淡淡的暗红色光膜。

凤凰翎消失了，暗红色液体都进入了苏拉体内。菲尔杰克逊就那么飘浮在空中，得意地笑着。

"斯隆，你这个卑鄙的小人，想不到吧，你算计这丫头，最后却被我算计了。我们师徒之间的斗争刚刚开始，不知当你发现自己辛苦找到的黑凤凰血脉被我破坏时，会有什么感觉？我明白了，你一定是准备在冲击黑巫魂的时候用这丫头吧。这么说，你应该也找到了让黑凤凰血脉觉醒的方法。可惜，我没死，当初你没让我修炼成白巫魂，我又怎么能让你修炼成黑巫魂呢？"

说到最后两句时，菲尔杰克逊的声音中充满了怨恨。它那么多年的努力之所以白费，就是因为斯隆。

现在它的报复才开始。

苏拉身上的魔纹越来越明显，背上的骨骼也发出了一阵响声。她又皱紧了眉头，伴随着她一声痛苦的呻吟，一对巨大的黑色羽翼从她背后舒展开来，黑暗元素与火元素一下子弥漫在整个房间。

菲尔杰克逊分出一股能量，提起神源魔法袍，让其落在叶音竹身上。神源魔法袍可以转化房间中的魔法元素，帮助叶音竹恢复体力。

苏拉身上不断闪烁着暗红色光芒。

现在，整个房间就像一个巨大的容器，里面装满了能量。在菲尔杰克逊的控制下，没有一点能量从房间溢出去。

苏拉身上的魔纹变得十分清晰，她的衣服早已在能量爆发的时候就变成了碎片。现在，除了左臂被咬的地方还留有一个黑点，她身上看不出有毒素存在。

舒展开来的羽翼如同床垫一般托着她的身体，羽翼的长度甚至超过了她的脚踝。如果仔细看，就能发现羽翼上的每一根翎毛都和凤凰翎的翎毛很像，只不过这些翎毛小一些。

淡淡的光芒闪烁，苏拉的双手抱在胸前，眼睛又亮了起来，此时的她，已经活了过来，只不过身上还没有散发出生命气息，身体与灵魂还没有融合起来。

苏拉身上不断释放出能量，随着能量越来越多，包裹苏拉的光膜的颜色也变得越来越深，慢慢地，颜色深到从外面根本看不到里面的情况了。

一个奇异的黑色魔法阵出现在床铺上空，菲尔杰克逊的灵魂之力明显变弱了几分。

菲尔杰克逊轻叹一声，道："音竹，看来老师真的老了。之前消耗的灵魂之力，不知今生还有没有恢复的可能。有了这个魔法阵，觉醒的黑凤凰血脉将爆发出最强大的能量。"

两个小时很快就过去了，叶音竹将时间控制得很精确，唯恐因为自己耽误了对苏拉的治疗。

他一醒过来，立马就察觉到了不对劲，除了自己的身体状况比预想中好了很多之外，他还感觉有一股股纯净的能量正在进入自己体内。那些能量显然被神源魔法袍过滤了。

果然，低头一看，他看到了身上的神源魔法袍，当他抬头看向苏拉时，发现苏拉躺着的地方多了一个大茧，苏拉却不见踪影。

“老师，苏拉呢？她怎么了？”

好不容易有救活苏拉的机会，叶音竹怎么可能不紧张？看不见苏拉，他又慌起来。

菲尔杰克逊道：“放心吧，她很好，就在那大茧里面。我将凤凰翎的能量输入了她体内，现在她正在吸收那些能量，除了毒还没解以外，她的身体已经基本恢复过来，现在就要看你的了。”

听了菲尔杰克逊的话，叶音竹不禁心中大喜，连忙问道：“老师，那我要怎么做？”

菲尔杰克逊沉声道：“音竹，你听好了，你只有一次机会。如果你错过了这次机会，那么，苏拉就没有恢复的可能了。如果你认为她的生命才是最为重要的，心中就不能有任何顾虑。想要帮她解毒，就必须依靠你身上残存的碧玉魔龙毒素的抗体。”

叶音竹愣了一下，问道：“那我要怎样才能把毒素的抗体传给她呢？通过血液吗？”

菲尔杰克逊摇了摇头，道：“不，当然不是。虽然血液中也有抗体，但太少了，用来解毒远远不够。我说的是另一种东西，等会儿你就明白了。你现在要做的，就是和苏拉结下合体之缘，只有这样，你才能帮她解毒。”

叶音竹大吃一惊，他早已不是当初那个刚刚离开碧空海什么都不懂的孩子了，听菲尔杰克逊这么一说，他立马明白了菲尔杰克逊的意思，俊脸涨得通红，道："老师，这怎么可以？我、我……"

菲尔杰克逊没好气地道："哼，你好歹也是个年轻人，怎么这么迂腐？现在救人才是最重要的。我刚才在龙魂戒中都听到了，你说你爱她。怎么？现在有了救她的机会，你反而不敢了？你想救她，就只有这么一个办法，你自己想清楚，救还是不救。

"不过，我可要告诉你，她的时间不多，现在她还处于吸收能量的阶段，要是能量吸收完毕，你还没有开始解毒，那么，她这个毒就永远也解不了了，就算你再找来一根凤凰翎都没用。"

叶音竹呆呆地看着眼前的大茧，他万万没想到，解毒的方法居然是……

"别犹豫了，没时间了。反正她喜欢你，你也喜欢她，以后你们一定会在一起。你们这些年轻人，还要让我们这些老人帮你们牵线搭桥。虽然她是斯隆的弟子，辈分乱了一点，不过，我也不在乎这些。"

听了菲尔杰克逊的话，叶音竹没有再犹豫，现在没有比救苏拉更重要的事。他猛地一咬牙，朝那个大茧扑了过去。

只听"砰"的一声，叶音竹被弹了回来。叶音竹只觉得自己仿佛撞在了岩石上一般，疼得直咧嘴。

菲尔杰克逊忍不住笑出声来，打趣道："这下你倒着急了，慢慢来。"

它一边说着，一边分出一道灵魂之力，划开了那暗红色的大茧，使其露出一条缝隙。

"进去吧。"

叶音竹不敢耽误时间，赶忙爬起来，从缝隙中钻了进去。他钻进去之后，那条缝隙马上就消失了。

叶音竹进入暗红色大茧中的那一刻，菲尔杰克逊也化为一股黑色气流回到了龙魂戒之中，剩下的就是年轻人的事情了。

虽然菲尔杰克逊消耗了不少灵魂之力，但它一点也不觉得可惜，反而觉得很兴奋，因为它认为自己这次做得很好，既帮助了叶音竹，又打击了斯隆。离开黑匣子以后，它还是第一次如此高兴。

进入暗红色大茧之后，叶音竹有些不适应里面的昏暗，等了一会儿，他才看清里面的一切。

当叶音竹看清苏拉的样子时，他整个人都呆住了。

苏拉静静地躺在那里，暗蓝色长发散开，锁骨若隐若现，白皙的肌肤上闪耀着奇异的魔纹。

她闭着眼睛，眉头舒展，看上去一点也不痛苦，十分安静平和。叶音竹看到她的胸脯一起一伏，不由得笑了，还好，她在呼吸。

在昏暗的光线之下，她看上去更加神秘了，身材比例极好，没有一点赘肉，整个人还散发着一层暗红色的光芒。

在叶音竹看来，她是如此纯洁，又如此完美，就像一块无瑕的美玉一样。

“苏拉，你真美。”

叶音竹赞叹一声，缓缓地俯下了身体。

苏拉的身体很热，像是一座火山。

“嗯……”苏拉哼了一声，眉头又皱了起来，晃了一下头，似乎在承受着什么痛苦，一些贴在脸上的暗蓝色长发滑了下来。

叶音竹抬起手，小心翼翼地抚平苏拉眉间的褶皱。

苏拉似乎感受到了叶音竹的关心，慢慢舒展开了眉头，并露出了一个浅浅的笑。

菲尔杰克逊的安排无疑是完美的，可惜，这位强大的魔法师忘记了一件事，那就是叶音竹虽然看了很多书，但是完全没有经验，面对眼前这种情况，他不知道怎么办才好。

叶音竹只觉得自己心跳的速度很快，比平常大约快了三倍。他突然发现自己的体温变高了，心里像燃起了一团火。

苏拉身上传出来的能量和他身上的能量融合在一起，令他的身体快速恢复着，他感觉自己放松了许多。

苏拉又哼了一声，轻轻地动了动。

叶音竹睁大了眼睛，因为他发现苏拉慢慢睁开了双眼。

苏拉那双像大海一样深邃的暗蓝色眼眸，在暗红色光芒的照射下带了几分红光，看上去无比神秘，只是她的眼中依旧没什么神采，看来是被毒素折磨得不轻，到现在都没缓过来。

“音竹……”苏拉先是低声叫了叶音竹一下，随即试图挪动自己的身体。

“我、我在，苏拉，我……你好点了吗？”

听到苏拉叫自己，叶音竹激动得话都说不清楚了，他的眼眶又湿了。

苏拉的眼神有些迷离，她抬起手，轻轻地抚摸叶音竹的黑发。

“音竹，我是不是死了？我想我已经死了。原来人死之后也可以做梦。如果这是梦，我希望永远都不要醒过来。如果我能在梦里和你在一起，能把自己交给你，我也满足了。”

“不，你不是在做梦，我不会让你死的。”叶音竹声音沙哑地说道。

虽然苏拉迷迷糊糊的，不清楚现在到底是什么情况，但在潜意识中，她对叶音竹并没有任何抗拒。她觉得这是一场梦，如果能在梦中彻底和自己心爱的男人在一起，她也会很开心。

“音竹，抱一抱我吧。”苏拉哽咽着说道。

“嗯，好。”

叶音竹将头埋进苏拉的暗蓝色长发里面，双手放到她背后，紧紧地抱住了她。

叶音竹闻到了苏拉头发上的气味，失而复得的惊喜让他心中充满了柔情，他情不自禁地闭上了眼睛，跟随内心，他知道自己该怎么做了。

暗红色的魔纹渐渐从苏拉身上转移到了叶音竹身上，大茧发出的光芒的颜色更深了。

他们忘记了时间，忘记了空间，忘记了一切，此时此刻，他们心中只有彼此。

法蓝，七道彩光在空中交织，突然，有一道光芒颤动了一下，变弱了几分，令庞大的魔法阵出现了一丝裂痕。

“斯隆，你怎么了？”奥布莱恩疑惑的声音在暗塔塔主耳中响起。

斯隆冰冷地答道：“没什么，继续吧。”

那道光芒很快恢复了正常。

斯隆的心中掀起了滔天大浪。

“怎么可能？凤凰的血脉居然觉醒了。难道她有什么奇遇不成？她的血脉过早觉醒会不会影响到我的计划？不，没人能影响到我的计划。凤凰，希望你回来的时候还是完整的，否则……”

一道寒光从斯隆眼底闪过，他释放出的黑暗能量骤然变强了。

整整五天过去了。

斯福尔特城就像一叶扁舟，不断承受着佛罗王国大军巨浪般的冲击。

自从第一天激烈交锋之后，双方的战斗就进入了胶着状态。

佛罗王国大军在剩余的强者杀以及血魔法师的带领下，不间断地发起攻击。但是，不管他们攻击得多么猛烈，斯福尔特城内的人都抵挡了下来，他们没能攻进城内。

城楼上。

将领的眼睛都变红了，士兵们可以轮流休息，他们却不可以。他们是指挥军队的人，要时时刻刻把控全局，死也不能让佛罗王国大军冲进城内。

佛罗王国大军一日不退去，他们就一日不能休息。他们傲然立于城楼之上，像是一尊尊雕像。

此时，东方军团只剩下一半将领还活着，几乎每个人身上都挂了彩。他们知道自己是幸运的，因为他们还活着，而且守住了斯福尔特城。

这五天以来，琴城的人真的发挥了巨大的作用，五百名东龙帝国战士不断活动于城楼上的各个防守点，攻击试图攻上城楼的佛罗王国战士。他们强大的战斗力给佛罗王国战士留下了深刻的印象。

梅宗、兰宗的两位宗主，表现非常出色。在金色的帮助下，他们两人硬是挡住了库斯勒亲自带领军队发起的冲锋，还打退了强者杀。

当然，利爪德鲁伊也功不可没，先不说其变身巨熊战士后的战斗力有多强，单是那神奇的返老还童魔法，就帮了许多受伤的米兰帝国战士和琴城战士。

到现在为止，虽然琴城战士一个个都疲倦不堪，但在利爪德鲁伊的帮助下，他们始终保持着旺盛的战斗力，无一人丧命，重伤者不到百人。

此时，斯福尔特城内的魔法师们只剩下八十余人，其余的魔法师已经离开了这个世界，他们并不是因为受重伤离世的，而是因为严重透支了精神力和魔法力，实在支撑不下去才离世的，也可以说是累死的。为了自己的国家，他们早早地离开了这个世界。

这些魔法师也狠狠地打击了敌人。在敌人没有魔法师支援的情况下，这些魔法师至少毁灭了敌人两个军团的兵力，还数次帮助守军将攻上城楼的敌人打了下去。

五天过去了，这五天对库斯勒来说无疑是痛苦的煎熬。虽然那名实力恐怖的白衣青年没有再出现，但他还是没能攻破斯福尔特城。东方军团的斗志令他感到难以置信，这真的是一支没怎么上过战场的军队吗?

守城的米兰帝国战士无比顽强，完全不怕死，一次又一次将佛罗王国大军挡了回去。

此时的佛罗王国大军中，除了血色卫队和最后两个重骑兵军团以外，再没有了别的骑兵，因为坐骑都变成了食物。

由于每天都要攻城，佛罗王国战士的消耗很大，食量比不打仗时大了许多，谁知道还有没有下一顿呢，毕竟战场上刀剑无眼，现在他们就是有吃的就全吃掉。那可是数十万大军啊！每天都不知道要吃多少食物。

第一百八十五章

风暴之锤

“统计结果出来了没有？”库斯勒沉声道。

库斯勒的状态还不如安切诺蒂的状态，他的头发乱糟糟的，身上原本精致的铠甲此时有了多处破损，最大的一道划痕是被梅宗宗主梅如剑一剑斩上之后留下的，如果不是他的铠甲足够硬，斗气也算强，那一剑斩来就能将他劈成两截。

“出来了，元帅大人。”书记官的声音有些发颤。

“说吧，我撑得住。”

库斯勒的声音已经沙哑了。连日的战斗和巨大的压力令这位老元帅变得无比疲倦，他强打起精神，硬撑下去。

“这五天以来，我军一直在向斯福尔特城发动攻击，虽然也给敌人带来了不小的损失，但我们的损失更大。我们失去了十四个军团，五百名魔法师全军覆没，血色卫队只剩下不到七百人。强者杀只剩三人还有战斗力，死去四人，重伤三人。”

书记官每说出一句话，库斯勒的手就会颤抖一下。

“给我详细的伤亡数字。”

“是。我军此次参战一共五十万人，死亡十七万八千人，重伤一万四千人，轻伤九万六千人，血魔法师人数只剩不到一半，其他属性的五百名魔法师无一存活，还损失了十万多只坐骑，攻城器械损失不计其数。”

书记官颤抖着说完了这些。才五天时间，他们就损失了这么多人和物资，可见这一战是何等惨烈。

佛罗王国人下定了决心，必须拿下斯福尔特城！他们发起了一轮又一轮猛攻，可是，直到现在，他们也没能攻上城楼。

佛罗王国大军总参谋长奥特加有些激动地道：“元帅大人，现在我们该怎么办？再这样下去不行，我军没有补给，粮草严重不足，也没有坐骑再给我们杀了。水龙和剩余的重骑兵都没吃饱，很难发挥出真正的战斗力。更何况，除了要处理战亡的将士，我们还要照料伤员，他们需要药品，可是我们已经没有药品了。再这样下去，不出两天，重伤者就会死去。元帅大人，您要早做决断啊！”

库斯勒猛地抽出自己的佩剑指向前方，怒道：“粮草，斯福尔特城中有，药品，斯福尔特城中也有。事已至此，我军伤亡如此惨重，如果依旧不能攻破斯福尔特城的话，那么，我们就再也无法对米兰帝国构成任何威胁了。我想，在座的每一位将军都知道，一旦米兰帝国成功挡住蓝迪亚斯帝国的进攻，转过身来对付我们，对我们佛罗王国来说意味着什么。

“对蓝迪亚斯帝国来说，我们只是可以利用的工具，不像波庞王国一样一直是它的盟友。等到米兰帝国找我们报仇的时候，没有人会来救我们。为了佛罗王国的未来，这一战，我们不能后退。战士们的鲜血已经染红了这片大地，就让我们发起最后一次猛攻，不成功，便成仁。”

库斯勒的声音变得激昂起来，但是，经过这五天的战斗，他手下的将领都没有了昂扬的斗志。

佛罗王国大军又发起了一次冲锋。

安切诺蒂将腰板挺得笔直，虽然他很疲倦，但是他很亢奋。他根本没想到，自己竟然能带领这样的积弱之军坚持到现在。

整整五天过去了，他看到佛罗王国人始终攻不进城，对己方的信心不由得增强了许多，可是，看到一个又一个米兰帝国战士倒在自己身边，他感到很心痛。

东方军团的损失也不小。现在，城楼上的守军至少有一半都来自金色的后勤补给部队。

东方军团的主力军死亡人数超过八万，其余人几乎都受了伤，后勤补给部队那十万人，也已经分批加入了战斗。

东方军团最大的优势就在于补给，他们有着充足的补给，根本不愁粮草和药品，别说是五天，就算是五个月也能够支撑下去。

死去的战士永远地离开了。

安切诺蒂知道，这一战之后，那些受伤的士兵会重新站起来，他们会成为有战斗经验的老兵。东方军团会变得越来越强大。

“安切诺蒂兄弟，第一批后勤补给战士又上来了。休息了大半天之后，他们现在的状态都好得很。我们真的要成功守住斯福尔特城了，战士们的士气都很高涨。”金色来到安切诺蒂身边，兴奋地说道。

他们是战友，一起经历了生死，这几天，他们必须依靠彼此，关系自然也变亲密了许多。

安切诺蒂含笑点头，道：“那真是太好了，金大哥，依你看，佛罗王国大军还能坚持多长时间？”

金色冷冷地一笑，道：“虽然我不太懂军事，但从对方的骑兵数量也能看出，他们真的已经山穷水尽了。没有补给，我相信他们最多只能坚持三天。真不知道音竹是怎么做到的，竟然能够切断佛罗王国大军的后勤补给线。”

安切诺蒂大吃一惊，道：“什么？金大哥，你是说佛罗王国人的后勤补给线是被侯爵大人切断的？”

金色轻叹一声，道：“是的。这几天战斗的时候，你也看到了琴城大军的战斗力。我不知道这次琴城一共来了多少人，我只知道，这些人实力超群。具体情况你还是去问音竹吧，我也不好多说。看，佛罗王国人又来了，看来他们还是不死心啊！”

没错，正如金色所说，佛罗王国大军又一次发起了冲锋，这是库斯勒带领他们发起的最后一次冲锋。

佛罗王国大军的攻城器械不知道毁坏了多少，它们没有被清理走，都堆积在斯福尔特城前。佛罗王国大军冲锋的时候，还派出了两个军团的人来处理那些废弃的攻城器械，紧跟在后面的血魔法师开始施展嗜血魔法。经过五天的鏖战，这些血魔法师的状态也明显变差了很多，他们所释放的血雾也没有先前那么浓厚了。

库斯勒和另外三名强者杀飞在半空之中，手持龙枪，胯下的风龙不断发出一声声咆哮，将一个又一个风系魔法投向斯福尔特城的城楼。

米兰帝国的战士早已经习惯了佛罗王国大军的进攻，眼看对方又一次攻来，城楼上的米兰帝国士兵立刻行动起来，弓箭手和掷矛手都在第一时间投入到战斗之中。因为有很多补给，并且有轮换休息制度，所以城楼上的米兰帝国战士的精神状态比佛罗王国战士的精神状态好许多。

两百名利爪德鲁伊愤怒地咆哮起来，不一会儿，利爪德鲁伊的咆哮魔法就影响了在城楼上作战的米兰帝国战士。

箭矢、石块如雨一般下落。斯福尔特城最大的优势就是后勤补给极为充足，虽然双方激战了五天，消耗巨大，但是斯福尔特城内依旧有很多箭矢和石块。这全得益于金色的后勤补给部队。金色将叶音竹抢来的物资中一部分精良的送去了琴城，其余的全都运到了斯福尔特城。因此，现在斯福尔特城内武器完备，粮草充足，米兰帝国战士士气高涨，他们有信心守住斯福尔特城。

战局每一刻都在变化，战士们的心境也在不断变化。每过去一天，佛罗王国大军的士气就会降低几分，而成功守住城池的米兰帝国战士的信心也会随之增强几分。五天过去后，佛罗王国大军的士气已经跌落谷底，而米兰帝国战士士气高昂。

此时的米兰帝国战士，还有谁觉得自己是一个没多少战斗经验的菜鸟呢？佛罗王国的精锐大军又如何？他们在米兰帝国战士眼中已经没有那么恐怖了。至少他们攻城这么多天，还是没能破城。

两国战士大战之时，明和紫在二十名东龙帝国战士的护卫下，端坐在一个距离城墙不到二十米的房间中修炼。

在第一天的战斗中，明凭借着无比强大的次神级实力，消灭了大量的敌人，因此消耗了很多能量。紫的情况和明的情况差不多，施展一次旋风激光斩耗尽了他的能量，因此，后面这几天，他们没有参战，一直在这里静静地修炼。

明只是消耗得有些多，五天过去了，他体内的能量已经恢复得差不多了。他缓缓地睁开双眼，张开双臂，活动了一下自己的身体。

明听到了外面的喊杀声，他没有犹豫，迅速站了起来。他看了一眼依旧处在修炼状态中的紫，走出了房间，朝着城楼的方向而去。

空中。

库斯勒冷冷地看着下方的战斗情况，他能感觉到东方军团变得比以前更勇猛了。虽然佛罗王国大军不停地发动了一轮又一轮攻击，但还是没能攻进斯福尔特城城内，己方伤亡惨重。倒下的人都是佛罗王国的儿郎啊，看到这一幕，库斯勒心如刀割，可是，他又有什么办法呢？如果不能取得这场战斗的胜利，佛罗王国会失去更多。

“准备，让米兰帝国人尝一下风系禁咒的滋味。我就不信，米兰帝国的那些魔法师还有抵挡的能力。”

禁咒已经不是第一次出现在这个战场上了。之前，明掀起地面，紫的旋风激光斩以及叶音竹的虚无音刃，无一不是禁咒级别的攻击。

在佛罗王国大军中，真正能够施展禁咒的，只有紫星龙骑将、佛罗王国元帅库斯勒和他胯下的绿龙城长老。

连日战斗，库斯勒的风龙的消耗也是巨大的，因此，它不能自己发出禁咒，它需要帮助。毕竟，风龙并不是上位龙族，就算是绿龙城的长老，也无法像离杀一样轻易释放出禁咒，但是这里还有另外三条风龙。有了那三条风龙的帮助，发出禁咒并不难。

风龙飞在半空，那是斯福尔特城的魔法师和弓箭手无法攻击到的位置，低沉的咒语吟唱声从空中传来。

四条巨龙同时吟唱咒语，空气中的风元素顿时密集起来。风元素的出现方式和其他属性的魔法元素的出现方式不同，它们是盘旋着出现的。那些风龙就是这些盘旋着的风元素的核心，它们借用这些风元素的力量，以自身的能量为引，发出强大的魔法。

风变得越来越大，库斯勒想要施展的是风系魔法中霸道的大范围禁咒之一。四条风龙同时发威，完全可以完成这个恐怖的魔法。再等一会儿，巨大的龙卷风就会出现在斯福尔特城城楼之上，那个龙卷风会将斯福尔特城的防御工事都毁掉。

这已经不是库斯勒第一次命令风龙发动禁咒了。两天前，库斯勒发动过一次禁咒，使得东方军团的魔法师损失惨重。

第一场战斗之后，原本斯福尔特城还有两百多名魔法师，由于没有了叶音竹、紫和明三大强者的帮助，那些魔法师只能联手发动魔法防御层来抵御风龙发动的禁咒。

虽然他们成功地抵挡住了禁咒，但有不少魔法师在这过程中离开了世界，因为禁咒的威力实在太大了，为了挡住禁咒，一些魔法师透支了自己的魔法力，没能支撑下去。那些魔法师用自己的力量将禁咒造成的损失降到了最低，如果真的让一个禁咒落在斯福尔特城的城楼之上，不知道要死多少人，还有，禁咒极有可能炸毁城墙。到时候，东方军团就真的没有抵御佛罗王国大军的力量了。

经过这两天的休息，库斯勒的坐骑风龙已经积蓄了一定的魔法力，此时在另外三条风龙的帮助下，将魔法力提升到了极致，使这个大范围禁咒的威力达到巅峰。

看到空中逐渐变大的龙卷风，库斯勒感到有些欣慰，这回城楼该被破了吧？

城楼上的东方军团将领自然也看到了变大的龙卷风。安切诺蒂脸色大变，他当然知道自己手下的魔法师现在是什么样的状态。作为抵挡佛罗王国大军进攻的主力军，抵挡了上次的禁咒后，还活着的八十名左右的魔法师都万分疲倦。禁咒再次来袭，他们还能用什么力量来抵挡？再次发动魔法防御，不论是否能挡住这次的禁咒，那八十名魔法师都必定会因为透支魔法力而死去。

“好像有点远。”

正在安切诺蒂内心充满矛盾，思考着要不要让魔法师发起防御时，一个低沉的声音在他耳边响起。

安切诺蒂侧身看去，惊喜地发现那身高三米的巨人不知道什么时候来到了城楼之上。就算过去了五天，米兰帝国战士也还清楚地记得明凭借双臂之力，阻挡敌人的那一幕。此时，看到明出现，城楼上顿时响起了一阵欢呼声。在米兰帝国战士眼中，明就是神一般的存在。

一登上城楼，明就看到了空中不断变大的龙卷风，作为神兽，明自然能看出那是一个大范围风系禁咒。他所说的有点远，是针对他自己的闪电攻击而言。

为了掌控全局以及脱离东方军团的攻击范围，库斯勒和另外几名强者杀身处千米高空。虽然明的独目发出的闪电攻击威力巨大，但上千米的距离还是有些远。

“明先生，您恢复了吗？”

就算安切诺蒂知道明是叶音竹的属下，依旧丝毫不敢怠慢。看到明之后，他赶忙来到明的身边，恭敬地问道。

明憨厚地一笑，点了点头，道：“我的身体已经没问题了，元帅是不是在担心天上那几只‘爬虫’？放心吧，交给我了。”

明一边说着，一边慢慢动了起来。只见明全身发光，两只眼睛渐渐变成了一只眼睛，紧接着，明抬手在独目处轻轻一抹，手中就多了一件东西。

那是一柄看上去并没有什么奇异之处的尖头锤，上面有一层电光，尖头锤里面的能量似乎被一股莫名的力量压制着。

对明来说，这样一柄尖头锤在他手上就像是玩具一样。他先轻轻地掂了掂尖头锤，再抬头看了看远处空中的几条风龙，冷然一笑，道：“好久没用这家伙了，这第一下就送给你们这些‘爬虫’吧。”

“嗷！”

明猛地大吼一声，周围的米兰帝国战士竟然被震得差点暂时失聪。紧接着，那些米兰帝国战士清楚地看到，明的身体刹那间变成了蓝紫色，强大的雷电之力以无与伦比的速度朝明的右手汇聚而去。

明抬起头，其独目已经变蓝。

“风——暴——之——锤——”

明大喊出声，每喊出一个字，其手中的尖头锤上的电光就会变亮几分，当最后一个“锤”字喊出之时，明猛地一扬手，尖头锤中的能量瞬间爆发，带着耀眼的光芒，带着无比强大的雷电之力，化为一道虚影朝着空中而去。

明是神兽，神兽拿的武器又怎么会是一般的武器？那尖头锤正是雷神之锤，就算只有一柄雷神之锤，明也丝毫不担心其威力不足。只要想想雷神之锤要塞的防御就知道单柄的雷神之锤有多厉害了。

同样是雷神之锤，明手中的这一柄雷神之锤与兽人族雷神部落的古蒂所拥有的那一柄雷神之锤没什么太大的差别。古蒂以雷神之锤为核心，凭借一个特殊的魔法阵，在雷神之锤要塞制造了一个禁魔领域。明没有魔法阵的支持，只能将这一柄雷神之锤放在自己的独目中养着。

要知道，明是山岭巨人，又称雷神之子，明的独目中所拥有的雷元素对雷神之锤来说，有莫大的好处，因此，明这一招的威力绝对不小。

库斯勒感受着周围越来越大的风力，心中略微多了几分得意。他对米兰帝国魔法师的判断一点都没有错，他深信，米兰帝国人很难挡住这个禁咒。只要能够攻入城内，打开城门，那么，这场战争就可以结束了。尽管这些天来，己方损失惨重，但只要在战略上占优势，一切就还有挽回的余地。

就在这个时候，库斯勒突然有一种怪异的感觉，他感觉整个空间好像扭曲了一下，一股特殊的气息从下方涌来，当他低头看时，正好看到斯福尔特城城楼上有一团耀眼的电光。

库斯勒自然不知道那是山岭巨人引发的雷电之力，只是凭借紫星龙骑将的实力和眼力，一看就明白了那是一种强大的力量。

“不好，快停止吟唱咒语。”

大惊之下，库斯勒赶忙向自己的魔兽伙伴传递消息。可惜，禁咒开始以后，又岂是那么容易停下的？

四条风龙根本没有停止吟唱咒语的机会，一团无比澎湃的雷电之力朝它们飞了过去。

明现出独目之后，视力比精灵族还好，自然看得出谁才是禁咒的核心，因此，那位可怜的绿龙城长老就成了风暴之锤的目标。

“轰！”

只是一刹那，那威风凛凛的绿龙城长老就停止了呼吸，身体也变成了齑粉。

库斯勒的反应飞快，感觉到危机之后，他立刻就从风龙背上跳了起来，但是，他的动作还是慢了一拍。一股麻痹感瞬间传遍他的全身，紧接着大脑一阵眩晕，他就什么都不知道了。

虽然风暴之锤被那条风龙挡了下来，但其余波依旧将库斯勒震晕了。

同时受到波及的还有另外三条风龙，风暴之锤的余波第一时间席卷了它们和它们背上的强者杀，和库斯勒一样，三条风龙和其背上的强者杀同时陷入了昏迷之中。

风暴之锤的眩晕效果比树妖德鲁伊长矛的迟缓效果强得多，别说是正面攻击，单单是余波就能令这么多强者同时晕过去，可见其威力之大。

三条巨龙、三名强者杀和库斯勒同时朝地面落去。那柄尖头锤却仿佛被一根特殊的线牵引着一般，重新回到了明的手中。

不过，库斯勒他们还算是幸运的，龙族抵抗魔法的能力比人类强得多，三条风龙承受的又只是风暴之锤的余波，因此，三条风龙并没有晕多长时间，下坠到一半的时候就已经清醒过来。发现自己在快速下坠，三条风龙大惊，赶忙将自己的风属性魔法力提升到极致，展开双翼，尽可能地减缓下坠的速度。

但是，风龙实在太重了，再加上其背上还有全副武装的强者杀，想要减缓冲势谈何容易？更何况，库斯勒下坠的时候又不小心砸到了风龙身上。

当三条风龙带着强者杀落在地面的时候，一阵阵骨骼断裂的声音传来，原来三条风龙为了平稳落下，一直强忍剧痛，用上了全力，它们的双翼承受不住那么大的力量，已经全部骨折了。这样的伤势对巨龙来说也极重。

巨龙都伤成了那样，那些强者杀更不必说，一个个都离开了这世界。

库斯勒醒过来之后才发现，原来活着是这么美好。他并没有直接摔到地面上，而是被风龙接住了。可是，由于受到了风暴之锤余波的冲击，他现在无比疲惫。

斯福尔特城城下的战斗依旧是惨烈的，此时此刻，不知道为什么，这位佛罗王国的元帅心中再也兴不起一点战意。他知道，佛罗王国已经没有机会赢得这场战争的胜利了。禁咒被打断的那一刻，佛罗王国就失去了攻入米兰帝国的机会。

后勤补给部队直到现在都没有一点消息，就连自己派去接应的五万士兵也杳无音信。五十万大军啊！自己带出来整整五十万大军，可是现在呢？剩余的还有多少？面对米兰帝国东方军团这样一支战斗力不强的军队，自己都做了什么？失败，失败，还是失败。

库斯勒有些不明白，这场战争的最后结果怎么会变成这样。当初，他在佛罗王国都城佛罗萨接受任命，成为大元帅的时候是何等意气风发。血色卫队、血魔法师、重骑兵全都在他的统领之下，那可是五十万人啊！如今看来，这样一支倾全国之力打造的军队并未给佛罗王国带来半分好处。

库斯勒的心都死了，他茫然地看着依旧在不断发起冲锋的佛罗王国战士，忽然有种局外人的感觉。

明离开了修炼的房间，房间内就只剩下了紫，虽然紫的消耗并不见得比明的消耗多多少，但他现在的实力比明的实力要差了一个等级。紫级和次神级，终究不是同一级别，因此，他需要修炼更长时间才能恢复过来。

就在这时，紫身上突然爆发出一团夺目的紫光，他猛地睁开了双眼，眼中满是吃惊之色。一道道紫色的魔纹不断出现在他身上，他完全没有动，他的身体上面就覆盖了一层剔透的紫晶，一团团紫雾不断从他的体内散发出来，体内的每一次能量波动都会令紫感觉到力量的回归。

这是怎么回事？本来紫要回到巅峰状态还需要很长一段时间，此时他却感觉从自己血脉深处传出来一股能量，一瞬间就令自己恢复到了巅峰状态。他不明白究竟发生了什么，但体内的能量依旧在不断增加。

紫晶血脉每觉醒一次，就会给紫带来更加强大的力量。紫身上的肌肉、经脉不断地膨胀，一团又一团耀眼的紫光不断从他体内爆发出来，本就已经达到九阶巅峰的他，趁机向更高等级发起了冲锋。

突然，紫明白了，他明白了为什么会有如此强大的力量传来。他想到了自己的伙伴，自己的兄弟。

没错，是音竹，一定是音竹。只有音竹的力量骤然提升到另一个层次，才会通过平等本命契约带给我如此巨大的好处。音竹，你究竟又做了什么？怎么可能给我带来如此强大的力量？当初和你签订契约之时，我想的是提升自己的同时给予你帮助，但是，没想到反倒是你给我的帮助更多。

是的，紫的猜测没错，他此时的力量来源正是叶音竹。同时得到这强大力量的并不只有他，还有隐藏在叶音竹体内的闪和雷。

那暗红色的大茧终于停止闪光了，一切似乎都在寂静中融为一体了。暗红色的大茧轻轻地动着，像心脏在跳动一样，里面传来了均匀的呼吸声。

铜锣声在战场上响起，佛罗王国终于要退兵了。如潮水般的佛罗王国大军和冲锋时一样快速地退去。

库斯勒没有别的选择，为了剩下的佛罗王国战士，他必须撤退。当他用低沉而嘶哑的声音宣布拔营撤退时，佛罗王国这次的军事行动就算彻底结束了。这次出征，消耗了大量的物资，佛罗王国人想要再次进攻已经变得极其困难。

库斯勒的选择无疑是正确的，这个时候如果还不撤退，等所有的坐骑都被杀完的时候，他们连撤退都没力气了。

佛罗王国人离去了。

斯福尔特城下一片苍凉，空气中还飘着血腥气。

当探子回报佛罗王国人真正退去的时候，斯福尔特城顿时变成了一片欢乐的海洋。安切诺蒂自然不会追击，穷寇莫追的道理他还是懂的，况且他最重要的任务是守城。

胜利了，米兰帝国胜利了，东方军团胜利了，佛罗王国终于退兵了。米兰帝国东部的威胁解除了，这种欣喜几乎是难以用言语来形容的。经过这些日子的战斗，战士们虽然无比疲惫，但是在这一刻，他们十分亢奋，甚至忽略了身体上的伤痛。

米兰帝国万岁，东方军团万岁！无数的呼喊声在城内响起。

这场攻防大战并不仅仅是米兰帝国与佛罗王国两个国家之间的战争那么简单，它影响了龙崎努斯大陆未来的走向，原本偏向蓝迪亚斯帝国的天平现在稍微变平衡了一些。米兰帝国在万分不利的情况下，终于夺回了一点主动权。

看到佛罗王国大军远去之后，安切诺蒂立刻下达命令，派出大量探子跟随佛罗王国大军，随时汇报佛罗王国大军的动向，以防佛罗王国大军杀一个回马枪。

同时，安切诺蒂派出城内的人，将城外的尸体就地掩埋。幸好现在是冬天，不然，城内可能会爆发瘟疫。

第一百八十六章
忘了我

在这场战争中，佛罗王国损失了数十万人，东方军团的人光清理战场，就要花一段时间。战斗无比惨烈，死的都是普通人家的儿郎，不知败走的库斯勒该如何面对佛罗王国的百姓。

胜利来得如此之快，守住了城，守住了国家，突如其来的幸福令斯福尔特城的人脸上都露出了笑容。

黑暗过去就是黎明。现在，除了巡逻的战士以外，其余的米兰帝国战士都进入了甜甜的梦乡。将领们也终于可以休息了。这些天的努力没有白费，他们保住了自己的家园。他们都是米兰帝国的英雄。

天空渐渐亮了起来，由黑色慢慢变成了暗蓝色，新的一天即将来临，对于米兰帝国东方军团来说，这显然是一个全新的开始。但是，对某一个人来说，一切已经结束。

城内的街道上走着一个全身笼罩在黑色长袍之中的人，她将暗蓝色长发披散在背后，背影看上去那样单薄。在她那暗蓝色的长发之中，多了一缕红色头发，那是属于凤凰的红色。那人是苏拉，也是黑凤凰。

凡是看到她的人，都记住了她的美。

清晨的温度比较低，冬季的清晨更是格外寒冷，她的心在这个时候仿佛变得更冷了。她一步步地向着南方走去，不曾回头。

一粒粒透明的“水晶”落到地面，却让她的心湖泛起了涟漪。

她也想留下来，可是，她知道，她不能留下，她留下来会害了叶音竹。她逼自己离开叶音竹，如果她现在不离开，那么，恐怕就永远也离开不了了。

是的，当一切结束之后，她就走了，什么也没留下……

叶音竹从沉睡中醒过来的时候，全身都感觉暖融融的。

叶音竹下意识地伸展开自己的手臂向旁边搂去，却什么也没摸到。察觉到身旁没人之后，叶音竹立马睁开了双眼。

此时，叶音竹的黑眸变得比以前更清澈了，就算只是平躺着，他依旧能感觉到自己全身上下每一处都充满了力量。

叶音竹的肤色看上去非常健康，在他的皮肤之下，隐隐有一层淡淡的金色光芒流转，不需要刻意催动精神力，他也能清晰地感觉到周围的一切。

叶音竹猛地坐了起来，喊道：“苏拉！”

叶音竹发现身边空荡荡的，神源魔法袍上还带着苏拉身上的气味，可是，苏拉已不见踪影，房间内只剩下他一个人。

大脑渐渐清醒，脑海中的记忆逐渐变得清晰起来。叶音竹还记得苏拉的怀抱有多温暖，记得自己多用力地抱着苏拉，生怕她离自己而去。

这几天，他们一直拥抱着彼此，苏拉背后巨大的黑色羽翼将他与她紧紧地包裹起来，他们只感觉对方温暖了自己的心。在那温暖的羽翼中，两人融为了一体。

叶音竹与苏拉融为一体之后，就沉沉地睡了过去，在苏拉的怀抱中，他感觉十分满足和安全。他隐约记得，苏拉用手指轻轻地抚摸自己的脸，也记得苏拉的泪落到了自己的脸上。

想到这些，叶音竹一下子跳了下来，他惊讶地发现自己的身体轻得像一片羽毛一样，身体微微一动，体内的能量就如同潮水一般奔涌而出，一层深紫色的气流竟然从他的体内散发出来。

深紫色的斗气？这是我的斗气吗？叶音竹呆呆地感受着自己身上的斗气。没错，那深紫色的斗气就是从自己身上散发出来的，和自己以前的淡紫色斗气有天壤之别。如果说他以前的斗气是一条小溪，那么，他现在的斗气无疑就是一个巨大的湖泊。深紫色的斗气在他体内的每一个地方流转着，他感觉自己体内的一切都被改造过了，让他变得更有力量了。

获得新生的不仅是苏拉，还有叶音竹。不论是她还是他，都变成了一个全新的自己。

“苏拉！”

叶音竹大声叫着，迅速地将神源魔法袍套在自己身上，一个箭步就从房间中冲了出去。

今天的天很蓝，朝阳给大地带来了温暖，寒冷正在被这朝阳逐渐驱散，那温暖的感觉令人心醉。

清新的空气中带着淡淡的血腥气味，叶音竹从房间中冲出来之后，看到的却是一个个倒在地上，陷入沉睡的守卫。

红光一闪，叶音竹凭借自己强大的精神力，召唤红灵，帮自己幻化出了一对巨大的翅膀。他并没有注意到翅膀已经发生了变化，现在的翅膀比原来的翅膀大了一倍，并且又宽又厚，颜色也由原本的红色转变成了暗红色，表面还闪耀着金属光泽。虽然红灵根据叶音竹的意志变出了这一对毫不逊色于苏拉的黑色羽翼的巨大翅膀，但红灵的精神并没有觉醒过来。

叶音竹展开双翼，直接飞入了半空之中。

叶音竹的眉心处原本有个属于外籍银龙的烙印，现在那个烙印上多了一个奇异的暗红色符号，那是凤凰的标识，那上面还萦绕着一丝紫气。叶音竹闭上双眼，仅仅凭借强大的精神力，就感知到了周围的一切。

实力的提升并不能带给他多少喜悦，此时此刻，他心中只有那个名字。

苏拉，苏拉你在哪里?

叶音竹飞在半空中，放开精神力，在斯福尔特城内搜索，但是，很快他就失望了，当他的精神力扫过斯福尔特城之后，依旧没发现苏拉的身影。

叶音竹有些慌了，他收起双翼，先让红灵回到他体内，然后宛如闪电一般回到了先前的房间。

房间内还有淡淡的香气，那是属于苏拉的香气。房间里的黑暗元素和火元素比房间外的密集很多。叶音竹仔细地看着房间内的一切，试图寻找一些蛛丝马迹，但是他什么也没找到。苏拉就这么消失了，没留下只言片语，就像从来没出现过一样。

“苏拉，你为什么要走？难道你后悔跟我在一起了吗？不，不会的。”

叶音竹用力地摇了摇头，他还记得苏拉抱着自己的时候看起来有多幸福。既然苏拉不是因为后悔和自己在一起才离开的，那是因为什么呢?

就在这时，一声轰鸣从不远处传来。叶音竹清晰地感觉到一股澎湃的力量从自己体内涌出，他发现自己的斗气和精神力又提升了几分。

是紫!

叶音竹勉强压住内心的焦急，一闪身，再次出门。凭借着两人灵魂之间的联系，他很快就来到了紫身边。

紫周围是一片废墟，守护着他的战士都远远地躲开了。紫端坐在那里，睁开双眼，看到明在他身边守护着他。

虽然紫看上去并没有太大的变化，只是身上的紫色晶体变得更加晶莹剔透了，但是叶音竹能感觉到，紫的身上散发出的气息产生了很大的变化。

紫的实力提升了。

看到叶音竹到来，紫脸上露出会心的微笑，问道："音竹，你身上究竟发生了什么？为什么我又从你身上得到了能量？只差一步，可惜，我还是没能冲破那最后的阻碍。"

叶音竹当然知道紫说的是什么意思，达到九阶巅峰的紫，要冲击的自然是次神级。紫说只差一步，那就是没达到次神级。尽管如此，紫还是吸收了很多紫晶血脉中的力量，成长了不少。

"音竹，你怎么了？我能感觉到你变强大了，可你的脸色为什么这么难看？"

紫在兴奋之余很快就发现了叶音竹的不对劲。

叶音竹失魂落魄地道："苏拉走了。"

"苏拉？"

紫愣了一下，他被叶音竹收入生命储存宝石的时候，那条碧玉魔龙还没有出现，所以他并不知道之后发生了什么。

叶音竹没有解释，只是让两人的灵魂相连，只是一瞬间，紫就知道发生了什么。

"什么？苏拉居然就是黑凤凰？"

紫显然很吃惊，通过读取叶音竹的记忆，他也明白了为什么叶音竹能够在短时间内再次得到提升。

"音竹，你想怎么做？去找她吗？"紫沉声问道。

叶音竹的眼神有些茫然，他扭头看向一旁的明，问道："明大哥，现在战况如何？"

明并不知道紫和叶音竹到底在说什么，于是微微一笑，道："放心吧，佛罗王国已经退兵了。这次双方的损失都不小，佛罗王国的损失更大一些，恐怕他们很难再发动这样的战争了。"

听到佛罗王国退兵，叶音竹稍微冷静了一些。此时的他，虽然心中满是苏拉的身影，想要去找苏拉，但他知道，这个时候，自己是万万不能离开的。就算斯福尔特城的危机暂时解除了，他现在也不能去找苏拉，因为米兰帝国和佛罗王国之间还有很多事情没解决，自己还有一些伙伴在佛罗王国境内，那些伙伴还在等着自己。

“苏拉，你究竟去了什么地方？你为什么要走？难道你感受不到我对你的爱吗？”叶音竹强忍着心中的伤痛，转过身缓缓地朝着来时的方向走去。

明想追上去，却被紫拦住了。

“让他静一静，他现在需要冷静一下。”

紫知道，感情上的事情，别人帮不了忙，只能让叶音竹自己想清楚。

叶音竹重新回到那间小屋之中，将门关上，静静地坐在床上，感受着苏拉留下的气息。过了一会儿，他慢慢地闭上了眼睛，试图将脑海中纷乱的思绪理清。

他的精神力和斗气同时运转起来。感受着自己身体的变化，叶音竹渐渐入定。他并不是真的要修炼，而是要让自己的心彻底静下来，他希望自己能想清楚，苏拉为什么要离开。

斗气在体内循环一次所花费的时间并不长，当叶音竹的心完全沉静下来之后，他通过斗气运转了解了自己身体的变化。

他身上的肌肉、经脉、骨骼、内脏都发生了巨大的变化。现在，他的身体变得更加强健了，比以前至少强健三倍。他体内的经脉也更加宽了，能够承受更多的斗气了，就连精神之海也扩张了不少。大量的能量涌入他体内，与他的斗气和精神力融为一体。

现在，叶音竹的斗气和魔法力都有了很大的提升。根据叶音竹的判断，此时他的斗气和魔法力都提升到了紫级七阶。也就是说，他一次性提升了好几阶。

要知道，一般人在达到紫级之后，要想继续提升实力，每提升一阶，所需要的能量都是非常多的，许多人修炼多年都不一定能够进阶。究竟是什么样的能量令叶音竹的身体产生了如此大的变化？

达到紫级七阶之后，叶音竹就成了除法蓝之外，龙崎努斯大陆上的强者，就算和紫较量，也不一定会输，毕竟，他同时修炼东龙八宗的武技和特殊的琴魔法，占有很大的优势。

是苏拉，一定是苏拉。

叶音竹突然想起了自己和苏拉融为一体时，苏拉的一些能量似乎传到了自己身上。正是苏拉让自己出现了这样的变化，叶音竹记得，当时自己为了救苏拉，精神力和斗气都被消耗完了，不可能在醒来后就恢复过来，并且实力大增。

想到这里，叶音竹突然清醒过来，觉得自己再怎么瞎想也没有用，说不定另一个人知道这究竟是怎么回事。

叶音竹凭借自己的精神力开始呼唤隐藏在龙魂戒中的菲尔杰克逊。

“老师，您还清醒着吗？老师，老师……”

实力大增之后，叶音竹感觉用精神力呼唤菲尔杰克逊也变得轻松了许多。他一声声急切的呼唤传入龙魂戒之中，很快就得到了回应。

“傻小子，你叫我干什么？我都帮你到那个程度了，难道你自己还没搞定吗？”

菲尔杰克逊懒洋洋的声音响起，一团黑色雾气从龙魂戒中涌出，飘浮在叶音竹面前。

“老师，这究竟是怎么回事？我帮苏拉解毒后睡了过去，醒来苏拉却不见了，而我的实力得到了大幅度提升，这究竟是为什么？”

“这有什么好奇怪的，本来就应该是这样。你这个傻小子，你知不知道为了帮助你，我消耗了多少灵魂之力？你不让我好好休息一下，我哪里有精力教你亡灵魔法？”菲尔杰克逊抱怨道。

闻言，叶音竹心中一喜，赶忙问道："听您这么说，您好像知道是怎么回事？"

菲尔杰克逊道："当然，这本来就在我的计划之中。那个丫头走了吗？看来，她还是放不下啊！不过也能理解，她是不想连累你，以你现在的力量，根本保护不了她。走就走了吧，或许这才是最好的结果。"

听菲尔杰克逊这么说，叶音竹更急了，问道："老师，您能不能说清楚一点，这究竟是怎么回事？"

菲尔杰克逊道："你这孩子，你怎么说也接近次神级，算是强者了，怎么还这么不冷静？你已经可以做到天人合一，现在心却这么乱，对修炼很不好的。"

叶音竹苦笑道："老师，我现在只想知道发生了什么，只想知道苏拉在什么地方。您认为我现在还有心情修炼吗？"

菲尔杰克逊微微一笑，道："看样子，你这个傻小子还是个痴情种。好吧，我就告诉你，不过，你必须记住，没有百分百的把握，一定不能去找那人的麻烦，否则，不但我报仇无望，连你也要陷入其中，更别提救苏拉。"

听了菲尔杰克逊的话，叶音竹才意识到事情的严重性，他并不笨，立刻深吸一口气，勉强将自己激动的情绪平复下来，向菲尔杰克逊点了点头，道："老师，您说吧，我一定不会冲动。"

菲尔杰克逊满意地道："这才是我的弟子。那天，苏拉中毒，确实需要你来帮她解毒。你在进入修炼状态之后，我将你那根凤凰翎所拥有的能量注入了她体内，帮她唤醒了体内的黑凤凰血脉。真没想到，苏拉体内所拥有的并不仅仅是黑凤凰血脉那么简单，她拥有的是不知道多少年才会出现一次的凤凰皇族血脉。"

"凤凰皇族血脉？"叶音竹惊讶地说道。

菲尔杰克逊道："是的。众所周知，凤凰是很强大的魔兽。任何一只凤凰，都可以和神圣巨龙媲美，但是凤凰的数量实在太少了，我活了数百年，从未见过一只真正的凤凰。

"凤凰终究是一个族群，也有自己的先祖，我所说的凤凰皇族血脉，就是真正的凤凰王的血脉。我可以肯定，凤凰王是存在的，但是它完全相当于另一个层面的存在，是和龙神差不多的存在。

“它所拥有的强大实力使它能够穿梭于各个位面之间，并不是我们这些人类所能见到的。如果我当初能够达到神级境界，或许就能见到它。”

叶音竹明白了，问道：“您的意思是说，苏拉体内的凤凰血脉是凤凰王的血脉，并不是普通的黑凤凰血脉？”

菲尔杰克逊道：“正是如此，只是她的凤凰王血脉还是太少了，需要特殊的能量为引才能觉醒。你那根凤凰翎内藏着大量的凤凰能量，我就是用它，让苏拉体内的凤凰王血脉觉醒了。只有在涅槃重生的情况下，她才能彻底吸收你输入她体内的抗体，从而解掉碧玉魔龙的毒。”

原来如此，叶音竹恍然大悟，不禁更加佩服菲尔杰克逊了。除了自己这位老师，恐怕没人能想到这样的办法。

菲尔杰克逊继续说道：“我之所以会想这样的办法，还有一个原因，那就是苏拉在凤凰王血脉觉醒之后，她的身体会发生巨大的变化，同时实力也会大幅度提升。只不过凤凰王血脉中藏着的能量太过强大了，以她之前的情况，想要完全吸收几乎不可能。要是吸收得不好，不仅会浪费大量能量，而且有可能对她的身体造成一定的伤害。你加入之后，就不会有这种顾虑了，你既可以救她，还可以帮她吸收多余的能量。你应该已经发现这股能量对你自身的好处了。”

叶音竹点了点头，道：“我的斗气和魔法力都提升了许多，要是单靠我自己修炼的话，恐怕我花十年也达不到现在的境界。”

菲尔杰克逊笑了一声，道：“境界提升是正常的。我猜你应该没能将能量完全吸收，现在应该还有一部分能量隐藏在你身体之中，等你变得更强之后，那些隐藏的能量才会逐渐转化成你自己的力量。说起来，我都不得不佩服斯隆。你知道吗？苏拉原本是斯隆准备给自己冲击黑巫魂用的。”

叶音竹大吃一惊，问道：“您是说，斯隆也知道苏拉拥有凤凰王血脉？”

菲尔杰克逊的声音中多了一丝悲伤。

“斯隆是我的徒弟，我把所有的知识都教给了他。我知道的东西，他又怎么可能不知道呢？要是苏拉没有凤凰王血脉，他不可能会选苏拉做弟子。如果我猜得没错，斯隆是要等到自己达到次神级九阶，也就是白级九阶之后，再来吸收苏拉体内凤凰王血脉的能量，从而让自己一举达到黑巫魂的境界。”

叶音竹听得倒吸一口凉气，忍不住大骂道：“卑鄙！斯隆这浑蛋，竟然连自己的徒弟也不放过吗？”

菲尔杰克逊淡淡地道：“他就是这样的人，从来不讲师徒之情，不然，他当初也不会对付养育了他上百年的我。我可以肯定，苏拉就是他为自己冲击黑巫魂准备的。黑巫魂比白巫魂难修炼得多，如果他只靠自己的力量，一辈子也不可能达到黑巫魂的境界，若是加上苏拉身上隐藏的凤凰王血脉的能量就不好说了。

“凤凰王又被称为‘凤凰之神’，生来就是神级的存在。不用想都知道拥有凤凰王血脉的苏拉对斯隆来说有多重要。斯隆就是要等到最关键的时候，才吸收苏拉的能量，到那时候，苏拉所有的血脉能量都会被他吸干，只怕连灵魂都会消散。”

叶音竹不知道什么时候握紧了双拳，听菲尔杰克逊这么一说，他心中只有满满的心疼。苏拉太苦了，从小到大，遇到了无数的磨难。没想到，就连那个收留了她，教给她本领，让她过了几年还算是正常生活的老师都如此算计着她。

叶音竹越想越心痛，不由得在心中暗暗发誓，一定不会放过斯隆，一定不会让其他人伤害苏拉，就算是付出自己的生命，自己也会站在苏拉身边，保护她。

菲尔杰克逊叹息一声，道：“我知道你心里在想什么，只是，现在你和斯隆之间的差距太大了。你选择对付斯隆，基本上就是选择与法蓝为敌。我现在只是个灵魂，帮不了你太多，而斯隆却是法蓝的重要人物。这件事急不得，小心一着不慎，满盘皆输。”

叶音竹恨恨地道：“这么说，苏拉之所以离开我，是因为斯隆，或者是因为她的父亲？”

菲尔杰克逊道：“是因为斯隆。你答应过我会保持冷静。在你能够自保之前，你一定不能去找斯隆。现在你能做的就只有忍耐。你已经跟我学了一段时间的亡灵魔法，你还记得吗？我对你说过，每个人都有自己的三魂七魄，这三魂七魄组合在一起，就形成了灵魂烙印。灵魂烙印处于精神之海中央，也被称为精神烙印。”

叶音竹点了点头。

菲尔杰克逊接着道：“斯隆以前害过我，他自然也会担心自己的弟子有异心。苏拉的伪装术解除的时候，我就感觉到了，她的魂魄不全。一定是斯隆抽取了她的一魂一魄，让她听他命令行事。有了那一魂一魄，苏拉将永远受他控制。他要是想杀苏拉，只需要抬抬手，将自己手中的苏拉的一魂一魄毁掉，苏拉就会立刻死去。灵魂烙印被打散后，别说是我，就算是神也救不了她。

“她选择离开你，应该有两个原因，一是因为她不确定自己未来会如何，一个被别人控制的人又怎么能和心爱之人在一起呢？二是因为她不想连累你。我想，斯隆一定对她说过，她不能和任何男子亲密接触，因为斯隆需要她的红丸。斯隆何等强大，她是怕斯隆找你麻烦，所以才会趁你沉睡之时离开。看来，这丫头真是非常在乎你啊！”

“斯——隆——”

叶音竹怒吼一声，猛地抬起手，运转斗气，拍向床铺，就在即将拍上床铺之时，他还是将斗气收回了，仅用手掌摸了摸床铺。他舍不得毁了这张床，这张床对于他和苏拉来说，有很重要的意义。

“咦？”

叶音竹突然感觉到自己手下的床铺有些奇怪，遂将上面一层床垫掀起，他发现，在那块床板之上深深地刻着七个字，字有些歪歪扭扭的，从那样子就能看出，那是运足斗气用手指刻上去的。

“忘了我，我的爱人。”

简单的七个字，如同一柄锋利的剑深深地刺入了叶音竹的心中，泪水不受控制地顺着脸颊流下。短短几天之内，他和苏拉经历了死别与生离，那种痛苦令他险些无法承受。

这就是爱吗？原来爱一个人会如此痛苦。

“不，苏拉，我不会让你离开我的，永远都不会。不论挡在我们面前的障碍是什么，我都会将其扫除，让我们永远在一起。”

说完，叶音竹擦干泪水，运足斗气，将那块刻字的床板砍了下来，收入自己的须弥神戒之中，然后猛地站起身，眼中满是决然之色。

“音竹，你要干什么？”菲尔杰克逊有些担忧地问道。

叶音竹道：“老师，您放心。我不会莽撞地去寻找苏拉，更不会去找斯隆。总有一天，我会从斯隆手中夺回您的魂珠以及苏拉的魂魄。力量，我现在需要的是力量。我需要能与斯隆甚至法蓝对抗的力量。”

菲尔杰克逊知道，叶音竹已经想明白了，自己不用再担心他冲动行事了。

“音竹，别难过。你现在的想法是正确的，失去的东西只有用自己的力量才能夺回来。告诉你一个好消息，上次我用灵魂之力帮你弹超神器枯木龙吟琴之后，就想到了如何帮你把你现有的能力和亡灵魔法融合在一起。我会再次进入沉睡状态，恢复灵魂之力，等我醒过来之后，我会将适合你的亡灵魔法传授给你。只要你能练成，那么，法蓝的人就不会再对你造成什么威胁。”

菲尔杰克逊化为黑雾回到龙魂戒之中，叶音竹也从房间中走了出来。

此时，天色已经大亮，从睡梦中醒过来的米兰帝国战士又忙碌起来，还有很多事情等着他们去做。

“音竹。”紫的声音响起，他和明一直站在房间外等叶音竹。

叶音竹勉强挤出一丝笑容，道：“放心吧，我没事。既然这边的事情已经结束了，那我们也该离开了。我们对付佛罗王国的计划刚刚开始，还有很多事情要做。我要让佛罗王国知道背叛的下场。”

梳理了一下思路之后，叶音竹立刻派人去将安切诺蒂找来，从名义上来说，现在叶音竹才是斯福尔特城的最高指挥官。

“哈哈……侯爵大人，您没事了吗？”

安切诺蒂还没走到叶音竹他们面前，爽朗的笑声就传了过来。昨天晚上他也睡了个好觉，虽然还有些疲倦，但一点也不影响他的状态，他现在很兴奋。

叶音竹微微一笑，道：“我很好。安切诺蒂元帅，现在我军情况如何？”

闻言，安切诺蒂收起笑容，叹息一声，道：“虽然我们这次成功地打退了佛罗王国人，但我们的伤亡也很惨重，想恢复过来绝对不是一朝一夕的事。不过，佛罗王国的损失更大，我派出去的探子刚刚回报，佛罗王国大军已经撤回到佛罗王国境内，因为没有后勤补给，在撤退的路上，他们丢下了不少坐骑，还扔了不少装备。这一战下来，佛罗王国元气大伤，想要恢复绝对不是一天两天的事。”

叶音竹点了点头，道：“这场战斗对于我们来说非常重要。我们这次狠狠地打击了佛罗王国大军，他们再想发起这样的攻击已经很难了。安切诺蒂元帅，斯福尔特城就交给您了，希望您能像这次守城一样，始终将敌人挡在门外。”

安切诺蒂心中一惊，赶忙问道：“侯爵大人，您要走吗？”

叶音竹点了点头，道：“我还有更重要的事情要去做。我的伙伴们还在等着我。如果接下来我们在佛罗王国的行动一切顺利的话，我想，佛罗王国人将不会再有踏入米兰帝国的机会。我会让佛罗王国人得到教训。”

第一百八十七章

两军会合

听到叶音竹要离开的消息，安切诺蒂感到有些遗憾，他是真心佩服叶音竹，想跟叶音竹做朋友。当初，叶音竹刚来到这里，要他交出指挥权时，他心中还有些不服气，可是，随着时间一天天过去，战斗渐渐展开，叶音竹和他带来的几百人成了扭转整个战局的关键。那几百人无一不是强者，正是有那几百人的帮助，安切诺蒂才成功地守住了斯福尔特城。

看着安切诺蒂有些落寞的表情，叶音竹微笑道："天下无不散之筵席，我相信，在安切诺蒂元帅您的统率下，东方军团必将在不久的将来，成为像北方军团那样的精锐。您肩头上的担子还很重。目前米兰帝国的形势还不容乐观，真正的大战在南方。等我们这边确定佛罗王国无法再攻击米兰帝国之后，或许，您还要带着东方军团去支援南方军团。现在，正是您大展拳脚的时候，名将只有在战争中才会出现。我相信您一定会成为一代名将。"

听了叶音竹的话，安切诺蒂好受了许多，他毕竟是武将，性格爽快，当即就抛开了私人感情，问道："侯爵大人，您什么时候走？"

叶音竹道："您年纪比我大得多，以后就直接叫我的名字吧。经过一晚的休息，我的人应该已经恢复了一些，我们马上就离开。我的伙伴还在佛罗王国境内等着我。佛罗王国大军撤退之后，我在佛罗王国境内的伙伴必定会压力倍增。这支佛罗王国军队回国之后，最先对付的恐怕就是我的伙伴。”

安切诺蒂道：“那让我们送送您吧。”

叶音竹摇了摇头，道：“不用了，有缘自会再见。安切诺蒂元帅，我请您来就是和您告别的。希望您不要惊动任何人，我们离开后，您只需要继续严守斯福尔特城，米兰帝国东部则无忧矣。”

正像叶音竹所说的那样，他没有做过多的停留，向安切诺蒂告别之后，他立刻带着自己的人悄悄地离开了斯福尔特城。

虽然打退了佛罗王国大军，但是那两百个利爪德鲁伊和五百名东龙帝国战士都受了伤，幸亏利爪德鲁伊有返老还童魔法，他们才能一直保持很强的战斗力。

离开斯福尔特城前，叶音竹和金色紧急商议了一番。经过与佛罗王国的大战之后，金色了解了叶音竹的实力，再也不会怀疑叶音竹的能力，对叶音竹是言听计从。

正午时分，佛罗王国境内的一片森林中光芒闪耀，原来是叶音竹利用传送魔法阵，先后几次将自己的人带到了这里。

实力达到紫级七阶之后，叶音竹使用传送魔法阵轻松了许多，更何况这几次传送距离都不远，他基本上没有消耗多少魔法力。

紫、明、梅、兰两宗宗主都站在叶音竹身边，周围一片寂静。

“大家原地休息，麻烦梅宗宗主派二十个人到周围警戒。”

刚将众人传送过来，叶音竹就让众人休息。他们现在要做的就是等待。在离开佛罗王国前往斯福尔特城之前，他就和奥利维拉商量好了，等双方各自的行动结束，就在这里会合。

叶音竹不用看，也能想象奥利维拉带着琴城的人在佛罗王国境内驰骋的情景。要知道，他留给奥利维拉的，是琴城真正的主力部队，先不说战争巨兽格拉西斯何等强悍，单是死神龙狼骑兵加上比蒙巨兽，就足以令一切对手胆寒。要是围攻他们的人不足十万人，他们就能轻易逃脱。

在斯福尔特城的时候，从佛罗王国大军始终没有得到补给就能看出，叶音竹和奥利维拉制定的战略是成功的。

佛罗王国的补给线被奥利维拉彻底切断了。

不久，半空中响起一声清亮的鸟鸣，一个小黑点在空中逐渐变大。

叶音竹脸上露出一丝淡淡的微笑，道："我们的伙伴来了。"

果然，随着那黑点的逐渐变大，一只大鸟出现在森林上方，正是角鹰德鲁伊。

角鹰德鲁伊缓缓落地，一名精灵战士从上面跳了下来，快步来到叶音竹面前，恭敬地道："见过琴帝大人。"

叶音竹道："兄弟辛苦了。你们这边情况如何？"

精灵战士兴奋地道："情况比预想中的还要好。或许是因为佛罗王国人把所有的精英都派到了前线，他们很难组织一支像样的后勤补给部队，也很难与我们抗衡。我们第一次拦截的时候，遇到了血色卫队，费了一番功夫才成功抢到补给，之后四次拦截都很轻松。他们一直想要绕过我们，将补给送往前线，但都没能成功，每次都被我们拦截了下来。"

叶音竹心中暗暗松了一口气，虽然他早已猜到会是这样的结果，但在听到确切的消息之前，他一直不能放下心来。佛罗王国为了凑足五十万人，抽调了国内的精锐力量，国内剩下的都是一些平庸之辈，他们想要绕过琴城战士谈何容易。他们根本不知道，天空中有那么多角鹰德鲁伊在盯着他们的一举一动。

"那我方伤亡情况如何？"叶音竹继续问道。

精灵战士道："因为主要战斗是由比蒙巨兽和死神龙狼骑兵完成的，敌人很难冲破他们的防御，所以我军损失不大，没有人死亡，伤者大多都是轻伤。我们成功抢夺了那些补给。只是有些可惜，我们只留了一部分，其他的东西都烧掉了。”

“好。”

叶音竹眼睛发亮，情绪高涨。自从苏拉离开以后，他的心情还是第一次这么好。这次琴城大军出征，所有计划都进展得十分顺利。

想想也知道，佛罗王国人会为自己的损失心疼多久。

“兄弟，还要辛苦你再跑一趟。告诉奥利维拉，斯福尔特城之围已解，让他立刻带领所有人到这里来与我会合。佛罗王国大军已经撤回佛罗王国境内。如果我没猜错，下面他们要做的，就是围攻我们。”

“是，琴帝大人。”

精灵战士重新回到角鹰德鲁伊背上去了。相信他会以最快的速度将消息传给奥利维拉。

利爪德鲁伊和东龙帝国战士原地休息，叶音竹也开始修炼了。他虽然一直在想着苏拉，但是他现在不能去寻找苏拉，一是时间不允许，二是他没有足够的力量和斯隆抗衡。他不断告诉自己，只有变得更强，才能打败斯隆，找回苏拉。

米兰城，皇宫。

米兰帝国的魔法传信技术在整个龙崎努斯大陆来说无疑是最先进的。叶音竹刚刚带领自己的人离开斯福尔特城，米兰城内的人就得到了安切诺蒂传回来的消息。

“太好了！”

因为过于兴奋，西尔维奥大帝竟然一下从自己的座位上跳了起来，现在他实在难以控制自己的情绪。

从大战开始到现在，时间并不长，他的两鬓却多了许多白发。

这次法蓝封闭得太突然，米兰帝国没有充足的准备时间，让蓝迪亚斯帝国占了上风。更重要的是，曾经的盟友佛罗王国投向了蓝迪亚斯帝国的怀抱，这让米兰帝国更加被动。

虽然西尔维奥是一位睿智的君王，但在对手实力已经超越己方，且己方腹背受敌的情况下，他还是有些不安。西多夫和马尔蒂尼两大元帅分别主持南线和北线的战斗。就算南线战斗吃紧，西多夫带领的南方军团需要挡住比己方多几十万人的敌军，而西尔维奥最担心的还是东方军团。

西尔维奥很清楚东方军团的情况。当七国七龙排位战结束，得知佛罗王国背弃盟约的时候，西尔维奥就已经准备向佛罗王国发兵了。可还没等他的大军出发，法蓝封闭的消息就传了过来。接着，米兰帝国的南方和北方边境就被攻击了。

西尔维奥深知，东方军团被佛罗王国击溃的后果有多么严重，可是南线战场和北线战场的压力同样很大，他根本抽调不出多余的兵力支援东线。

关键时刻，妮娜给他带来了好消息，琴城答应帮助东方军团作战了。

原本西尔维奥对琴城的实力还是持怀疑态度的，因为就算叶音竹成功地完成了六道之决的挑战，琴城在西尔维奥心中也只是一个弹丸之地。就凭琴城的那几个人，就能对龙崎努斯大陆的局势产生影响吗?

此时，西尔维奥心中的怀疑已经全部消失了。

斯福尔特城守住了。佛罗王国大军撤退了。

这次米兰帝国不仅让佛罗王国损失惨重，而且取得了胜利。西尔维奥相信，米兰帝国会挺过这次危机，会越来越好。

北线，马尔蒂尼元帅带着六十万人，浴血奋战。就算他们面对的是两大部落的兽人，他们也不会害怕，不仅因为他们有上千名魔法师，还因为他们久经沙场。他们一定能挡住兽人，不需要担心。

南线，虽然敌我人数差距比较大，但是南方军团可以在城内坚守不出，蓝迪亚斯帝国和波庞王国想攻进米兰帝国还是有些困难的。

战斗进行到现在，双方完全就是在打消耗战。现在就是比拼国力的时候。

士兵数量少并不代表米兰帝国会处于劣势。光看国力的话，拥有龙崎努斯大陆最大平原的米兰帝国，国力肯定是最强的。战争刚开始的时候，西尔维奥就开始派人在全国募兵了。只要给米兰帝国充足的时间，相信米兰帝国不会被打败。

东线守住了，等于给西尔维奥注入了一针强心剂。

现在，西尔维奥不用那么紧张了，米兰帝国有了喘息的机会。刚刚招到的十万名新兵不需要支援东线，可以直接派到南方军团那边，缓解西多夫元帅的压力。

“音竹啊音竹，我果然没有看错你，你给我带来的惊喜实在太大了。来人，传我命令，犒赏东方军团将士，同时将东方军团胜利的消息以最快的速度发给盟国以及我国南北两大集团军。我要让所有人知道，米兰帝国是不可战胜的。同时，册封叶音竹为帝国公爵。他在米兰魔武学院学习过，也算是米兰帝国人。”

至于还有什么对叶音竹的帮助，西尔维奥就不能公开说出来了。

不久之后，妮娜代表米兰帝国答应叶音竹的事情也在快速进行着。

在西尔维奥大帝大喜过望的时候，琴城的建设也逐渐走上了正轨。妮娜不仅性格火爆，做起事来也是雷厉风行。琴城周围最大的六座城市中的东龙帝国后裔正在迁入琴城。不论妮娜用的是什么手段，她都做到了答应叶音竹的事情。而这时，从佛罗王国抢到的第一批武器装备也已经运到了琴城。

琴城的一切都在逐渐完善，尤其是军队的数量慢慢在增加。恐怕叶音竹自己也没想到，琴城竟然能建设到那种程度。

矮人族的大师已经不需要什么都自己动手了，更多时候，他们是铸造工作的指挥者。地精部落的地精则成了建设琴城的设计师，为了将细节设计得更完美，他们绞尽脑汁。

现在在琴城的几大异族，都十分看好琴城的未来，他们都知道，自己的命运已经与琴城绑在了一起。琴城的未来，也就是自己的未来。琴城建设得越好，本族的发展也就越好。

因此，这些并未跟随叶音竹上前线的人，所付出的努力绝对不比前线战士的少。琴城也正是在这种情况下以无比惊人的速度飞速发展着。现在的琴城，已经不需要惧怕任何人。在米兰帝国境内的他们，只需要不断接受来自米兰帝国的各种援助就足以维持发展了。

龙崎努斯大陆的局势正在发生着变化，虽然这不是琴城造成的，但是琴城在佛罗王国与米兰帝国东方军团的一战中，起到了至关重要的作用。

等待了半天，当太阳慢慢落下时，叶音竹终于听到了那熟悉的脚步声。

远远地，天边出现了一片乌云，只不过这片乌云移动的速度实在有些惊人。乌云之下，尘土飞扬。

叶音竹等待的人来了。

半空中，飞行在最前面的是一条巨大的水龙，水龙背上端坐着一人，那人身穿水蓝色的铠甲，格外引人注目。

近了，越来越近了。

飞在水龙后面的是角鹰德鲁伊，猛禽德鲁伊飞在角鹰德鲁伊后面。而地面上，跑在最前面的是死神龙狼骑兵，他们后面跟着的是树妖德鲁伊，比蒙巨兽则在最后面。论速度，比蒙巨兽还是比不上死神龙狼骑兵和树妖德鲁伊。

虽然各个族类前行的速度各不相同，但是各个族类之间配合得非常默契，队形一点也不散乱。很快，他们就到了森林前。

叶音竹已经等不及了，他骤然展开自己背后的双翼，金红色的巨大羽翼拍了几下，就将叶音竹送入了高空之中。他的飞行速度极快，竟然丝毫不逊色于风龙。

经过刚才短暂的修炼，叶音竹发现了红灵的变化。现在，红灵将身体的控制权完全交给了叶音竹，而它的灵魂则进入了一种特殊的睡眠状态。虽然叶音竹不知道红灵变成这样的原因是什么，但是他隐约能猜到一些，红灵陷入沉睡恐怕与自己得到苏拉的红丸之后获得的巨大能量有关，因为同时陷入沉睡之中的还有闪和雷。它们同样将身体的控制权交给了叶音竹。

叶音竹刚飞到奥利维拉他们面前，角鹰德鲁伊就向两旁分散开，形成一个巨大的圆圈，将叶音竹和奥利维拉围在中央。或许是因为看到了叶音竹，下方的死神龙狼骑兵骤然加快速度，眨眼间就到了叶音竹他们脚下。

叶音竹很难看出穿着铠甲的死神战士的变化，只是隐约感觉到他们身上的血腥气变浓郁了。

“音竹！”奥利维拉兴奋地大喊一声，高举起了自己手中长长的蓝色龙枪。

叶音竹迎上前，单脚在水龙头上一点，就到了奥利维拉面前。他张开双臂，给了奥利维拉一个拥抱。

“奥利维拉大哥，你辛苦了。”看到奥利维拉等人毫发无损，叶音竹心里才好受一些，因为苏拉离去而产生的痛苦也减轻了一点，他们终于安全会合了。

奥利维拉轻叹一声，道：“论辛苦，我们怎么比得上你们？我已经听说了前线战斗的惨烈，走，我们下去再说吧。”

角鹰德鲁伊纷纷散开，除了一小部分在空中警戒之外，剩余的都落到地面上休息去了。

“琴帝大人。”

暗蓝色光芒闪过，龙狼王子带着叶鸿雁来到了叶音竹面前。叶鸿雁直接落在了叶音竹面前。

叶音竹、奥利维拉、叶鸿雁，这早在极北荒原就结下了深厚情谊的三人终于再次聚首。

奥利维拉哈哈一笑，道：“这次我们能够轻松地完成任务，鸿雁和死神龙狼骑兵的功劳最大。他们以惊人的速度和强大的攻击力给佛罗王国的后勤补给部队留下了极其深刻的印象。到了后来，佛罗王国后勤补给部队的士兵宁可遇到比蒙巨兽，也不愿意遇到死神龙狼骑兵呢。鸿雁他们解决了血色卫队一个大队的人，鸿雁更是亲手斩杀了那个大队的大队长，也算是给我们死去的伙伴报了仇。”

叶鸿雁看上去比以前更加冰冷了，他只有在看向叶音竹和奥利维拉的时候，眼神才会出现一些变化。此时听到奥利维拉的话，他眼中闪过一道寒光，沉声道：“血债血偿，我一定要让佛罗王国人知道背叛的代价。”

叶音竹心中一动，突然想到还有一个重要的人没看见。

“格拉西斯呢？那家伙跑哪儿去了？”

叶音竹从来没有担心过格拉西斯，以格拉西斯强悍的防御力，就算是死去的神圣巨龙诺克希复生，恐怕也无法将格拉西斯怎么样。

奥利维拉有些无奈地朝着死神龙狼骑兵后面的比蒙巨兽指了指，道：“那不是吗？”

叶音竹顺着奥利维拉所指的方向看去，只见比蒙巨兽也已经跟了上来，走在最前面的是四个强壮的狂暴比蒙。化成人形的狂暴比蒙不知道从什么地方弄了一个巨大的滑竿，格拉西斯则化成人形躺在滑竿上，看上去说不出的惬意。

“这家伙，倒是会享受啊！”叶音竹没好气地哼了一声。

奥利维拉苦笑道：“你和紫不在，我实在指挥不了他，只能供着他。他不愧是战争巨兽，战斗力确实惊人。一旦开始行动，他那惊人的杀伤力足以让一切对手胆寒。只要他发起冲锋，敌人的战阵立马就会被他冲破，我们就赢了。

“我们能成功地拦截佛罗王国的后勤补给，这家伙也算是功不可没。当然，他最让我大开眼界的还是他的饭量，佛罗王国哪是在给自己的大军运送补给，分明是专门在给他运吃的啊！”

正在这三兄弟说话的时候，比蒙巨兽身前已经多了一道紫色的身影，感受到那熟悉而强大的气息，所有比蒙巨兽第一时间就做出了反应。他们同时跪倒在地，恭敬地道：“参见紫帝。”

格拉西斯正躺在滑竿上舒服地睡着，比蒙巨兽这一拜，滑竿立马就翻了，他“扑通”一声摔落在地，发出一声巨响。

“你们这群废物，干什么呢？连个滑竿也抬不好吗？”

格拉西斯暴怒，他眼睛还没睁开，强悍的气息已经澎湃而出，可惜的是，此时的比蒙巨兽没有一个惧怕他，依旧跪在原地，连看都不看他一眼。

“好威风啊！”

低沉而隐含着愤怒的声音如同炸雷一般在格拉西斯耳边响起。

格拉西斯这才反应过来，他揉了揉自己的眼睛，朝紫看去，慌慌张张地道：“老、老大，你回来了。你看我，睡觉都睡糊涂了。”

格拉西斯一翻身，赶忙从地上爬了起来。能让比蒙巨兽如此恭敬的不是别人，正是紫晶比蒙——紫。

紫冷冷地看着格拉西斯，问道：“我不在的时候，你就是这样奴役我的族人的吗？”

格拉西斯也没想到自己一觉竟然睡了这么长时间，被紫抓了个正着。察觉到紫很生气，他立马装出一副可怜的样子，道：“老大，你听我解释，事情不是你想象的那样。你也知道，我一剧烈运动，就会消耗特别多的能量，我之所以这样也是为了早点恢复实力。更何况，这些比蒙兄弟也是自愿的，你们说，是不是啊？”

格拉西斯一边说着，一边扭头看向刚才抬着自己的那四个狂暴比蒙。此时，他的眼中满是凶狠之色。

四个狂暴比蒙愣了一下，看看格拉西斯，再看看紫，一句话也不敢说。十阶神兽对他们的威压还是太大了，就算紫就在他们面前，他们也不敢说实话，毕竟，紫不可能每时每刻都待在他们身边。

“自愿的？”紫垂下眼帘，淡淡地道，“那这么说，还是我错怪你了。”

格拉西斯故作大方地道：“没事，没事。老大，你辛苦了，要不要小弟给你捏捏肩膀？”

再次见到紫，格拉西斯也是暗自心惊，自从他将灵魂之火交出去之后，就很害怕叶音竹和紫，毕竟自己的命掌握在人家手中，但是后来他发现，叶音竹和紫的实力和自己的实力还有很大的差距，自己先前很明显是被叶音竹和紫唬住了。可是灵魂之火已经交出去了，他只能选择忍耐。

这次一见到紫，格拉西斯就发现紫变得不一样了，作为强大的神兽，他对气息的感知能力远超过旁边的那些比蒙巨兽。虽然紫表面上看并没有什么不同，但是格拉西斯从紫的身上感觉到了一股特殊的气息。当初，他自己身上也出现过这种气息，那还是他即将进化的时候。

感受到这股气息的存在，格拉西斯不禁暗暗吃惊。他知道紫的年纪，紫作为紫晶比蒙，在这个年纪就能进化得如此之快，简直太可怕了。要知道，他在冰圈之中有足够的食物，很少有别的事情打扰，一直专心修炼，还用了一千年的时间才成功进化，按照人类的年龄来算，紫也很年轻，只比叶音竹大一点。紫为什么会进化得这么快？难道就因为紫是叶音竹的契约魔兽吗？

想到这里，格拉西斯不禁有些羡慕紫了，可惜，他知道自己已经不可能和叶音竹签订契约了，羡慕也是白搭。

虽然都是神兽，但神兽之间的实力差距也可以很大，就像法蓝七塔的七位塔主，就算都是次神级强者，实际差距也很大。两人若是同为紫级，相差一阶都会有很大的不同，更何况是次神级的强者。

魔兽进化成神兽之后，提升速度就会减慢，格拉西斯成为神兽已经有数百年了，但他的实力到现在还是次神级一阶，离次神级二阶还有一段不小的距离。山岭巨人明和他的实力差不多，也是次神级一阶。

但是格拉西斯从紫的身上发现了不一样的情况，紫要是按照这个速度继续修炼下去，等达到次神级以后，就算提升速度减慢一些，也一定会很快突破次神级一阶，达到次神级二阶。要知道，紫是紫晶比蒙，他的血脉在所有魔兽中是最为强大的。

格拉西斯细细想来，发现自己认紫为老大也不亏，以后就算自己有机会拿回灵魂之火，以紫那时的实力，自己也不一定能打败紫。

魔兽也是渴望自由的，之前，格拉西斯心中多少有些芥蒂，不过，经过这段时间的战斗，他的心情舒畅了不少。战争巨兽本就好战，只不过因为食量太大，需要一直待在食物充足的地方，而且一动就会产生巨大的消耗，所以格拉西斯自出生起就没怎么战斗过。此次随奥利维拉出战，他不仅打得很痛快，而且吃了那么多食物，心里其实还是开心的。战斗过后，他还感觉自己的实力提升了一些，因此觉得跟着叶音竹他们也不坏，心中的怨气渐渐也就少了。

叶音竹目光柔和，看着紫和格拉西斯交流，他脸上不禁露出一丝微笑。格拉西斯的灵魂之火在紫那里，让紫来约束格拉西斯显然是最好的选择。

琴城的战士们终于聚集到了一起，一时间，森林中变得热闹非凡。跟随叶音竹和跟随奥利维拉的战士相互攀谈起来，他们都在聊各自遇到的惊险情况。

叶音竹先将自己在斯福尔特城遇到的情况简单地说了一遍，只是隐瞒了自己和苏拉之间发生的事，只说苏拉有事要先离开大家。他不希望伙伴们知道自己和苏拉之间的感情纠葛，也不想给伙伴们带来更多的麻烦。毕竟，想要找回苏拉，他以后很有可能要挑战暗塔塔主斯隆。他不希望伙伴们跟自己去冒险。当然，紫例外，紫跟他有灵魂联系，他根本隐瞒不了紫。

叶音竹的讲述要比斯福尔特城实际发生的一切平淡得多，尽管如此，奥利维拉和叶鸿雁还是觉得惊心动魄，尤其是听到叶音竹和紫竟然冲进佛罗王国大军之中解决了那五百名魔法师的时候，奥利维拉和叶鸿雁都大吃一惊。听到叶音竹做出如此冒险的事情，奥利维拉有些生气，而叶鸿雁则一副热血沸腾的样子。

“音竹，你怎么可以如此莽撞？”奥利维拉毫不客气地道。

叶音竹一向很尊重奥利维拉。两人一起经历了很多事情，共同战斗过那么多次，叶音竹知道奥利维拉很关心自己。虽然奥利维拉有的时候跟他意见相左，但是奥利维拉对他绝对没有坏心。

“在当时的情况下，我没有别的选择。难道要让兄弟们去冲锋吗？就算我不出去，而是让兄弟们杀出去，也未必能够打退佛罗王国大军。面对几十万大军，兄弟们出去就是送死，还是我和紫出去比较合适。”

奥利维拉表情严肃地道：“如果当时我在你身边，我绝对不会让你以身犯险。音竹，你不要忘记你自己的身份。现在我不是以米兰帝国与琴城之间的联络官的身份在和你说话，而是以你大哥的身份在和你说话。你要明白你对琴城有多重要，没有任何人能够替代你。你不仅是琴城的领主，还是将琴城各个族类联结在一起的纽带。如果你出了事，那么琴城可能就毁了。虽然我们要帮助米兰帝国抵御佛罗王国大军，但是我们做这件事是有前提的，那就是我们要一直将你的安全放在第一位，要保证你的安全。只有这样，琴城将来才能发展得更好，你明白吗？”

叶音竹没想到奥利维拉会这么激动，他知道奥利维拉是为自己好，说的也都是对的，一时间也只能连连点头。

奥利维拉轻叹一声，道：“不过，也怪我想得不够周到。当时，我决定留在这边切断对方的后勤补给线，是想着你在那边可以守着城池，实在不行还可以放弃城池后退。没想到你居然会如此冒险。”

叶音竹道：“过去的就让他过去吧。经此一战，佛罗王国应该要好一段时间才能缓过来，暂时不能对米兰帝国造成威胁了。我们也应该展开下一步的行动了。”

第一百八十八章

新的计划

奥利维拉点了点头，道：“那你准备怎么办？你还没和我说过你接下来的计划呢。”

叶音竹道：“在斯福尔特城的攻防战结束之前，说那些也没有用。只有斯福尔特城的战斗结束后，我才能决定接下来如何行动。”

奥利维拉赞叹道：“你很会随机应变，看来你的兵法也学得很好啊。那我们现在怎么办？既然米兰帝国东线已经不受威胁了，那我们是返回琴城，还是帮助米兰帝国抵御蓝迪亚斯帝国？”

通过这次战斗，奥利维拉才算真正体会到琴城的实力有多强大。虽然他是一个优秀的指挥官，但如果没有琴城战士相助，他也没办法将任务完成得那么漂亮。

他们切断了佛罗王国大军的后勤补给线，促使佛罗王国大军很快败退。数量不能决定实力，比蒙巨兽、死神龙狼骑兵、德鲁伊部队、精灵战士以及东龙帝国战士，随便一个族类，在龙崎努斯大陆上都是佼佼者。将这些族类融合在一起，指挥得当的话，其战斗力可以超过十万大军。

经过之前的战斗，奥利维拉已经对琴城大军很有信心了，就算叶音竹现在说要去米兰帝国的南线战场，他也不会犹豫。

叶音竹先蹲了下来，然后从须弥神戒中取出地图放在地上，很快找到了他们现在所处的位置，他用手指点了两下地图，道："我们现在在这里。这个时候我们要做的事情就是逃亡。"

叶音竹的话引起了奥利维拉和叶鸿雁的注意。

"逃亡？"叶鸿雁皱了皱眉头，他并不是很明白叶音竹的意思。

叶音竹正色道："虽然我们取得了胜利，但是我们一定不能大意。切断佛罗王国的后勤补给线固然产生了巨大的作用，却也暴露了我们的存在。佛罗王国人显然已经知道了我们的真实身份，我敢肯定，比起米兰帝国，他们更憎恨我们。毕竟，我们给他们造成的损失太大了。"

听到叶音竹的话，奥利维拉和叶鸿雁不约而同地点了点头，两人脸上都露出了一丝笑容。从毁掉佛罗王国的后勤补给中心开始，他们就像隐藏在佛罗王国境内的一头猛兽一样，每一次出击都会给佛罗王国人带来巨大的损失，佛罗王国人怎么可能不憎恨他们呢？

叶音竹继续道："佛罗王国大军从前线退下来，没有足够的补给，在撤退的过程中，他们恐怕还会出现大量的非战斗减员，这会使他们更加憎恨我们。可惜，东方军团的实力实在弱了点，否则要是乘胜追击，一定能给佛罗王国造成更大的打击。现在，佛罗王国大军已经退回佛罗王国境内，保守估计，他们应该还有二十五万人。这么多人，显然不是我们这几千人能打败的。我要是佛罗王国大军的统帅，一定会恨我们恨得牙痒痒。等他们缓过气，得到补给之后，你觉得他们会怎么对我们？"

奥利维拉微笑道："佛罗王国要是想再次攻击米兰帝国，就必须先解决我们这颗定时炸弹。我明白你的意思了。他们一定会针对我们采取一系列行动，同时，他们也会利用这段时间休养生息，以图再战。"

叶音竹颔首道："这是他们现在唯一的选择。我相信，佛罗王国大军的统帅一定会用尽一切办法对付我们，只为将我们歼灭在佛罗王国境内。”

叶鸿雁道：“那这么说，你是建议我们先退回琴城休整了？我们有传送魔法阵，就算我们有几千人，也可以在半天时间内撤出佛罗王国。他们根本无法给我们造成什么损失。”

叶音竹微笑道：“鸿雁，要是我现在让你回琴城，你会甘心吗？不错，我们有传送魔法阵，根本不怕佛罗王国大军的围剿，我们现在就可以回到琴城，可是我想你们不会甘心就这样回去，我也不甘心。我还记得当初死去的那些兄弟，你们肯定也还记得。我们要为那些兄弟报仇。我们要在佛罗王国境内继续待下去，要不断地打击他们残存的力量，让他们后悔背叛米兰帝国。”

叶音竹一边说着，一边将右手放在了佛罗王国的版图上。

虽然叶鸿雁在制订战术上比奥利维拉差一些，但是叶鸿雁比奥利维拉更有胆识。此刻，听叶音竹这么一说，叶鸿雁立刻充满斗志地说道：“好，我就知道你不会这么轻易放弃的。说吧，你打算怎么做？佛罗王国人显然还没有醒悟，我们要继续打击他们。”

叶音竹冷然道：“是的，我们的计划刚刚开始。他们不是要抓住我们吗？那好，我们就灵活一点，跟他们耗下去。几十万大军作为目标何等明显？我们才几千人而已，让他们来吧，我倒要看看，他们如何围剿我们。”

奥利维拉想了想，道：“从战略上看，你这样做并没有任何问题。我还是要提醒你一点，虽然长期在佛罗王国内作战可以锻炼我们的战士，但是不会对整个大陆的战局产生多大的影响。同时，正所谓瘦死的骆驼比马大，佛罗王国人还有二十多万主力军，他们很可能会继续招募新兵。

“现在龙崎努斯大陆陷入混战，佛罗王国是最不能败的一个国家。要是蓝迪亚斯帝国败了，蓝迪亚斯帝国和波庞王国还可以固守本国领土，可是佛罗王国呢？佛罗王国与我们米兰帝国接壤，到时候米兰帝国肯定会向佛罗王国发兵，而波庞王国不一定会派兵支援佛罗王国，就算波庞王国会派兵支援，来不来得及都是一个问题。佛罗王国为了生存下去，一定会想尽办法。因此，我们绝对不能小看佛罗王国。你说要继续战斗，这一点我赞同，可是你必须想一个更加周密的计划，不能给对手缠上我们的机会。”

叶音竹微微一笑，他突然感觉轻松了许多。奥利维拉和叶鸿雁两个人，一个辅助他指挥，另一个则辅助他战斗，有他们两个的帮助，他带领这支琴城大军变得容易了许多。

“大哥，我会注意的。在离开琴城前，我已经有了大概的计划，现在提出正是为了使计划更周密。按照我的估计，佛罗王国大军肯定会休整一段时间，之前他们元气大伤，回国之后至少要休息十天才能派出一部分人来对付我们。我们也可以在这些天里好好休息一下，调整好状态，做好部署。”

奥利维拉道：“如果我是佛罗王国大军的统帅，在这段休息时间之中，一定会派出大量的探子寻找我们，只要掌握了我们的确切位置，就会立即行动，给予我们雷霆一击，将我们一举歼灭。”

叶音竹微微一笑，道：“要是真让他做到这些，我们还怎么突袭他们？你刚刚说到探子，还有什么人比我们的角鹰德鲁伊更适合当探子？那好，我们就和他们比一下，看谁的侦察能力更强。”

这一次，连奥利维拉也露出了自信的笑容，他不相信龙崎努斯大陆其他几国拥有能与角鹰德鲁伊的侦察能力相比的军队。

叶鸿雁道：“那我们这次去哪里？总不能漫无目的地在佛罗王国到处乱转吧？不给他们一定的打击，我们又怎么能牵制住他们？”

“当然要打击他们。佛罗王国人最想不到我们会去哪里，我们就去哪里。我早就想好接下来去哪里了，那个地方就是……”说到这里，叶音竹停了一下，按在地图上的手指动了动，指在了一个位置上。

“去城市？”奥利维拉和叶鸿雁同时惊呼出声。

叶音竹微微一笑，道：“连你们都想不到我会选择去那里，就更不用说佛罗王国人了。我要的就是这个效果。城市才是一个国家的重中之重，也是一个国家经济最发达的地方。我们要进入佛罗王国的城市，抢夺城市里的物资，让佛罗王国的经济受到重创，拖慢佛罗王国攻打米兰帝国的脚步。难道佛罗王国人会不管自己的城市吗？”

这一次，叶鸿雁的反应和奥利维拉刚好相反，他有些担心地道：“音竹，城市易守难攻，我们攻城的时候损失估计也不小，一旦佛罗王国大军赶来支援，那么，我们恐怕会被包围。就算我们攻进了城市，我们才几千人，想守城是不现实的。”

听着叶鸿雁的话，奥利维拉在一旁微笑，并没有出声，只是看着叶音竹，眼中尽是敬佩之色。

叶音竹微微一笑，道：“奥利维拉大哥，你怎么不说话？你不反对吗？”

奥利维拉笑了笑，道：“你早已胸有成竹，我为什么要反对？换成其他国家，以我们现在的兵力去攻城，可以说是自寻死路，唯独佛罗王国是个例外，不是吗？”

叶音竹点了点头，向叶鸿雁解释道：“佛罗王国为了攻打米兰帝国，调集了五十万大军，几乎将国内的军队全调到了边境。这样一来，佛罗王国内的大小城市的防御力空前薄弱。我们突然发起攻击，他们根本反应不过来，再加上防御力量薄弱，估计攻打起来不会有什么问题。再说，城市对我们来说还算不上易守难攻，别忘了，我们还有角鹰德鲁伊和精灵战士，精灵战士可以站在角鹰德鲁伊身上射击城楼上的敌人。更何况，我们还有号称‘无城不破’的格拉西斯，什么样的城墙能挡住格拉西斯？”

叶鸿雁回想起格拉西斯撞倒小山的情景，也不禁笑了出来。是啊，什么样的城墙能够阻挡战争巨兽前进的脚步呢？这才放下心来。

叶音竹当机立断地道：“佛罗王国大军要打我们，就像用拳头打蚊子，不好打，让他们来吧。首先，他们要追得上我们才行，我们要做的，就是将速度提升到极致。如今正是我们为琴城争取利益的时候，我们要狠狠地打击佛罗王国。我当初请妮娜奶奶给我们征调十万人做后勤补给部队，可不是为了守卫斯福尔特城，现在才是他们发挥作用的时候。”

这一次，不论是奥利维拉还是叶鸿雁，终于明白了叶音竹的目的，那就是抢夺敌人的东西，以战养战，以战养城。

这次琴城大军的指挥权在叶音竹身上，其他各族强者都对他心悦诚服，因此调度起来不会有任何问题。在指挥方面，叶音竹发现，他、奥利维拉和叶鸿雁三个人商讨后定下的计策是最好的。

三个人仔细地商讨之后，决定了琴城大军接下来一段时间的作战计划。

制订好作战计划后，叶音竹没有急于离开这片森林，他下达了休整三天的命令。毕竟，不论是跟随奥利维拉的战士还是跟随叶音竹的战士，这段时间以来都十分辛苦。休整三天不仅可以让他们好好休息一下，还能让他们仔细想想这段时间的事情，从中获得一些经验。

当琴城大军再次起程的时候，有一群人显得很特殊。他们只有三十人，却被比蒙军团保护着，可见他们有多重要。

这三十人正是叶音竹从琴城带出来的地精。在之前的战斗中，他们一直跟随着奥利维拉，为了安全着想，奥利维拉让他们和角鹰德鲁伊一起，每天只需要坐在角鹰德鲁伊的背上就可以了。现在战斗进入了一个新阶段，地精也要准备发挥作用了。

地精的战斗力非常弱，叶音竹当然不会让他们直接参与战斗，这三十名地精的任务就是操纵地精撕裂者。

每一个地精撕裂者大约八米高，是完全由金属铸造而成的巨人。因为操作室十分狭小，就连瘦小的矮人都进不去，而且操作方法只有地精知道，所以只能由地精来操作。

地精撕裂者的作用非常多，它们是保护地精的中坚力量。不论在什么地方，只要有地精部落，就一定会有地精撕裂者。地精撕裂者其实就是机械，是地精一族智慧的结晶。虽然不足十米高，但因为所有部件都是金属铸造的，所以它们比比蒙巨兽还重，再加上以魔晶石为动力源，它们会比一般的比蒙巨兽强，只是不像比蒙巨兽一样可以狂化，而且没那么灵活。

叶音竹也想过组建一支地精撕裂者部队，只是迫于现实，最后不得不放弃。地精撕裂者的铸造要求实在太高，同时，铸造地精撕裂者会消耗大量的贵重金属材料，投入极大，很难进行大批量铸造。另外，它们还是存在一些缺陷，用在战场上性价比不高。

叶音竹自然不指望这三十个地精撕裂者能帮他战斗，他带它们出来，是有更重要的事情让它们做。

在休息的第二天，叶音竹下达命令，让猛禽德鲁伊留在原地休息，而所有的角鹰德鲁伊则再次出动。作为侦察队伍，它们的作用是非常大的。叶音竹交给它们的任务很简单，就是让它们监视佛罗王国大军，同时，猎杀落单的佛罗王国探子。以精灵弓箭手的精准度和角鹰德鲁伊本身的战斗力，普通的龙骑兵根本不是他们的对手，谁能想到半空中会飞来一支利箭呢？

叶音竹、紫和明端坐在格拉西斯宽阔的后背上，不得不说，格拉西斯变回本体之后实在是太大了，他们三个并排坐在上面一点也不拥挤。

那天，紫好好地“教育”了一下格拉西斯，等到再次行动时，之前养尊处优的战争巨兽就变成了三人的坐骑。

格拉西斯身体虽然庞大，但走起路来极为稳健，速度也不慢，可以说是最好的坐骑了。端坐在格拉西斯背上，三人完全能够看到己方战士所在的位置和情况，所以，当紫提出让格拉西斯当坐骑的时候，叶音竹立马就答应了。

角鹰德鲁伊传消息回来了。果然，佛罗王国大军大约还剩下二十五万人，那些人和佛罗王国紧急抽调的一部分后勤补给部队会合之后，数量已经达到了三十万。这支大军在得到补给之后，就停止了撤退，目前正处于休整状态。此时，这支大军距离叶音竹他们大约还有五百里。

正如叶音竹判断的那样，佛罗王国派出了上万名探子，在佛罗王国边境拉起了一张大网，搜索着叶音竹他们的踪迹。

奥利维拉控制着自己的坐骑飞在格拉西斯身边，道："音竹，再向前五十里，我们将进入佛罗王国的诺尔平原。这片平原虽然面积不大，但土地很肥沃，对佛罗王国西边的城市来说，是很重要的粮食基地。进入诺尔平原之后，我们按照原计划一直朝着西北方向前进，将到达佛罗王国的一座城市——西非城。根据我们对佛罗王国的了解，西非城是佛罗王国的西方重镇，人口在四百万到五百万之间，是从西边进入佛罗王国境内的必经之处。同时，这座城市的贸易极为发达，是佛罗王国西部的贸易中心。"

离开森林之后，叶音竹他们已经赶了一整天路，这段时间内，他们不是没有看到别的城市，只是从一开始，叶音竹就决定了要在佛罗王国较大的城市展开行动，所以看到那些小城市之后就没有动手。他们要在大城市发动突然袭击，不给佛罗王国大军准备的机会。大城市的资源才丰富，那些小城市根本没有动手的必要。

叶音竹冷冷地一笑，道："西非城，好，就是它了。传我命令，加速行军，务必在太阳落山之前，抵达西非城。奥利维拉大哥，调集一百名角鹰德鲁伊打头阵。现在佛罗王国的探子还没有到这边来，让角鹰德鲁伊清除前方的障碍，防止西非城的人对外传递消息。在我们抵达之前，不能让城内的人和佛罗王国大军有所准备。"

"是。"奥利维拉答应一声，"我亲自去。"

私下里，奥利维拉和叶音竹是好兄弟，可是一旦准备战斗，叶音竹就是绝对的统帅。巨大的水龙瞬间加速，奥利维拉一会儿就冲到了最前面。琴城大军骤然加快了行军速度，朝着诺尔平原的方向前进。

因为有角鹰德鲁伊帮忙侦察，叶音竹带着琴城大军所走的路非常偏僻，他们完全躲开了佛罗王国的军队甚至平民。这一路过来，没有人发现他们。角鹰德鲁伊每到一处侦察，都会将那一处的村寨、城镇所在的具体方位绘制成地图，带给叶音竹他们。几千人赶路，寻找偏僻的路径绕过村寨再容易不过。因此，对于佛罗王国人来说，琴城大军就像是消失了一般。

库斯勒静静地坐在自己的帅帐之中，此时，他的心情已经坏得不能再坏了。去攻打米兰帝国的时候，他带出去了整整五十万大军，败退回国之后，竟然只剩下一半人了。这还没算损失的坐骑和攻城器械。库斯勒很清楚，佛罗王国要想再积蓄力量，攻打米兰帝国，至少要休养生息一年。

库斯勒带领大军退回佛罗王国之后，才拿到关于叶音竹的资料。

在东龙帝国复国，米兰帝国北方军团发动攻击之前，琴城根本就没有被龙崎努斯大陆各方势力所注意，也没有被各方势力放在眼里。虽然叶音竹凭借六道之决将北方军团打退了，但琴城所拥有的战斗力也没有完全曝光。因此，库斯勒手中的这份资料并不完整。

“叶音竹在大陆南方的阿卡迪亚王国出生，十六岁进入米兰帝国魔武学院神音系学习，并一举夺得新生大赛冠军，不久后，作为优秀学员的代表，参与米兰帝国对抗兽人族的秋季保卫战，在科尼亚城遇到了兽人族的劫掠军团。这个劫掠军团包括两个黄金比蒙，几十个狂暴比蒙，还有几万个虎人和豹人。”

看着叶音竹的简介，库斯勒脸色阴沉，他越来越觉得，自己这个对手实在不简单。

“叶音竹利用布伦纳山脉的地形以及冬季天干物燥的特性，以火攻对兽人劫掠军团造成了沉重的打击，并且激怒了带队的黄金比蒙。之后，叶音竹在五百名龙骑兵以及数十名魔法师的帮助下，在米兰帝国北方军团援军到达之时，凭借一首特殊的琴曲，令己方的驯龙同时自爆，使兽人的劫掠军团死伤惨重，从而一战成名，成了米兰帝国的英雄，还获得了米兰红十字盾徽，科尼亚城也成了他的封地，后更名为琴城。不知何故，后来劫掠军团中的那些比蒙巨兽都到了琴城，成了琴城的一分子。”

琴曲？

库斯勒的表情看上去有些苦涩，如果他是在斯福尔特城一战之前看到这些，一定会嗤之以鼻，可是，真正与叶音竹对战过，他才明白叶音竹所弹奏的琴曲有多么恐怖。

叶音竹发出的虚无音刃瞬间就毁了五千名重骑兵，给库斯勒留下了极其深刻的印象。

“叶音竹因使驯龙自爆而受到银龙城的质询，去银龙城解释之后成了外籍银龙。七国七龙排位战时，叶音竹代表银龙城出战，并且率领米兰帝国战士取得了最后的胜利，被米兰帝国封为侯爵。正在其春风得意之时，东龙八宗突然宣布在琴城复国，暴露了叶音竹出身于东龙八宗的事实。叶音竹并没有留恋在米兰帝国的一切，毅然回到了琴城。”

“米兰帝国受法蓝密令约束，不得不派出大军攻打琴城。危急时刻，叶音竹挺身而出，提出了千年未见的终极挑战——六道之决，他凭借惊人的实力，在琴城其他族类的帮助下，打败了米兰帝国的强者，赢了六道之决，保住了琴城。”

库斯勒拿到的关于叶音竹的资料就只有这么多，里面关于琴城的介绍也不多，以至于库斯勒只知道琴城有几十个比蒙巨兽，其他情况并不是很清楚。

“力挫兽人族的劫掠军团，取得七国七龙排位战的胜利，完成六道之决挑战，这些真的是一个不到二十岁的年轻人所能做到的吗？二十岁，他还不到二十岁啊，就达到了紫级。这个世界上真的有天才存在啊！”

库斯勒长叹一声，将手中的资料合了起来。对他来说，现在知道这些的意义已经不大了。琴城在米兰帝国内部，他想要报复琴城又谈何容易？其实从心底讲，库斯勒在看过叶音竹的资料之后还是很佩服叶音竹的。

叶音竹敢于只身冲进数十万敌军之中，解决敌方的魔法师，这是何等的勇气？还派人从后方切断了佛罗王国大军的补给线，这是何等的智慧？用“智勇双全”这四个字来形容这位琴城领主再合适不过。

“报——”传令兵从外面跑了进来。

“说。”库斯勒沉声道。

“报告元帅，根据我方探子回报，并未发现琴城大军的踪迹，只在一片森林中发现了貌似他们休息的痕迹。”

库斯勒眼中一亮，赶忙问道：“能判断出来大约有多少人吗？”

“能。根据现场情况判断，敌军数量在三千到五千之间，森林中的痕迹复杂，不像是人类留下的，无法判断出敌军的具体数量。”

“那就没错了。”

库斯勒双掌一拍，眼中寒光闪烁。不像人类留下来的痕迹，那正好说明琴城大军在那里停留过。真想不通，那些比蒙巨兽为何会跟着叶音竹。米兰帝国刚刚攻击过琴城，叶音竹怎么还会带着琴城大军帮助米兰帝国？难道叶音竹之前发起的六道之决挑战是假的？

不，这不可能。六道之决受上天限制，根本不可能造假，这其中一定还有什么秘密。

虽然隐约猜到了一些，但库斯勒没有心思去琢磨那个秘密是什么，对于他来说，现在最重要的就是将佛罗王国境内的琴城大军歼灭。只有这样，他才有可能再次带领佛罗王国大军杀入米兰帝国境内。

这次大败之后，佛罗王国国内一片哗然，虽然国王和首相依旧表示支持库斯勒，但库斯勒很清楚他以后的压力有多大。如果再不做出一点成绩，别说国王不会放过他，就连国民都不会放过他，毕竟之前的大战消耗了国内那么多资源。

“以发现痕迹的森林为中心，进行全方位搜索，要快，再加派五千名轻骑兵做探子，务必在三天之内找到琴城大军的确切位置，不能让他们逃离我国。”

库斯勒已经下定决心，一定要找到叶音竹他们，然后不计代价地向叶音竹他们发起攻击，将其歼灭在佛罗王国境内。可惜，这位佛罗王国大军的统帅不知道，叶音竹不仅没有一点要逃跑的意思，而且还在准备搅起更大的动静。

夕阳无限好，只是近黄昏。

冬日的太阳落得很早，当太阳渐渐落下的时候，天际的云彩也在不断变化着颜色。

此时，叶音竹和琴城战士就在西非城西南方向二十里外。

在角鹰德鲁伊的努力下，西非城往外传递消息的路线已经被封锁，城外的气氛开始变得压抑起来，但西非城城内的人并没有察觉。

叶音竹展开双翼，飞到空中观察了一下西非城的情况，之后就缓缓地落在地面上，收起了双翼。

西非城不愧是佛罗王国的大城市，城墙又高又厚。夜幕尚未降临，城内就已经亮起了大片灯火，可见城市内有多繁华。

“音竹，我回来了。”

巨龙太大，看上去太明显，为避免暴露大军的位置，奥利维拉先降落在了数十里之外的地方，然后才赶回来。

叶音竹赶忙问道：“情况怎么样？”

他毕竟不像奥利维拉那么专业，对于一些细节的判断，奥利维拉比他有经验，譬如，对西非城守城力量的判断。

奥利维拉微微一笑，做出一个没问题的手势。

“这么大一座城，守城的军队却只有五千人，这简直就是送到嘴边的肥肉。音竹，看来你在制订战略计划方面已经超过我了。”

叶音竹哈哈一笑，道："行了，你就别取笑我了。既然肥肉已经摆在面前，我们就立刻开始吃吧。刚才我利用传送魔法阵去了金色那边，金色说他那边已经准备好了，就等我们行动了。看来，我们太小心了，城内只有五千名战士，就算让那些人知道我们即将攻城又能如何？"

奥利维拉呵呵一笑，道："还是小心一点好，小心驶得万年船。虽然敌人很难威胁到我们，但不怕一万就怕万一，要是我们在这里栽了跟头就得不偿失了，还是等到晚上再行动吧。"

叶音竹点了点头，道："这一战，不需要全军出动，就交给角鹰骑士团和东龙武士团吧。"

叶音竹、奥利维拉和叶鸿雁磋商之后，正式给此次出征的各族战士重新命名。

叶鸿雁带领的死神三百正式更名为死神龙狼骑士团。

奥利维拉掌管的角鹰德鲁伊和精灵弓箭手合在一起，组成角鹰骑士团。

梅宗、兰宗两位宗主带领的东龙帝国战士是东龙武士团。

紫带领的比蒙巨兽属于比蒙军团，山岭巨人、战争巨兽和冰极魔猿都归在这个军团之内。

树妖德鲁伊组成树妖骑士团，猛禽德鲁伊组成德鲁伊空军团，利爪德鲁伊则组成德鲁伊步兵团，这些军团都受叶音竹指挥。

第一百八十九章

西非城

虽然这些军团的人数不多，但在叶音竹和奥利维拉看来，每一个军团的力量都可以和龙崎努斯大陆各国的军团相比。

除了负责侦察的角鹰德鲁伊以外，奥利维拉只调集了三百个角鹰德鲁伊。敌人只有五千人，再发动攻城战岂不是笑话？

当天色彻底黑下来的时候，奥利维拉他们动了。

每个角鹰德鲁伊的背上都多了一个人，正是东龙帝国战士。角鹰德鲁伊带着精灵弓箭手和东龙帝国战士悄无声息地从高空中朝西非城飞去。

这次行动由奥利维拉指挥，本来叶音竹要亲自上阵的，奥利维拉好说歹说才让叶音竹打消这个念头。他可不想让叶音竹再冒险。

奥利维拉带着角鹰骑士团和东龙武士团一离开，叶音竹就带着其他人行动起来。为了不引起城内的人的注意，他特意让格拉西斯和比蒙巨兽化成了人形，以死神龙狼骑士团为前锋，比蒙军团跟在死神龙狼骑士团后面，德鲁伊空军团飞在空中，树妖骑士团和德鲁伊步兵团分别在两翼，剩余的两百名东龙帝国战士殿后，琴城各族的战士朝着西非城的方向快速前进。

用“静若处子，动若脱兔”来形容琴城的这些战士再合适不过，不论天上地下，只要开始行动，他们就能瞬间将速度提升到极致。

现在的叶音竹和奥利维拉可以说是战斗经验十分丰富，毕竟两人也算是久经沙场了。大战在即，可他们一点也不紧张。

跟随着叶音竹的死神龙狼骑士团和比蒙军团无疑是超级强者。德鲁伊部队也是实力不凡，德鲁伊最大的特点就是服从命令。从琴城出发之前，安雅就将指挥它们的权力完全交给了叶音竹。此时，叶音竹让它们前进，它们立刻就使出了全力。

一时间，这支混编部队将自己最快的速度展现了出来。

其中，速度最快的莫过于死神龙狼骑士团，当半空中的角鹰骑士团抵达西非城上空的时候，死神龙狼骑士团就已经赶到了西非城的城门前。三百只龙狼奔腾的速度极快，落地的声音很轻，几乎没有发出一点声音，仿佛它们的背上根本就没有带着战士和装备一样。

当城楼上的城防军发现城外有情况的时候，死神龙狼骑士团已经到了城下。

“什么人？站住……”

城楼上的城防军话刚说了一半，声音就戛然而止了，原来一根短箭射进了他的脖子。

三百个黑影无声地从天而降，三百道寒光一闪而过，只是一瞬间，城楼上倒下了一片城防军。

角鹰德鲁伊的侦察极为到位，西非城中确实只有五千名城防军，这还是因为西非城是佛罗王国西部的重要城市，才有五千人守在这里。库斯勒带领五十万大军攻打米兰帝国，从全国抽调军队，西非城原本有三万名城防军，一下子被调走了六分之五，此时只有一千人在城楼上巡逻。

那五千人要维持西非城的治安，还要轮换休息，能派出一千人守在城楼之上已经很不错了。他们怎么也想不到，竟然会有人偷袭他们，并且下手毫不留情。

库斯勒从西非城抽调士兵的时候，挑选的都是精锐，留在这里的不是老弱残兵就是新兵，战斗力自然不强。而且，西非城没有援军，他们所面对的敌人，又比佛罗王国大军厉害许多。

这场战斗的结果从开始就没有任何悬念。

就算天已经黑了，精灵弓箭手的视力也很好，他们能清晰地看到五百米外的东西。这次能够跟随叶音竹出来的精灵，都是安雅精心挑选的高手。这些精灵是天生的弓箭手，根本不可能出现失误。

战斗开始得很快，结束得更快，三百名东龙帝国战士从天而降，城楼上的城防军便不断倒下，空中的精灵弓箭手也完成了三轮齐射，城楼上的那些城防军甚至没来得及发出声音，就永远地离开了这个世界。

“有敌人，快拉魔法警报。”

城下，负责守卫城门的城防军发现了不对劲。他们的反应还算快，只见一道耀眼的光芒冲天而起，刺耳的尖啸声随之传遍了整个西非城。

不过，城门处的城防军能做的也只有这些了，当他们看到被光芒照亮的天空中飞着三百只大鸟时，还没来得及惊讶，就永远地闭上了他们的眼睛。

对东龙帝国战士来说，这种普通士兵，他们随随便便就能解决一批。他们宛如一道清风吹过，带走了那些城防军的生命。

“轰——”

比蒙军团跟在死神龙狼骑士团后面，赶到了西非城城下，城前的吊桥已经放下，西非城现在就像砧板上的肉，只等叶音竹他们去切了。

叶音竹抬头看着空中那渐渐变暗的光芒，脸上露出一丝冷笑：“警报吗？也好，免得我再去逐一击破。所有人入城，准备迎战！”

半空中的角鹰德鲁伊在奥利维拉的指挥下分散开，朝西非城内飞去，精灵弓箭手的弓上已经搭上了锋利的箭。树妖骑士团第一时间登上城楼，占领了制高点，并且取出了长矛，随时准备战斗。

当琴城各个军团全部进入西非城内，重新将吊桥拉起的时候，城内剩余的城防军才赶了过来。但他们人数太少，有的人连武器都没拿，有的人衣着散乱，看上去简直就像一群丧家之犬。

“怎么回事？发生了什么事，是谁拉响了警报？”一个有些愤怒的声音传了过来。

作为西非城城守，拉希德在警报响起之前正在睡觉，突然响起刺耳的警报声，他没办法，只得起床。他怒气冲冲地带着被警报吵醒的城防军赶了过来。当他离城门越来越近的时候，也越来越生气。

在拉希德看来，一定是有人误拉了警报，如果真的有敌人，城楼之上怎么可能如此平静？而且城门都还关着，能有什么事？

月黑风高，拉希德本来就困，根本没耐心仔细看城门那边的情况。

“呸，”拉希德吐了一口口水，“别让大爷知道是谁误拉了警报，否则我非扒了他的皮。”

“嗡——”

正在这时，一个奇异的声响突然传入了拉希德耳中。那声音就像有成千上万的马蜂从马蜂窝中飞出来一样。

紧接着，一股强大的力量传来，拉希德只觉得自己胸前一阵冰凉，整个人就从胯下的角马背上飞了出去。再一看，拉希德已经被牢牢地钉在了地面上。

几百个树妖德鲁伊同时发威的场面绝对壮观，它们居高临下地掷出手中的长矛，加上精灵弓箭手一起射出利箭，没等那两千多人明白过来，树妖德鲁伊和精灵弓箭手就已经结束了第一轮攻击。

以琴城各族的实力，完全可以跟比自己多十倍的敌人抗衡，更何况，此时敌人的数量并不多，叶音竹带来的这些人可以轻松地将眼前的敌人解决掉。

叶音竹和奥利维拉追求的是速度，要求手下的人以迅雷不及掩耳之势拿下西非城。因此，当树妖德鲁伊和精灵弓箭手攻击过后，城下刚赶到的那两千多名城防军就这么倒了下去。

树妖德鲁伊和精灵弓箭手解决了一部分敌人，另一部分敌人则由龙狼来解决。作为七阶魔兽，龙狼的远程攻击距离虽然不如树妖德鲁伊和精灵弓箭手，但其攻击的威力比树妖德鲁伊和精灵弓箭手的威力大。它们张口喷出暗冰双系魔法弹，一瞬间就解决了那些敌人。

山岭巨人明站在叶音竹身边，就算身为琴城的一员，他也不禁为眼前的景象而惊叹："就这么结束了？"

"琴帝大人，是不是有东西吃了？"

格拉西斯可不管战况如何，先前这些城防军根本提不起他的兴趣。他只关心等一会儿能吃到什么东西。

叶音竹淡然一笑，道："当然，西非城的粮仓，随你吃个够。"

一阵风吹来，原来是奥利维拉骑着坐骑降了下来。

"音竹，搞定了。"

叶音竹点了点头，道："开始吧。角鹰骑士团负责解决分布在城内其他地方的城防军，其余人开始行动。记住，不要惊扰城内的平民，你们的目标是城内的贵族和官员。金钱和物资都运到东城门去，动作要快，你们只有一个晚上的时间。"

"是。"

比蒙巨兽一个个摩拳擦掌，恨不得立刻就行动，他们觉得很兴奋，趁着黑夜，打劫城内的那些贵族和官员，想想就很过瘾。但是，爱好和平的德鲁伊的表情有些不自然。

"等一下，你们给我记住三点，欺凌妇女者杀无赦，乱杀平民者杀无赦，违抗命令者杀无赦。"

叶音竹说话的时候很平静，身上也没有一点杀气释放出来，但是当他将三个"杀无赦"说出口之后，就连格拉西斯都有些噤若寒蝉。

他们都知道，叶音竹绝对不是在和他们开玩笑。六道之决结束之后，叶音竹在琴城的威望已经无人能及。

听到叶音竹的话，德鲁伊的神色才放松了一些，这些喜爱大自然的德鲁伊最不喜欢的就是杀戮，要不是为了精灵族，德鲁伊根本不会出来与人战斗。当叶音竹下命令之时，德鲁伊唯恐叶音竹说出屠城的话，此时听到只是拿走贵族和官员的财宝，德鲁伊紧张的情绪就放松了下来。建设琴城需要各种资源，精灵族作为住在琴城的一大族类，自然也需要为琴城的建设出一些力。拿就拿吧，也没拿平民的东西。

“紫，你看着比蒙军团。明，你跟格拉西斯一起去找粮仓。记住，留一些给我们的战士当粮食，其他的随便你们处置。大家把所有的资源都集中到东城门，天一亮我们就离开。”

叶音竹让紫跟着比蒙军团，又让明跟着格拉西斯，自然有他的用意。

作为比蒙之王，紫对比蒙巨兽的威慑力无人能比。紫也明白叶音竹的意思，有了他的约束，比蒙巨兽才不会做出格的事情。

至于格拉西斯，叶音竹对他最不放心。格拉西斯虽然向紫献祭了灵魂之火，但格拉西斯实力强大，平常又桀骜不驯，难保行动的时候不会做出什么过火的事情。而明的性情温和，实力又不比格拉西斯弱，有明在旁边看着，自然不会出什么大问题。

夜依旧漆黑，西非城却已经换了主人。

琴城大军的行动太迅速了，或者说他们的攻击太猛，数千城防军被歼灭后，西非城的百姓都不知道城内发生了剧变。当然，西非城的平静并没有维持多长时间。

“轰！”

黄金比蒙狄斯现出本体，一脚踹开了一户人家的大门，巨响顿时打破了城内的寂静。

“什么人？竟敢踹我们家的大门！不知道我们老爷是首相大人的父亲吗？”一个充满怒气的声音从院内传来。

狄斯咧开大嘴，哈哈一笑，道："不错，看来是一只肥羊，小的们，跟我进去。"

狄斯带的手下不多，只有四个狂暴比蒙。但是，当它们从大门口走进院子的时候，所有怒火中烧想要抵抗的府内护卫全都惊恐万分。首相父亲的府邸内，自然有见过世面的人，看到狄斯那高大无比的身体和身上金色的毛，顿时大叫起来。

"黄金比蒙，是黄金比蒙！"

狄斯站在院子中央，不屑地哼了一声，道："都给我闭嘴，谁再叫我就让谁长眠不醒。听好了，我不管这是谁的家，也不管你们家里人当的什么官，总之你们现在已经被包围了，快给我站好，男的站左边，女的站右边。"

一个听起来有些尖锐的声音问道："比蒙勇士，那不男不女的怎么办？"

狄斯冷哼一声，道："不男不女的？站到中间来。"

人群中顿时没了声音，甚至连一个反抗的都没有，府邸内的人很快便分两边站好了。他们根本没有怀疑狄斯说的话，乖乖地站着一动也不敢动。可是实际上哪有什么包围？这里根本就只有狄斯它们几个而已。

西非城是一座大城，而叶音竹他们加起来才几千人，想要一夜间把这么大一座城搜完也不是一件容易的事情。

狄斯气势十足地看着周围那些颤抖的人，道："我今天心情好，只求财，不想伤人。要是你们帮我把府邸内所有的财物都搬到东城门去，我自然不会为难你们，如果你们敢偷偷留下一点，哼哼。"它猛地抬起右脚，重重地跺在地面上。

"轰！"

一声巨响之后，在场所有的佛罗王国人都被震倒了，周围的院墙也垮了一大片。

自从见识过格拉西斯的战争践踏以后，狄斯它们就羡慕极了。虽然它们这样跺脚没有格拉西斯跺脚的威力大，但是对这院子里的人来说，这一脚的威慑力还是蛮强的。

同样的事情就这样发生在西非城的各个角落。只要是院子特别大、门庭显赫的，全部被踹开了大门。当然，也有因舍不得钱财而反抗的人，但是那些人不一会儿就放弃抵抗了。人都怕死，当比蒙巨兽发威时，谁还会吝惜财物？毕竟，生命才是最宝贵的，尤其是那些养尊处优的贵族，更加惜命。

西非城不再平静，或者应该说是鸡飞狗跳才对，一时间，整座城市都变得喧嚣起来。

灯火渐渐亮起，各种嘈杂的声音充斥在西非城之中，唯恐惹火烧身的平民紧闭家门，就算有胆子大的人，也只是向外偷看几眼，不敢出去。

在叶音竹的严令之下，琴城大军没有打扰平民，就算发现有人偷看也没有理会。

琴城大军的实力虽然强大，但是数量太少了，偌大一个西非城，如果单靠他们搬运财物，天亮前不可能搬完。狄斯很聪明地解决了这个问题，自己人手不够，那些贵族家里难道还会缺人吗？真的有自己搬运的必要吗？

于是，西非城的街道上就出现了这样的场景：佛罗王国人推着大车、小车，运送着各种物资，一两个比蒙巨兽或者死神龙狼骑兵就跟在他们后面。利爪德鲁伊最机灵，为了加快那些佛罗王国人运送物资的速度，甚至在那些人身上施加了咆哮魔法。

龙崎努斯大陆上，任何一个国家，等级都是极为分明的，最高等的自然是一个国家的皇室，然后是等级不同的贵族，如公爵、侯爵、伯爵、子爵、男爵等。贵族拥有许多特权，比如可以少纳税，拥有自己的领地。在贵族之下的就是平民。平民能够维持温饱，过正常的生活，已经算不错了，还有比平民地位低的人，那就是奴隶。

正是因为有阶级的存在，所以才造成了财富分布的不均衡。贵族阶级拥有的财富占了整座城市财富的百分之七十。不到百分之一的人掌握了百分之七十的财富，那么，平民的生活如何可想而知。

一车车的物资被运到了东城门。

原本叶音竹还准备将这些抢过来的东西放在东城门内，可当第一批物资运到时，他就发现东城门内放不下，无奈之下，他只好让琴城战士们驱赶着那些家奴，将送来的财物直接推到城外。

从这时开始，叶音竹也忙碌起来。

须弥神戒不愧是顶级空间储存类宝物，一个空间戒指能够达到神器级别，可见其空间有多大。

叶音竹将三十个地精撕裂者从须弥神戒中取了出来，然后开始将眼前的财物装入须弥神戒之中。

这还是叶音竹第一次往须弥神戒里装这么多东西，令他感到惊奇的是，须弥神戒就像一个无底洞一般，不断地吞噬着从西非城中运出的物资。

时间一点一点地过去，角鹰德鲁伊将城内的所有反抗力量都解决了，并且开始绕着西非城巡逻，它们将佛罗王国大军所在方向的两座城门防守得非常严密，尽可能地将西非城遇到袭击的消息封锁起来。毕竟，这里距离佛罗王国大军驻扎的地方不是很远。

虽然须弥神戒的空间很大，但终究是有限的。当须弥神戒被装满之后，叶音竹接收到了从戒指中传出来的消息，可以用魔法力扩展须弥神戒的空间。

叶音竹以前没有将须弥神戒装满过，所以他也是第一次遇到这样的情况。虽然不知道结果会如何，但他还是决定试一试。

当他将自己的魔法力缓缓注入须弥神戒之后，他发现，那些魔法力经过须弥神戒内部一个特殊的魔法阵的转化，竟然真的将戒指内部的空间扩大了，现在须弥神戒中又能装下不少财物了。

叶音竹的实力刚刚提升到紫级七阶，让他往须弥神戒中注入魔法力，对他来说还是很轻松的。

实力达到了紫级七阶的叶音竹，魔法力何等庞大，他只消耗了自己三分之一的魔法力，就将须弥神戒内的空间扩大了一倍。叶音竹不禁暗暗感叹：矮人族铸造大师的手艺果然厉害，这须弥神戒竟然真的装下了一座城市的财物！

原本叶音竹是打算将这些财物分批装入须弥神戒中，通过自己的传送魔法阵，不断将财物传送到东风城，但是当他扩大了须弥神戒的空间之后，竟然将抢来的西非城的财物全部装进了须弥神戒。

此时叶音竹已经有点后悔了，早知道须弥神戒能装这么多东西，当初在袭击佛罗王国后勤补给中心的时候，就应该将那些粮食全部带走。布伦纳山脉那么大，想找放东西的地方完全没问题。

辛苦了一夜，战士们都有些疲倦了，叶音竹命令他们暂时在东城门外休息，自己则利用传送魔法阵来到了东风城。他必须抓紧时间，因为须弥神戒在扩展空间后，对魔法力的消耗是持续的，一直往须弥神戒中注入魔法力也是不现实的。

叶音竹到了东风城，用约定好的方法召唤来金色之后，叶音竹将须弥神戒中的东西全部倒了出来。

金色看着那堆积如山的财物，一时间完全呆住了。

“音竹，你这是从哪里弄的？难道你抢了佛罗王国的王宫不成？”

叶音竹微微一笑，道：“王宫倒不至于，只是抢了一座城市而已。金色前辈，看来您还是小看了佛罗王国贵族积攒的财富。这只是一个开始，您的后勤补给部队准备好了吗？”

金色点了点头，道：“当然准备好了，你离开斯福尔特城后，我就带着后勤补给部队返回了东风城，虽然这次跟我回来的只有六万人，但是应该也足够了。”

叶音竹道：“那就麻烦您了。我们从佛罗王国人那里抢来的东西最主要的还是金币和铠甲，还有小部分魔晶石以及珍贵的金属，请您将这些东西分类后运送到琴城去。”

金色道：“你放心吧，我立刻命人开始清点这些东西，然后装车运送到琴城。音竹，琴城这次真的发财了。现在我越来越庆幸长公主殿下决定与你联手了，幸好米兰帝国不是你的敌人，否则，要是你在这时候对米兰帝国动手的话，恐怕米兰帝国的下场会比佛罗王国的下场更加凄惨。”

叶音竹不好意思地笑了笑，道：“我怎么会对米兰帝国下手呢？米兰帝国毕竟是我第二个家。”

叶音竹没说出来的话是，如果连第一个家都无法保住，这第二个家也只能不要了。当初，在米兰帝国北方军团准备攻打琴城的时候，叶音竹真的想过抢劫周围的米兰帝国城市，只不过他赢得了六道之决，让米兰帝国退兵了，他也就没有向周围的城市下手，最后这招用到了佛罗王国身上。

叶音竹没有时间管财物清点运输的事情，将这些全权交给了金色处理。金色他们光清点那些财物就花了很长时间，毕竟东西实在太多了。那些魔晶石和特殊金属由金色亲自整理，其他东西都由手下人处理。有了这些财物，琴城的建设速度就可以加快一些了。

淡淡的紫光闪烁，叶音竹再次出现在西非城的东城门外。此时，大部分琴城战士都在休息，他们有的在吃东西，有的在睡觉，总之都在享受难得的闲适时间。只有一部分角鹰德鲁伊在空中警戒。

“琴帝大人。”一个清脆的声音突然响起。

叶音竹心中微微一动，立刻做出了反应，集中精神，在精神力的指引下向声音发出的方向试探。

“琴帝大人，是我，红灵。”感受到如潮水般袭来的精神力，那声音顿时发出一声惊呼。原来那声音是之前陷入沉睡的红灵发出的。

“红灵，原来是你。”

发现是红灵，叶音竹放松下来，走到一旁，找了个地方坐下来。忙碌了一晚上，他也需要休息一下。

每当这种时候，叶音竹都会不由自主地想到苏拉。以前，不都是苏拉在身边照顾他的吗？他饿的时候，苏拉会给他做好吃的饭菜，他累的时候，苏拉还会悄悄地给他递毛巾擦脸，可惜，苏拉已经不在他身边了。

叶音竹摆了摆头，压下了心中悲伤的情绪，向红灵问道："你怎么样？那天你吸收了能量之后就陷入沉睡了，现在情况如何？"

红灵的声音中充满了兴奋："琴帝大人，多谢您。我想，以前从来没出现过我这样的赤精。这些天以来，我一直依附在您身上，每当您体内的能量运转的时候，我就会得到不少好处，再加上我在琴城吃过那么多贵重金属，所以我进化了。您也知道，作为一只七阶魔兽，想要进化是非常困难的。可是，我竟然真的做到了。在您和苏拉大人的帮助下，我吸收到了对我来说无比强大的能量。陷入沉睡之后，我的身体发生了质的变化，我体内的所有杂质都消失了，以前摄入体内没有被吸收的金属也转化成了能量，而您和苏拉大人的能量也被我吸收了，这就是我沉睡的原因。"

叶音竹心中一动，问道："这么说，你又进化了？"

红灵道："是的，我又进化了。琴帝大人，您请看。"

一道金红色的光芒从叶音竹背后亮起，然后化为一股金红色的气流绕着叶音竹旋转，旋转三周之后，金红色的气流缓缓在叶音竹面前凝结，最后变成了一个大球。

叶音竹惊讶地道："红灵，这就是你进化的结果吗？"

红灵道："琴帝大人，上一次进化使我的身体进入液化状态，那是氪金的功劳，而这一次，我的身体由液化状态进化到了汽化状态。当初进化到液化状态后，我吞下珍贵金属便可以将它们液化，并且根据它们的不同属性进行提炼或者吸收。液化之后的金属自然比固态的金属容易吸收得多。我现在进入了汽化状态，自然也能将吞下的金属汽化，这样我以后想要吸收那些金属里面的能量就更容易了。琴帝大人，我已经从七阶魔兽进化成了九阶魔兽，而这一切，都是您赐予我的啊！”

金红色的光芒一闪，大球又落到了地上，红灵现出了本体，现在它赤红色的身体上多了一层金光。

“恭喜你了，红灵。”

叶音竹微微一笑，大手一挥，释放出一道紫竹斗气，将拜倒在地上的红灵扶了起来。

红灵的进化令叶音竹大为惊喜，他想到了紫、闪、雷。他和苏拉融合后释放出的能量使得红灵进化成了九阶魔兽，紫的实力也有大幅度提升，那么还在沉睡的闪和雷会有什么样的变化呢?

闪、雷一直隐藏在叶音竹体内，它们很喜欢睡觉，没事的话，根本就不愿意出来。它们和叶音竹有血契，自然对叶音竹非常忠心。

血契既是三大禁忌契约之一，也是一种主仆契约。闪、雷和叶音竹签订下血契之后，它们和叶音竹之间的关系甚至比紫和叶音竹之间的关系还要紧密。因此，叶音竹的实力每提升一次，闪和雷这两个小家伙也会得到很多的好处，这次也不例外。

因此，叶音竹看到红灵进化成九阶魔兽之后，立刻就想到了闪、雷，不知道它们现在进化到什么级别了。

正在叶音竹思索之时，红灵突然道：“琴帝大人，虽然我这段时间一直在修炼，但是依附在您的身上，我也能感知到外面发生的事情。达到九阶之后，我对金属的感觉变得更加敏锐了。我想，您恐怕被欺骗了，在这座城市之中，还有不少珍贵的金属。”

第一百九十章

发财了

听了红灵的话，叶音竹不禁心中一动，问道：“你的意思是，城里的那些贵族把珍贵的金属藏起来了？”

红灵点了点头，道：“我可以肯定。在进化成九阶魔兽之后，我可以发现方圆六十里以内的珍稀金属。我能感觉到西非城内有不少珍稀金属。虽然数量不多，但种类不少，应该有秘银、金刚精、魔银，甚至还有氪金。琴帝大人，这些稀有金属的价值远远在金币之上，像魔银和氪金这类宝物，都是万金难求的东西，那些贵族假意顺从，却隐藏了最宝贵的东西。”

叶音竹对红灵的话自然是深信不疑的。在寻找金属方面，就算是地精和矮人族的铸造大师也不能和红灵相比。

叶音竹眼中寒光一闪，他淡淡地道：“看来，我们还要再进一次西非城才行。鸿雁。”

叶鸿雁一闪身就来到了叶音竹面前。他看了一眼进化后的红灵，面无表情地道：“琴帝大人，请吩咐。”

叶音竹道：“红灵说有很多不识时务的家伙藏匿了稀有金属，我想，你应该带着你的手下再走一趟。”

叶鸿雁低着头，恨恨地道："这些脑满肠肥的浑蛋，本想留他们一命，看来……"

叶音竹接着道："那我们就替佛罗王国清理一下这些蛀虫吧。红灵，你和鸿雁一起去。我们的时间不多，你们尽量快一点。"

红灵有探测金属的能力，根本不需要审问那些贵族了。

哪个贵族没有一些家底呢？稀有金属、宝石，这些东西体积不大，却价值连城，自然是最好的收藏品。原本西非城的贵族刚放下心，庆幸叶音竹他们没有发现稀有金属的存在，并且即将离开，可没过一会儿，那些贵族的心就又提起来了，因为之前那些杀气腾腾的骑兵又回来了。

叶音竹没让比蒙巨兽和德鲁伊出动，而是让死神龙狼骑兵执行此次任务，是经过仔细考虑的。死神龙狼骑兵是他的心腹，对他的命令百分百执行，而且他们的速度是各个族类中最快的。

如果让比蒙巨兽去完成这个任务，一是速度会慢一些，二是怕比蒙巨兽发狂，伤及平民，那就不好收场了。

至于德鲁伊，叶音竹一向避免让德鲁伊参与这种行动，因为德鲁伊是爱好和平的族类，不到万不得已，他不会出动德鲁伊做这些事。

因此，死神龙狼骑兵就成了执行这次任务最佳的人选。

虽然黑夜已经过去，黎明已经来到，但是西非城的那些贵族永远都看不到黎明了，因为他们没有睁眼的机会了。

当太阳渐渐升上高空的时候，叶音竹带着所有人悄然离开了西非城。此时，西非城中只剩下唯一一个贵族了。那人是一个男爵，是一个没落的贵族，家中确实没有什么东西，这才逃过了这一劫。

叶音竹他们在西非城的这一夜，将西非城内的城防军和贵族都解决得差不多了，却没有伤害平民。

一座没有了管理者的城市会变成什么样？只有两个字，那就是混乱。

西非城内，大街小巷里都是平民。贵族被杀的消息不胫而走，大多数平民的反应不是惊恐，而是拍手称快。毕竟，他们被那些贵族压榨太久了。

叶音竹带着琴城大军走了，留给佛罗王国一个烂摊子。当然，西非城的混乱也没有持续太长时间。

当那名幸存的男爵历尽千辛万苦，将消息传给库斯勒，库斯勒再派遣军队到西非城维持秩序的时候，已经是第三天下午了。

令人感到好笑的是，库斯勒得到这个消息的时候，正在帅帐中听探子报告说没有任何发现。

“叶音竹，我和你势不两立！”

库斯勒对叶音竹再也没有一点欣赏，剩下的只有满满的恨意。佛罗王国是他的祖国，叶音竹抢劫佛罗王国的城市就是在挖佛罗王国的根，这让他无法忍受。

当库斯勒带领大军来到西非城后，不禁目瞪口呆。一座原本很繁华的城市，此时却变得一片混乱，到处都是疯狂的平民。叶音竹没有带走贵族家中的摆设，对平民来说，贵族家里的摆设也是好东西，能卖不少钱，现在那些平民都在到处抢东西。

这些平民曾经被压榨得太痛苦，没有人控制之后，就陷入了疯狂。一时间，整个西非城都变得混乱不堪。没有一个贵族的府邸能保持完整，甚至连他们建造府邸的砖石、瓦片都被洗劫一空。好好的一座西非城，在这么短的时间内竟变得面目全非。

佛罗王国根本无法统计叶音竹从西非城带走了多少财物。谁知道西非城内的贵族们收藏了多少宝物呢?

叶音竹他们离开西非城后，佛罗王国损失了公爵一人，侯爵三人，伯爵二十一人，子爵一百七十二人，男爵不计其数，加上那些城防军，损失了数千人。

库斯勒派遣了五万大军进驻西非城，才将混乱的局面暂时控制住，眼前这烂摊子令他头痛欲裂。他在想该如何向国王德拉瓦莱交代。

突然，库斯勒仿佛想起了什么，他一把抓住那名前去报信的男爵，问道：“说，那些浑蛋是从哪边离开西非城的？”

男爵被库斯勒吓得全身颤抖，磕磕巴巴地道：“元、元帅大人，那些人好像是从东城门离开的。”

“东城门，东城门……”库斯勒骤然瞪大了眼睛，“天啊，这些琴城的家伙到底要干什么？”过了西非城，一直向东，那可不是离开佛罗王国的路。东边是佛罗王国广袤的土地，这些浑蛋，难道还想在王国境内……

库斯勒再也不敢想下去了，他的心跳得很快，他突然意识到佛罗王国选择背叛米兰帝国，与蓝迪亚斯帝国联手是一件多么错误的事情。

“快，来人，传我命令，调集六个轻骑兵军团，立刻随我出发。那些浑蛋抢了那么多东西，一定走不快。虽然已经三天了，但我们一定能追上他们。如果不追上他们，他们就会像瘟疫一样，给佛罗王国带来巨大的灾难。”

可怜的库斯勒不知道，叶音竹他们根本不用带着抢来的财物前进，那些财物早就到了金色手上，现在估计都要运到琴城了。

就在库斯勒派人在西非城收拾烂摊子的时候，叶音竹他们已经来到了下一座目标城市，位于西非城一千里外的诺丁城。

西非城周边其实还有别的城市，但是那些城市都比较小，油水相对来说少一些，而且，一向谨慎的奥利维拉觉得距离西非城太近不是很安全，所以建议叶音竹将第二个目标定为诺丁城。

抵达诺丁城，叶音竹他们才算真正进入了佛罗王国的腹地。因为这里已经是诺尔平原深处，属于佛罗王国比较繁华的地区，从这里开始，几乎每隔二三百里就有一座大城市。

“报——”

巨大的角鹰德鲁伊从天而降，其背上的精灵弓箭手飘然落下，来到了叶音竹、奥利维拉和叶鸿雁面前。

“情况如何？”奥利维拉问道。

安雅不在，这些精灵弓箭手就由叶音竹掌管。

“正如琴帝大人和奥利维拉大人料想的那样，现在西非城内一片混乱，佛罗王国大军比我们预料的晚了一天才进入西非城，现在他们正在那里平息暴乱，有五万人在维持西非城的秩序。大军的统帅库斯勒似乎意识到了什么，在我回来之前，率领六万名轻骑兵离开了西非城，正以最快的速度朝东方赶来。”

听了这名精灵弓箭手的回答，叶音竹和奥利维拉相视一笑，一切都在他们的预料之中。有的时候，人少不见得是坏事。对叶音竹他们来说，在佛罗王国的势力范围之内，不论发生什么事情，损失最大的都是佛罗王国。

叶音竹似笑非笑地向奥利维拉道：“我有些替这位佛罗王国大军的统帅感到悲哀，想必他现在已经气得心脏病都快要发作了。”

听到叶音竹的话，奥利维拉莞尔一笑，道：“如果我是佛罗王国大军的统帅的话，遇到这一连串打击之后，恐怕早就坚持不住了。他的心志也算坚毅。他的做法并没有错，他肯定是希望以最快的速度将我们这几千人歼灭。要是他带着龙骑将来找我们，说不定还有打败我们的可能。可惜，他现在只带着一些轻骑兵，能有什么作为呢？”

叶音竹收起笑容，沉声道：“传我命令，留下一百个角鹰德鲁伊监视佛罗王国大军，另外九百个角鹰德鲁伊监视佛罗王国统帅带领的轻骑兵部队。你们的任务有两个，一个是随时汇报这支轻骑兵部队所在的位置，另一个是在他们周围制造混乱，掩盖我军主力的实际动向，并且令对方的探子完全失去作用，明白了吗？”

“是，琴帝大人。”角鹰德鲁伊开始行动了。

奥利维拉面带笑容地道：“现在我总算明白爷爷为什么在失去五百名鹰隼龙骑

兵后会愤怒成那个样子了。有了空中军队，就算我们人数比对方少很多，也可以掌握先机，立于不败之地。除非我们自己主动暴露行踪，否则对方根本不可能找到我们。”

叶音竹刚想说话，化成人形的黄金比蒙狄斯不知道从什么地方钻了出来。狄斯摸着自己的大光头，道：“琴帝大人，我们什么时候开始行动啊？您放心好了，这次我们一定不会被那些贵族蒙骗的。”

“想必佛罗王国大军的统帅已经知道我们想做什么了，既然如此，我们也没什么可怕的，等一下就开始行动吧。”叶音竹微微一笑，道。

“鸿雁，诺丁城的情况摸清楚没有？”

一直没说话的叶鸿雁道：“已经摸清楚了。诺丁城的城市规模跟西非城差不多，但是比西非城更繁华，可能是因为地理位置比西非城好。城内的城防军不到三千人。”

叶音竹冷哼一声，道：“看来，佛罗王国为了攻打米兰帝国，真是下了狠心啊！国内的兵力都快被抽调完了，这么大的城市居然只有那么一点城防军。我们根本不需要那么小心了，各个军团准备，半个小时后行动。”

最近这段时间，佛罗王国的天气很好，至少西部一直都是大晴天。虽然现在还是冬季，但在阳光的照耀下，让人有一种春天悄然降临的感觉。

诺丁城城门大开，吊桥前只有二十个人把守，城楼上只有五百人巡逻。对于这么大一座城市来说，这些人确实少了点。

正如叶音竹想的那样，佛罗王国为了攻进米兰帝国，调动了全国的军队，可谓是孤注一掷。现在，佛罗王国就像一个空壳一样，防御薄弱，如此重要的大城市，城防军却少得可怜。

“那是什么？”一名城防军突然盯着西边，喊道。远处腾起了滚滚灰尘，而且，那些灰尘正不断向城门方向移动。

“骑兵，那好像是骑兵。速度这么快，难道是埃里克敏龙骑兵吗？”

直到这时，这些城防军还没有意识到敌人来了。毕竟，前线的战事刚刚结束，消息还没传到这边来。诺丁城是佛罗王国的内陆城市，这些城防军又怎么可能想到是敌人进攻呢？

“天啊！太帅了。这就是龙骑兵吗？要是我也能成为他们中的一员就好了。”

越来越近了，那支快速而来的骑兵队伍渐渐现出了身形。暗蓝色的坐骑高大威猛，速度飞快，转眼就离城门只有百余米了。它们背上坐着身穿黑色铠甲的高大战士，战士们手持长枪，一语不发，满身杀气。

“不，不对！那些不是埃里克敏龙，好像是狼。那些人也不是龙骑兵，难道那些人是狼骑兵？可是，兽人的狼骑兵怎么会来这里？快，快关城门！”

当城防军看清楚那些骑兵的坐骑时，才清醒过来。城门外的二十名城防军快速撤回城内，同时拉动铁链将吊桥缓缓升起。在他们看来，护城河有二十米宽，就算敌人来了，也没办法渡过又宽又深的护城河，而且看对方人数也不多，诺丁城的城墙很厚，防御能力很强，根本不需要怕那些人。

如果这些城防军面对的是普通的骑兵，那么他们的想法无疑是正确的，可是，他们此时面对的是普通的骑兵吗？不，他们面对的是琴城的王牌军队，是攻击力足以和比蒙巨兽相比的死神龙狼骑兵。这是除了法蓝的骑士以外，龙崎努斯大陆上唯一一支完全以智慧魔兽为坐骑的超级骑兵。这些骑兵的实力超过了绿级中阶，现在就算遇到跟他们实力相当的对手，也不可能战败。单是他们身上散发的杀气，就足以令敌人颤抖了。

叶鸿雁一马当先，胯下的龙狼王子发挥出了最快的速度，宛如一道暗蓝色的闪电朝着诺丁城西城门冲去。龙狼王子在奔跑起来之后，速度不会比巨龙慢。眼看着对方的吊桥即将拉起，叶鸿雁却一点也没有惊慌。

“起——”

当吊桥拉起的时候，叶鸿雁作为死神龙狼骑兵中最快的一个，已经冲到了护城河边。经过这段时间的相处，龙狼王子早已与叶鸿雁心意相通。龙狼王子粗壮的四肢用力蹬地，庞大的身躯腾空而起，身上的龙鳞在阳光的照射下闪闪发光。

死神龙狼骑兵来得实在太快了，虽然城楼下的城防军已经反应过来拉起了吊桥，但城楼上的城防军还没反应过来，甚至都没人朝叶鸿雁射箭。

龙狼王子腾空而起之后，瞬间展开了背后那形似龙翼的翅膀，这对翅膀虽然不能让它飞行，但可以让它滑翔。二十米的距离对于龙狼王子来说根本就不算什么，在背后双翼的帮助下，它维持着跃起之后的高度，直接朝拉起的吊桥上方冲去。

“嗷！”

龙狼王子发出一声怒吼，它尾部出现了一圈耀眼的暗蓝色光晕，眨眼间，暗蓝色光晕就蔓延到了头部。它张开大嘴，吐出一个暗蓝色的光球，这暗蓝色的光球不知怎的，瞬间就变大了。这个暗蓝色光球就像炮弹一样，重重地轰击在拉起吊桥的铁链之上。

轰然巨响声中，粗粗的铁链被轰出了一个缺口，虽然未被炸断，但暗蓝色的光球中的腐蚀气息已经渗入其中，铁链渐渐被腐蚀了。

就在这个时候，只听叶鸿雁大喝一声，他手中的长枪骤然爆发出强大的蓝色斗气，正好刺入铁链被暗蓝色的光球轰出的缺口。

刺耳的声音响起，蓝级斗气瞬间爆发，龙狼王子又一次吐出暗蓝色的光球，拉起吊桥的铁链快要断开了。

此时，城楼上的城防军才反应过来，凄厉的叫声传遍整个城楼：“敌袭，是敌袭，快放箭！”

因为城楼上只有五百名城防军，所以射出的箭矢并不密集。那些箭朝叶鸿雁射来，却没有伤到叶鸿雁。叶鸿雁和胯下的龙狼王子就像没看见这些箭一样，继续轰击着拉起吊桥的铁链。

那些城防军想射伤叶鸿雁和龙狼王子，简直就是痴心妄想。如果矮人族大师铸造的铠甲和龙狼王子身上的龙鳞挡不住普通箭矢，那么，死神龙狼骑兵就不用在龙崎努斯大陆上行走了。

龙狼王子速度很快，它的族人也不慢，在叶鸿雁顶着箭雨，第三次用手中的长枪轰击铁链时，后面的死神龙狼骑兵已经赶了过来。

当叶鸿雁身边的骑兵达到二十人后，叶鸿雁迅速收起了自己的长枪，从背后抽出重剑，大喝一声，道：“合！”

“合！”

二十名龙狼骑兵怒吼出声，同时举起手中的重剑，耀眼的绿色光芒冲上天空，在叶鸿雁重剑发出的蓝色光芒的指引下，与之合成了一道紫色洪流。

“破！”

叶鸿雁再次怒吼，包括他在内，二十一名死神龙狼骑兵同时挥下手中的重剑，紫色洪流冲着铁链而去。这是死神龙狼骑兵还是死神三百的时候就会的合击技能，此时，他们又合力使了出来。

“轰！”

轰然巨响声中，比人的身体还粗的铁链终于断了，吊桥落了下来，众人走近了城门。

“都给我闪开！”

一个有些狂暴的声音突然响起。紧接着，仿佛地震了一般，诺丁城的城墙和城外的地面都颤动起来。

正准备带领死神龙狼骑兵破开城门的叶鸿雁听到这个声音之后，抬起一只手，阻止手下继续进攻。他沉声道：“让路。”

能让死神龙狼骑兵让路，那得是多么强大的人啊？叶鸿雁和死神龙狼骑兵并不是攻不进城内，而是在听到那个狂暴的声音之后，他认为攻城的工作还是交给更合适的人来做比较好，而这个更合适的人显然就是刚才那个声音的主人。

隆隆巨响中，无比巨大的身影出现，叶鸿雁和死神龙狼骑兵已经给那个巨大的身影让出路来。有那个家伙在，攻城还有难度吗？

那家伙像山一样高，奔跑的速度不慢，头上的独角闪耀着淡淡的光芒，身上没有一块鳞片。当那家伙出现在城防军的视野中时，所有城防军都害怕了。他们怎么也没想到，这个世界上还会有如此恐怖的魔兽。

没错，这突然出现的庞然大物不是别人，正是最为贪吃的战争巨兽格拉西斯。

原本叶音竹没打算让格拉西斯出战，但格拉西斯在叶鸿雁带着死神龙狼骑兵离开之后，主动请战。因为格拉西斯知道，只要攻进这座城市，自己就有很多东西吃了。三天前，格拉西斯在西非城吃过一顿大餐，到现在还没怎么消化，用格拉西斯自己的话来说，就是不能只吃饭不干活啊！再说，活动一下，进城之后才能吃得更多。

这就是格拉西斯的想法，因此，眼看死神龙狼骑兵马上要攻向城门，它就主动请战，冲了出来。

格拉西斯很清楚死神龙狼骑士团在叶音竹心目中的重要性，因此，它冲出来的时候故意大吼了一声，唯恐自己在冲锋的时候误伤了死神龙狼骑兵，那可就不好向叶音竹交代了。

现出本体的格拉西斯身体何其巨大，发起冲锋之后的攻击力又是何等恐怖？看着格拉西斯宛如炮弹一般朝诺丁城狂奔过去，叶音竹和奥利维拉都不禁倒吸一口凉气。

奥利维拉叹息道："幸好战争巨兽没有站在兽人族那边，不然，恐怕我们边境的防线早就被破了。战争巨兽不愧是'堡垒破坏者'，战斗力太恐怖了。"

叶音竹道："得战争巨兽可定天下，古人说的是对的。看来，这次带格拉西斯来是正确的决定，原本我只想让它帮我们吃掉那些带不走的粮食，现在看来，让它来攻城也不错。现在，我们只要等着就行了，希望这家伙不要一下子把整个诺丁城毁了。"

说完这句话，叶音竹赶忙用手指堵住了自己的耳朵，奥利维拉见状，也吩咐手下用手指将耳朵堵起来。

护城河根本挡不住格拉西斯，因为护城河的河水甚至还没过格拉西斯的膝盖。现出本体的格拉西斯直接撞上了诺丁城的城墙。没有任何悬念，厚达数十米的城墙在恐怖的战争巨兽面前变成了废墟。

大地颤动了，巨大的碰撞声令住在西城门附近的佛罗王国人暂时失去了听觉，一个个被震倒在地。城内超过三分之一的房屋因为格拉西斯的冲撞而倒塌，一道道巨大的裂缝出现在诺丁城内的地面上。格拉西斯这一撞令整个诺丁城都陷入了恐慌之中。

诺丁城内的人不知道发生了什么事，只知道突然传来一声轰然巨响，然后大地都裂开了。他们吓得魂不守舍，不知道自己应该做什么，好不容易反应过来之后，路上的人都赶忙朝自己家中跑去，一时间，诺丁城内一片混乱。

叶音竹虽然知道格拉西斯战斗力非常强，但是真的看到格拉西斯全力撞击造成的后果之后，叶音竹还是惊得张大了嘴。

格拉西斯实在太可怕了。现在，格拉西斯那巨大的身体已经完全没入了城市之中，长达数百米的城墙被震塌了。诺丁城完全呈现在琴城大军面前。

"琴帝大人，我先去找饭吃了，走的时候叫我一声。"

格拉西斯浑厚的声音远远传来，显然刚才那一下撞击对它根本没有造成任何影响。这是什么样的力量啊？战争巨兽的防御力和攻击力果然惊人。

"音竹，我去看着格拉西斯。"化成人形的明说完这句话，一闪身朝诺丁城跑去。

明这段时间可能跟格拉西斯学"坏"了，他现在也不太喜欢吃岩石了，毕竟，岩石哪里有粮食好吃呢？敞开肚子吃的时候，他吃的可不比格拉西斯吃的少。他之所以赶忙跑过去找格拉西斯，就是怕格拉西斯将诺丁城的粮食吃光了。

这就是攻城吗？叶音竹不禁想起了佛罗王国的五十万大军攻打斯福尔特城时的情景。佛罗王国大军与米兰帝国东方军团鏖战数日，损失惨重，最终还是没能攻进斯福尔特城。眼前的诺丁城虽然没有斯福尔特城大，但是也算是大城市，就这么一下被他们攻破了。由此可见，超级强者在战争中有多重要。

叶音竹高高地举起奥古斯都之剑，下达了全军冲锋的命令。

其实，现在用“全军入城”来说琴城大军最为合适。因为诺丁城内已经没有可以阻止他们的力量了，他们根本用不着冲锋。

发生在西非城的事情同样发生在了诺丁城，只不过，这一次发生在白天。有了上一次抢劫西非城的经验，这次琴城大军行动起来娴熟了许多，用更快的速度完成了任务。

这次行动真正的指挥官不是叶音竹也不是奥利维拉，而是红灵。

红灵进化成九阶魔兽之后，对金属的感知能力提升了很多，就算金属被深深地埋在地下，它也能将那些金属找出来。有了红灵的指引，那些贵族家里藏着的珍贵金属全都被找了出来，一点也没剩下。

红灵和比蒙军团寻找财物时，叶音竹和奥利维拉则在思考该怎么处置诺丁城内的贵族，两人商量之后，决定找几户人家来问问平常在诺丁城作威作福、欺压百姓是哪些贵族，然后拿那些贵族开刀。这样也算是给佛罗王国高层一个教训，同时能让佛罗王国变得混乱一些，结果随便一问，就发现诺丁城的大部分贵族都喜欢欺压百姓。

叶音竹没有犹豫，下令让死神龙狼骑兵们开始行动，同时告诉他们，可以放过主动交出所有财物的贵族。

在叶音竹的刻意宣传下，平民都颤抖着躲在家中。直到琴城大军离去，诺丁城内的平民也没有遭到任何攻击。

叶音竹和琴城将士们绝对不是蝗虫，他们只选择那些富得流油的贵族下手。叶音竹甚至会将一些不方便带走的财物直接扔在街道上，让那些平民捡回去贴补家用。佛罗王国的平民没有错，错的是佛罗王国的那些贵族。既然如此，一切就让有错的家伙来承担就是了。自从藏财物的贵族在闹市被斩杀之后，其他贵族都不敢藏财物了，因此这次行动异常顺利。

诺丁城的贵族比西非城的贵族富有，这一点从叶音竹用须弥神戒运送了两次财物就能看出来。当然，叶音竹除了将财物运送到东风城以外，还将格拉西斯和明吃不了的粮食从诺丁城转移到了东风城。

第一百九十一章

无形之网

叶音竹并不知道琴城现在缺什么东西，只是觉得无论是什么东西，往琴城搬总不会错。琴城气候干燥寒冷，只要找个合适的地方存放，运回去的粮食放几年也不会有什么问题。

当然，运输这么多东西，让金色和他的手下吃了不少苦，幸好，东风城距离琴城也不算太远。

琴城战士从中午一直抢到晚上，夜幕降临之时，叶音竹下达了撤退的命令。在城中留宿固然可以休息得舒服一点，但更容易暴露行踪。现在库斯勒正带着轻骑兵找他们，还是小心一些比较好。

叶音竹他们离开之后，诺丁城比西非城更混乱。

从一开始，库斯勒追踪的方向就是错的，他以为叶音竹会带着琴城战士一直往东，但其实叶音竹带着琴城战士朝东南方去了。最令库斯勒生气的就是，他派出去的探子没有一个能活着回来。当他找到那些探子的时候，看到的就是一具具尸体。那些探子不是脖子被刺穿，就是心脏处多了一个伤口，明显是被射杀的。

库斯勒根本就不知道叶音竹是怎么做到这一切的，难道，琴城的探子比自己这边的探子还要多吗？

现在的库斯勒和他的军队，就像是失去了眼睛和耳朵的人一样。在角鹰德鲁伊的帮助下，叶音竹能够随时知道库斯勒的准确位置，可是库斯勒并不知道叶音竹的位置，库斯勒甚至不知道角鹰德鲁伊正在监视他的一举一动。

两天后，库斯勒得到诺丁城被洗劫的消息时，险些从巨龙背上摔下去。西非城的情况都还没稳定下来，诺丁城又被洗劫，库斯勒实在无法接受这个事实。

原本，在得到西非城被洗劫的消息后，库斯勒还打算隐瞒一段时间，再将消息上报。他想的是只要他尽快将琴城大军歼灭，也算是将功赎罪，国王应该不会怪罪他。

此时，已经有两座城市遭到洗劫，不计其数的财物被抢走。库斯勒知道，自己隐瞒不下去了，同时，他也充分意识到了目前自己所处的困境。

库斯勒心里清楚，叶音竹带领的琴城大军虽然没有他手下的人多，但是，人数少也有好处，机动性强，可以灵活作战。叶音竹他们根本不和他正面交战，就算他带着大军，也没有作用。

更令库斯勒感到痛苦的是，他没有情报，没有情报就意味着无法知道琴城大军的动向。佛罗王国的国土面积不小，叶音竹他们不过几千人，没有情报，他很难找到叶音竹他们。

这样一来，库斯勒只能追在琴城大军背后，即便知道琴城大军在洗劫佛罗王国的城市，也无可奈何。现在，库斯勒感觉特别无力。

稳定了一下心神之后，库斯勒带领轻骑兵用最快的速度赶到了诺丁城。他一边稳定着诺丁城内的局面，一边派遣速度最快的龙骑将回到都城佛罗萨，向国王德拉瓦莱汇报现在的情况。

德拉瓦莱收到消息的时候，已经是七天之后了。这段时间内，叶音竹带领琴城大军又先后“光临”了两座城市。虽然那两座城市的规模略微小了一些，但那两座城市的财物不少。其中一座城市附近有金矿，那座金矿也被洗劫一空。叶音竹甚至连一粒粮食都没给这两座城市留下。

国王德拉瓦莱在得到消息之后，勃然大怒，在大殿上大骂库斯勒，如果不是帝国首相达里奥拦着，他马上就要下令处死库斯勒。

“陛下，请您冷静，现在这种时候，您一定不能冲动啊！”达里奥跪倒在德拉瓦莱面前，苦苦地哀求着。

德拉瓦莱脸色铁青，怒道：“冷静？你让我怎么冷静？库斯勒都干了什么，难道你没看到吗？他带出去整整五十万大军，加上后勤补给部队，超过七十万人，现在他手下还有多少人？你要不要去问问他？几十万大军就这么没了，他这个元帅是怎么当的？

“三天前，我刚刚得到蓝迪亚斯帝国传来的信函，你知道我承受了多大的压力吗？我们背叛了米兰帝国，如果我们不能趁着这个机会帮助蓝迪亚斯帝国灭掉米兰帝国，我们自己就会灭亡。在这节骨眼上，你看看库斯勒做了什么？几十万大军白白牺牲，却连一座米兰帝国的城市都没有拿下。我已经忍了很久了，希望他能找到机会，给米兰帝国致命一击。但现在，敌人已经打到了我们国内，数座城市被洗劫一空，那么多贵族失去性命，如果再不能做出点成绩，你让我如何向其他贵族交代？”

达里奥知道德拉瓦莱说的都是实话，也知道德拉瓦莱承受了多大的压力。三天前，蓝迪亚斯帝国方面传来的消息根本不算消息，那是一道死命令。蓝迪亚斯帝国要求佛罗王国在三个月之内攻破米兰帝国东方军团的防御，杀入米兰帝国内部，在米兰帝国内部制造混乱。

蓝迪亚斯帝国在米兰帝国南线的战争进行得也不是很顺利。一直处于防守状态的米兰帝国南方军团渐渐发挥出了自身的优势，将蓝迪亚斯帝国与波庞王国的联军死死地挡在了外面。

几场大战之后，双方的消耗都不小，蓝迪亚斯帝国依旧无法前进一步。战争渐渐进入胶着状态。

作为一代名帅，西多夫率领南方军团坚守在城内，一点要出击的意思都没有。

蓝迪亚斯帝国也没有机会攻入城内。按照现在的情况发展下去，双方就是在打消耗战。米兰帝国南方军团背靠自己的国家，补给源源不断，而蓝迪亚斯帝国的大军绕过了法蓝，远道而来，要获得补给相对麻烦一些。要是继续这样下去，鹿死谁手还未可知。

因此，蓝迪亚斯帝国最希望看到米兰帝国的东方防线和北方防线崩溃。原本最有希望破开米兰帝国防线的就是佛罗王国，可惜，天不遂人愿，佛罗王国与米兰帝国一战的结局令蓝迪亚斯帝国大吃一惊。为了自己的利益，蓝迪亚斯帝国自然会不断向佛罗王国施压。

“陛下，不论怎么说，库斯勒元帅也是我国唯一一位紫星龙骑将。战场上的情况一向变化莫测。您现在处置库斯勒元帅的话，会动摇我军的军心。这次战败也不能全怪库斯勒元帅，没想到琴城的人会突然出现，帮助米兰帝国人战斗，更何况琴城的人还拥有比蒙巨兽。现在对于我们来说，最重要的是解决那些琴城的人。只有将他们消灭，我们才能再次向米兰帝国发动攻击。”

听着达里奥的话，德拉瓦莱的情绪平复了一些，他看着下面噤若寒蝉的群臣，怒哼一声，道：“我们已经没有了退路。这次战争几乎消耗了我国数百年的积蓄，如果我们不能帮助蓝迪亚斯帝国攻破米兰帝国，那么，在不久的将来，我们就会成为米兰帝国的盘中餐。达里奥，我知道你一心为国，起来吧。”

达里奥暗暗松了一口气，这才从地上爬起来。其实他对库斯勒一点好感都没有，只不过达里奥是个聪明人。他很清楚德拉瓦莱说的这些情况，甚至比德拉瓦莱更明白这场战争对佛罗王国的重要性。为了佛罗王国和他自己的未来，他宁可在这个时候帮助库斯勒。

德拉瓦莱看了一眼下面的臣子们，心中暗叹：这么多大臣，关键时刻能派上用场的真是少之又少。

“达里奥，现在情况如此复杂，你有什么建议？”

达里奥道：“陛下，首先让我们冷静地思考一下。经过调查，我们发现这琴城本是米兰帝国境内一座很小的城市，叶音竹成为琴城领主之后，琴城才发生了翻天覆地的变化。这出身东龙八宗的叶音竹手上掌握了一股不可忽视的力量。很明显，琴城和米兰帝国现在应该是盟友的关系，所以才会帮助米兰帝国，袭击我国的城市。琴城在给我们带来巨大的损失的同时，告诉了我们，米兰帝国东线的防御跟我们想象的一样薄弱。否则，这些琴城人为什么不出现在北线或者南线战场上呢？”

德拉瓦莱点了点头，同意了达里奥的说法。

“说下去。”

达里奥继续道：“我们之所以会吃这么大的亏，主要原因还是对敌人不够了解，同时也有一定的战术性错误。我们的后勤补给线被敌人切断之后，战局受到了很大的影响。蓝迪亚斯帝国确实给我们带来很大的压力，但越是这种时候，我们越不应该操之过急，与其冒冒失失地再次向米兰帝国发动攻击，倒不如先稳定一下国内的局势，巩固一下我们自己的根基。只有这样，我们再次攻击米兰帝国的时候才会有底气。”

一旁的财务大臣站了出来，道：“臣同意首相大人的意见。不断给大军运送补给，国内消耗了大量的物资，短时间内不适宜再发动大规模的战争。”

达里奥点了点头，道：“正是如此。在这次的战争中，虽然我们损失惨重，但作为守城一方，他们的损失也不会少。经此一战，他们的防御力量会变得更加薄弱。因此，在臣看来，米兰帝国东方军团不足为惧。

“现在，对我们威胁最大的反而是那些琴城人。根据库斯勒元帅与他们交手数次的情况来看，这支琴城军队大约有三千人，有速度奇快而实力强大的骑兵，有恐怖的比蒙巨兽，还有一些拥有特殊战斗力的魔法师。他们的移动速度非常快，这也是库斯勒元帅没办法抓到他们的主要原因。如果我没猜错的话，这支琴城军队还有一股隐藏的力量，可以带给他们很多情报，让他们总能逃出我们的手掌心。”

德拉瓦莱叹息一声，道：“可是，我们现在有什么力量能够阻止他们呢？想必大家也知道，我国的大部分兵力都投入了前方战场之中。我相信首相的话，这些琴城人必定有特殊的方法能够得到情报，掌握我军动向，这样一来，除非我军能够形成一个巨大的包围圈，令他们无处可逃，否则的话，以他们的机动性，我们根本没有抓到他们的机会。”

分析完现在的形势之后，达里奥终于说出了自己的办法。

“陛下，依臣之见，我们现在可以从几个方面着手。首先，不要让库斯勒元帅去追赶对方了，这根本没有任何意义，只会进一步消耗我军的战斗力。刚刚经历过大战，他们现在需要的是休息。我们最好让库斯勒元帅带领主力大军在国内休整，然后挑选出五万名精锐骑兵，随时准备应变。只要休息一段时间，相信我军一定能够恢复元气。”

德拉瓦莱道：“这当然可以。但是，琴城那些人怎么办？他们才几千人，就毁掉了我们的后勤补给中心，洗劫了我们的城市，这说明他们战斗力超强。我现在真是恨不得将他们碎尸万段。”

达里奥眼中闪过一道寒光，冷冷地道：“琴城军队的个体战斗能力是很强，但是，现在他们在我国境内，不在琴城。想要歼灭这支军队，我们就要给他们织一张足够大的网，然后等他们自投罗网。虽然在织网的时候，我们会损失一些城市的财富，但是那都是值得的，等我们将他们歼灭后，我们就能攻入米兰帝国境内，到时候，还怕拿不回那些失去的财物吗？”

听了达里奥的话，德拉瓦莱眼中一亮，问道：“我明白你的意思，但是这张网要如何编织呢？”

达里奥沉声道：“琴城人在进入我们的城市后，没有伤害过平民，可见他们是非常理智的。他们损害了我国贵族的利益，这样下去，贵族如何生存？是的，我国的大部分兵力都在库斯勒元帅那里，可是，陛下，您忘记了吗？国内还有一部分力量未被利用起来。”

德拉瓦莱终于明白了达里奥的意思，问道：“你是说，贵族的私人武装？”

达里奥的目光从身边的王国重臣身上扫过，能够站在这大殿上的人，谁不是贵族呢？他点了点头，道："陛下，臣愿意将三千私兵全部贡献给国家，为了国家的未来……"

听达里奥这么一说，周围的重臣脸色顿时变得有些不自然了。

有领地的贵族都拥有一定数量的私兵。这些私兵不属于国家，由贵族自行训练，物资津贴也由贵族发放。不同级别的贵族，拥有的私兵的数量也不一样。级别最高的亲王，可以拥有一万名私兵；其次，公爵可以拥有五千名私兵，像达里奥这样的侯爵可以拥有三千名私兵；伯爵可以拥有一千名私兵。子爵如果有封地的话，也可以拥有五百名私兵。男爵最多能拥有一百名私兵，可以忽略不计。

经过达里奥提醒，德拉瓦莱才想起，国内还有这样的力量。佛罗王国贵族众多，他们的私兵加起来也是一股不可忽视的力量啊！

叶音竹袭击的大城市显然不是贵族的封地，他杀掉的贵族大多是些没有封地的贵族。真正有钱有势的贵族都在自己的封地内，私兵就是他们控制封地，保护自己利益的最有利的武器。

一听到达里奥要把他们的私兵拿过去，在场的重臣就在心中把达里奥骂了几百遍。私兵上交？能要得回来才怪。那可是他们耗费了不知道多少心血才培养起来的力量。他们不愿意将自己的私兵交出来，可是，德拉瓦莱一直盯着他们，想让他们表态，他们没有别的办法。

作为国王，德拉瓦莱自然知道私兵对于贵族们的重要性，也明白强行让这些贵族将私兵交出来是不合适的，但是，他不得不这么做。

德拉瓦莱缓缓地从王位上走下来，沉声道："各位，刚才本王和达里奥首相说的话，大家应该都听到了。佛罗王国正处于危难之际。我明白各位的想法，也知道你们不愿意将家底掏出来。可是，你们想过没有，要是不团结在一起，各自为战，等到琴城人攻击你们的封地之时，你们的私兵能挡住琴城人吗？现在，我们只有团结起来，才能将琴城人彻底铲除。在这里，我以国王的身份向你们保证，铲除琴城人之后，你们的私兵会立刻回到你们的封地。在战场上阵亡的私兵，将由国家出面抚恤。在战场上有功者，其功劳将记在你们身上。之后，如果我们能够攻入米兰帝国，所得到的土地，将优先赐予此次战斗中的有功之臣。”

众臣面面相觑，心渐渐动摇起来，他们都知道，这已经是德拉瓦莱的底线了。在内忧外患的情况下，德拉瓦莱已经没有了任何保留。

他们也不蠢，知道佛罗王国一旦完蛋，自己也没什么好果子吃。

“陛下，臣愿意将所有私兵交由国家统一指挥。”一向和首相达里奥站在同一战线的财务大臣立刻走了出来，趁此机会好好表现了一下。

“好。书记官，记录。”

财务大臣都表态了，其他大臣心中虽有疑虑，但还是很快响应。既然必须贡献出自己的私兵，那不如早点贡献出来，也能给国王留下一个好印象。

德拉瓦莱看着众臣纷纷将私兵献出来，心中很是满意。他缓缓地走到达里奥身边，用只有他们两个人才能听到的声音，道：“达里奥，如果我们能赢，我给你记首功。”

达里奥躬身道：“陛下，功劳不敢当。既然我们现在有了一股琴城人不知道的力量，那么，我们也该计划一下如何给他们沉重一击了。他们就像狡猾的狐狸，我们只有一次歼灭他们的机会。如果不能一次成功，以后再想让他们上钩可就难了。”

德拉瓦莱点了点头，道：“退朝后，我在寝殿等你。”

连续的胜利让琴城大军充满了信心。现在，他们获得了四座城市的财富，那可是天文数字啊！

从战争开始到现在，已经过去了三个月。在这三个月内，龙崎努斯大陆上风云变幻，为了使琴城有立足之地，叶音竹开始帮助米兰帝国攻打佛罗王国。

“音竹，我们下一个目标就选择这座城市吧。”

奥利维拉在羊皮地图上指了指，将选好的目标指给叶音竹看。

叶音竹点了点头，道：“可以。佛罗王国大军那边的情况如何？”

奥利维拉道：“目前没什么变化，库斯勒率领轻骑兵进入诺丁城之后并没有离开。这家伙不会被我们给气死了吧？”

叶音竹微微一笑，道：“希望如此。他毕竟是一名紫星龙骑将，要是元帅死了，佛罗王国人就更不是我们的对手了。这段时间奇袭佛罗王国的城市，兄弟们都辛苦了，等我们洗劫完下一座城市，就跟佛罗王国人玩消失如何？”

奥利维拉自然明白叶音竹的意思，他向叶音竹竖起大拇指，称赞道：“张弛有度，不错。”

三天后，佛罗王国又一座城市被洗劫了。从那之后，琴城大军整整消失了一个月。佛罗王国人连一点头绪都没有，更不用说掌握琴城大军的动向了。德拉瓦莱有些惊慌，要是琴城大军不再出现怎么办？那样佛罗王国不是白白损失那么多财物了吗？

军营。

库斯勒看着德拉瓦莱派来的使者，沉声道：“真是奇怪，难道琴城人已经绕过我们的防线回到米兰帝国去了吗？五座城市的财富就满足他们了吗？”

德拉瓦莱派来的使者道：“元帅大人，陛下和首相大人也觉得琴城人已经跑了。他们抢了五座城市的财物，就算有空间戒指，应该也装不了那么多东西，所以他们会将精力全部放在运送财物上面。已经过了一个月，首相大人估计，他们可能已经将东西运回米兰帝国，并且秘密地逃回了米兰帝国。”

“啪！”

库斯勒一掌重重地拍在桌案之上，怒道：“浑蛋！竟然跑了。首相大人有没有说我们现在该怎么做？”

使者道："首相大人的意思是等。我们之前在前线的消耗实在太大了，需要时间来恢复元气。我们不需要担心米兰帝国那边。蓝迪亚斯帝国和波庞王国在南方给米兰帝国施加的压力越来越大。

"随着天气渐渐转暖，兽人军团的战斗力也在逐渐增强。米兰帝国最精锐的北方军团不可能支援南方战场。所以，陛下和首相大人的意思就是继续休整。国内征调的十万名新兵还需要时间来训练，我们也需要储存一些粮食。陛下的意思是等到春末夏初时节，一切准备充分之后，再以迅雷不及掩耳之势，彻底摧毁米兰帝国的东方防线。元帅大人，首相大人让我告诉您，这一次，可不能再失误了。"

库斯勒自然知道王都内发生的事，他知道多亏了达里奥为自己求情，自己才保住性命，心中对达里奥的顾忌不禁少了一些。闻言，他点了点头，道："回去告诉首相大人，我一定会小心的。不过，我总感觉那些人不会善罢甘休，他们既然能够悄悄地离开，就一定能悄悄地回来。我们还要继续织网，等他们自投罗网。不歼灭琴城的那些人，我的心总静不下来。"

"是，我会将您的意思回报给陛下和首相大人的。"

叶音竹他们真的已经返回米兰帝国了吗？当然没有。叶音竹倒不是贪心，而是为了继续打击佛罗王国，给米兰帝国减轻压力。

一个月前，琴城大军洗劫了第五座城市之后，按照叶音竹的意思，开始寻找一个隐秘的地方，休整一段时间。之前战斗了那么长时间，就算是比蒙巨兽也没有那么多能量可消耗。叶音竹没想到的是，他们找到了一处风水宝地。

当然，发现风水宝地的是红灵。

离开第五座城市之后，叶音竹先将所有物资都通过传送魔法阵交给了金色，然后带领琴城大军朝东方继续前进，走出了大约两百里。就在他们准备寻找一个较为安全的地方休息时，红灵却突然从叶音竹身上脱离了出来。

红灵告诉叶音竹，它发现了一处富矿，就在距离琴城大军十里的地方。

叶音竹大喜过望，他洗劫城市就是为了将佛罗王国的资源弄到琴城，现在有富矿，他当然不会放过，而且能让红灵看上的矿藏，肯定是好东西。

于是，红灵引着琴城大军，来到了一片人迹罕至的丘陵。叶音竹让猛禽德鲁伊侦察，其他人就在这片丘陵中休息。

红灵这次发现的矿藏不如当初在极北荒原发现的魔银矿珍贵，毕竟，极北荒原那个魔银矿里的魔银和金刚精都是极品。不过，这次发现的富矿也足以令叶音竹欣喜不已，这是一座秘银矿。

秘银虽然不像魔银那么珍贵，但也是魔法师很喜欢的金属。秘银是应用最广泛的铸造魔法物品的金属。一般来说，不论是武器还是铠甲，只要往其中掺入一点秘银，刻画在武器或者铠甲上的魔法阵的品质就会大大提高。而秘银的多少，也是魔法阵威力强弱的关键所在。

这次红灵发现的秘银矿极大，根据红灵和奥利维拉的计算，这个秘银矿的总量相当于米兰帝国一整年的秘银产量。

对龙崎努斯大陆上的国家来说，想要找到秘银矿其实并不困难，难的是将秘银从矿石中提炼出来。在提炼秘银的时候，一旦出现问题，矿石就会直接变成废品。

可是，叶音竹他们显然不需要担心这个问题。红灵还是七阶魔兽时，就可以快速从矿石中提炼出魔银和金刚精了，提炼秘银完全没问题，更何况红灵已经进化成九阶魔兽了，提炼矿石的能力提高了很多。

叶音竹发现，人类斗气提升后的变化和红灵进化后表现出来的变化正好相反。人类的斗气一开始是气态的。随着斗气不断增强，气态的斗气会变得越来越浓郁，等实力突破紫级之后，气态的斗气会转化成液态。至于液态的斗气最终会不会转化为固态的斗气，恐怕只有那些次神级强者才知道。

红灵的情况刚好相反。红灵吃下特殊金属后，吸收的是金属里的各种元素。红灵进化成七阶魔兽之后，每次吃下的金属都会在它体内变成液态，更容易吸收。此时，进化成九阶魔兽的红灵，吃下金属后，可以让金属在体内变成气态，吸收起来就更容易了。

作为稀有金属，秘银也有自己的伴生金属，那就是精金。精金在增强魔法的威力方面有着极好的效果，提炼起来比秘银更困难，由此可见其珍贵程度。

在确定了秘银矿的位置之后，琴城大军就开始行动了。此时，叶音竹一直装在须弥神戒中的地精撕裂者终于派上了用场。

就算是比蒙巨兽，在开采矿石这种事情上也无法和地精撕裂者相比。地精一族不知道试验了多少年，才设计出了地精撕裂者。

叶音竹在矮人族大师和地精铸造地精撕裂者的时候，向他们强调了开采的功能。因此，这些地精撕裂者手臂上安装的开采工具全部是由金刚精铸造而成的，极为锋利坚硬。

地精操纵着三十个地精撕裂者，开始开采这片秘银矿。

开采出的矿石会集中堆放，由红灵负责提炼。虽然在提炼过程中，红灵自己也必须摄取一些能量，但是那也不会影响红灵提炼秘银的速度。红灵在这个时候展现出来的高超能力，令所有人为之惊叹。

三十个地精撕裂者每天能够开采出百吨秘银矿的矿石，红灵自己就能够提炼超过一半的矿石。

别说叶音竹，就连紫看到那么多秘银和精金，也大为惊喜。有了这些东西，琴城大军的装备就不用愁了。

地精撕裂者只用了十天，就将秘银矿开采完了。红灵用了十五天，提炼了所有矿石。最终，红灵一共提炼出了八百多千克秘银和七十多千克精金，比他们之前洗劫五座城市所得到的珍贵金属还多。

第一百九十二章

都城商圈

正当叶音竹准备带领琴城大军攻打下一座城市时，红灵打断了他的计划。

原来红灵出去转悠了一圈，在不远处又发现了一处矿藏，因此，琴城大军又在此地多待了半个月。这次红灵发现的是能够提炼出金刚精的金刚石，金刚石特别多，提炼出来的金刚精自然也会多。

在这样的情况下，琴城大军就留了下来。其实，只需要留下地精撕裂者和红灵就足以保证开采工作的顺利进行了，但这些东西毕竟珍贵，而且叶音竹害怕地精撕裂者发生故障，考虑到短时间内佛罗王国不可能对米兰帝国东边构成威胁，他索性让全军继续休整，同时保证矿石的顺利开采。

金刚石矿在出产金刚精的同时会伴生一定的魔银，只不过伴生的魔银不多而已。有红灵在，这些好东西自然会成为琴城的囊中之物。

红灵化身为金红色的雾气，将一块体积达到一立方米的暗金色巨石完全笼罩在内，金红色的雾气渐渐亮了起来。

随着时间的推移，当红灵重新变回本体的时候，它手中就多了一大块金刚精和一小块拇指大小的彩色魔银。

“琴帝大人，提炼完了。”

红灵长舒一口气，它眼中满是兴奋。提炼矿石对赤精来说本就是最好的修炼方式，普通的赤精，就算发现矿藏也没有能力发掘，但红灵不是普通的赤精，它不仅可以随便摄取这些矿石中的能量，同时，还有三十个巨大的地精撕裂者充当挖掘机。对于赤精来说，没有比这更好的待遇了。这也是无比聪明的红灵死心塌地地跟着叶音竹的原因。

叶音竹将眼前的金刚精和魔银收到须弥神戒中之后，拍了拍红灵的肩膀，道："辛苦你了。"

红灵摇了摇头，向叶音竹恭敬地行礼后，直接化为一道金红色的光芒依附到了叶音竹身上。

这一个月，琴城大军休息得很好，同时，他们在叶音竹和奥利维拉的指挥下，不断训练。当然，这些强大的战士本身已经不需要训练了，他们现在主要练习的就是彼此之间的配合。只有配合默契，他们的战斗力才能完全发挥出来。

叶音竹回到临时搭建的营帐之中时，各个军团的军团长早已等在这里了。

叶音竹走到主位上坐了下来，道："红灵已经完成了全部提炼工作。一个月过去了，不知道现在佛罗王国的情况如何。"

化成人形的格拉西斯愁眉苦脸地揉着肚子，委屈地道："琴帝大人，管他们如何！我现在只想吃东西。"

此话一出，帐内众人脸上顿时多了一抹笑容，山岭巨人明赞同地点了点头。

虽然叶音竹的须弥神戒中还有不少粮食，但叶音竹不敢让格拉西斯吃，格拉西斯的饭量太恐怖，恐怕琴城大军一个月的口粮还不够他吃一顿。明还可以吃一些岩石来补充能量，他却不行。格拉西斯偶尔会在周围抓一些野兽，但那些野兽还不够他塞牙缝的。所以，他这一个月可以说是饿过来的，幸好在上一座城市，他吃得很饱，在饿了一个月后，还有一些体力。否则，他的战斗力恐怕就要大幅度下降了。

叶音竹点了点头，道："放心吧，你马上就有东西吃了。这次我找大家来，就是要和大家商量一下我们接下来的计划。”

众人安静下来，只有格拉西斯忍不住道：“还商量什么啊？琴帝大人，您直接指挥我们就行了，您让我们去哪里，我们就去哪里。”

这一次，格拉西斯的话倒是得到了众人的赞同。不可否认的是，在之前的多场战斗中，叶音竹可谓是算无遗策，他不仅解除了米兰帝国东线的危机，而且让琴城得到了巨大的财富。此时，不论是德鲁伊、比蒙巨兽、精灵还是东龙帝国战士，都完全认可了叶音竹的指挥能力。眼看琴城得到了那么多资源，他们对叶音竹更有信心了。

叶音竹和奥利维拉对视一眼，道：“自从我们离开琴城之后，到目前为止，一切进行得还算顺利。但是，这不代表我们未来也会如此顺利。战场上的形势瞬息万变，什么情况都有可能发生。我们算计敌人，敌人也可能算计我们。我们休整了一个月，佛罗王国大军同样休整了一个月。虽然斯福尔特城一战对佛罗王国的打击很大，但还不足以动摇其根本。我们的对手毕竟是一个国家，休息了一个月，想必佛罗王国大军也恢复了一些元气。对于佛罗王国大军来说，我们现在就是他们最痛恨的敌人。如果我是佛罗王国大军的统帅，一定会想办法对付我们。只有先将我们消灭，他们才能安心地向米兰帝国发动攻击。奥利维拉大哥，你把角鹰德鲁伊侦察的结果说一下吧。”

奥利维拉点了点头，道：“音竹说得很对，我们不能过于乐观。佛罗王国对米兰帝国发动攻击，无疑是孤注一掷。蓝迪亚斯帝国可以输，波庞王国可以输，波利王国也可以输，因为他们都有退路，唯独佛罗王国不能输。佛罗王国与米兰帝国大范围接壤，一旦主战场的战争结束，米兰帝国一定不会放过佛罗王国。所以，佛罗王国绝对会用尽一切方法来取得胜利。”

听了叶音竹和奥利维拉的话，众人脸上轻松的表情渐渐消失了，德鲁伊的几位族长下意识地点了点头。

奥利维拉继续道：“在我军休整的这一个月的时间里，我派遣角鹰德鲁伊扩大范围侦察，虽然没有侦察到佛罗王国全境，但是侦察过了佛罗王国一半的地方，重点对佛罗王国大军进行了仔细的侦察。我们发现，在这一个月的时间内，佛罗王国大军的恢复速度极为惊人。从斯福尔特城一战中撤退下来的大军已经重整旗鼓，在得到大量后勤补给的同时，兵员也补充到了四十万。虽然补充的大多是新兵，但是由于有老兵带领，那些新兵的训练效果也不错。最令我担心的是，佛罗王国的这支主力大军在追踪我们到诺丁城之后就没再继续追我们了，而是将大军分散开，让大军像铁索一般，在佛罗王国距离米兰帝国不远处形成了一道长长的防线。而这四十万人中，有一支完全由轻骑兵组成的精锐部队，共计五万人。那五万人并没有和其他人驻扎在一起，而是在这个地方。”奥利维拉一边说着，一边用手指点在羊皮地图的一个特殊的位置上。

众人随着奥利维拉的手指看去，发现那是一座不起眼的城市，乍一看似乎没有什么特殊之处，仔细看时，才发现那座城市所处的位置不一般。

叶鸿雁有些吃惊地道：“这个地方有点意思啊！好像有什么特殊意义。”

叶音竹此时才开口：“不错，佛罗王国人让那五万轻骑兵驻扎在那里，确实有特殊的用意。他们这是布下了一招好棋。大家仔细看，这座城市的规模小得可怜，根据角鹰德鲁伊的侦察，我们也可以得知，那里并未建后勤补给中心，按说满足不了五万轻骑兵的需要。但是，你们看一下，这座小城市到周围的十五座大城市的距离几乎都是一样的。”

经过叶音竹提醒，众人这才注意到，这座驻扎了五万轻骑兵的小城市位于佛罗王国大军后方，也就是在佛罗王国腹地。它到周围十五座大城市的距离几乎是相等的，而且距离都不远。

“这么说，不论我们攻击这十五座城市中的哪一座城市，这五万轻骑兵都能立马赶过来了？”兰宗宗主兰清皱眉说道。

叶音竹道：“是的。我们从现在的位置出发，用不了多久就能抵达这一片城市群。这十五座城市可以说是佛罗王国在诺尔平原上的根基，比我们之前袭击的偏外围的五座城市更重要。如果我们能将这十五座城市半空的话，我可以肯定，佛罗王国的经济必将崩溃。就算佛罗王国东部的大城市全力支援，佛罗王国也无法在五年之内恢复元气。”

叶鸿雁冷笑一声，道：“他们难道以为我们真的会怕那五万轻骑兵吗？没有足够多的龙骑将，轻骑兵又能有什么用？”

没有人觉得叶鸿雁自大，五万人对三千人，从数量上来看是不对等的，但在场的强者都对自己的属下或者族人有信心，他们绝对能够做到以一敌十。死神龙狼骑兵和比蒙巨兽的战斗力尤其惊人。

当初，在斯福尔特城一战之中，他们让佛罗王国的魔法师军团全军覆没，同时重伤佛罗王国的强者杀，就算那些强者杀恢复了一些战斗力，也无法与叶音竹他们相比。一旦琴城大军与那五万名轻骑兵碰撞在一起，不说别的，就是十阶神兽的威压也能令他们的坐骑完全崩溃。这样看来，琴城大军获胜的可能性反而更大。

奥利维拉沉声道：“不错，我们不怕与对方正面交战，但是，我们深入虎穴，不能和对方进行长时间的消耗战。我们毕竟只有几千人，消耗不起。就算我们全歼了那五万人又如何？各位能够保证自己和属下不受伤吗？过度的消耗必然会令我们失去机动性，那样的话我们很容易就会被佛罗王国大军包围，到那时，损失是不可避免的。上一次，佛罗王国大军用碧玉魔龙偷袭，难保他们这次不会用别的手段。在座的各位和各位的属下、族人都是琴城的未来，我们不能遭受这样的损失。所以，我们绝对不可以和敌人硬碰硬。”

奥利维拉的话得到了叶音竹的赞同。

“奥利维拉大哥的意见就是我的意见。我们必须从长计议。前几次行动已经让我们尝到了不少甜头，下次行动，我们首先要保证自己的安全。做不到这一点，我们宁可推迟行动，甚至不行动。”

格拉西斯嘟囔道：“说了这么多，究竟要做什么？反正我要吃饭，我忍不了了。”

叶音竹微微一笑，道：“佛罗王国等着我们攻击那十五座城市，我们就偏不如他们的愿。他们在外围严密防守，就让他们防好了。我们不能正面交战，难道还不能绕路到没有敌人的地方去吗？”

叶音竹一边说着，一边将手指落在了地图上佛罗王国都城所在的位置。

一时间，众人看着叶音竹的眼神都变了。

叶音竹面带笑容，沉着地道：“最危险的地方就是最安全的地方。我们现在最有优势的地方就是，我们能够掌握佛罗王国大军的动向。经过前几次战斗，我们也能够看出，佛罗王国为了攻打米兰帝国，倾其所有，集结大军到边境，因此造成了国内的空虚。既然他们在外面准备了四十万大军，那么，他们的都城以及都城周围的城市还能有多少军队呢？那十五座城市确实好，也比较近，但我们不去那里。如果佛罗王国的国王一不小心落在我们手上，那么，这场战争应该也可以结束了吧？”

“富贵险中求，我喜欢。”紫简单地说道，同时也表明了他的立场。

这回，连一向谨慎的奥利维拉都点了点头。

按以往的经验来看，叶音竹用兵大有剑走偏锋之势，他会将现有兵力的优点完全发挥出来。琴城众将士的实力确实强大，单是紫级强者的数量就足以和整个米兰帝国相比了，所以他们不用怕现在的佛罗王国。就算打不过，想要冲出重围也绝对不困难，更何况，他们还有传送魔法阵作为撤离的保障。奥利维拉实在想不出阻止叶音竹的理由。

叶音竹见大家都没有意见，便笑着道：“好，大家收拾一下行囊，我们即刻出发。”

众人同时恭敬地答道：“是。”

等到大家走出了营帐，格拉西斯蹭到叶音竹身边，一副愁眉苦脸的样子，道：“琴帝大人，不管您要攻击什么地方，我都没意见，也愿意当您的先锋。可是，现在我们要去佛罗王国的都城，这意味着我们要走很远的路，而我已经一个月没吃东西了。现在我已经感觉到自己的体力在下降了。”

看到格拉西斯那副可怜兮兮的样子，叶音竹忍不住想笑，这还是那个无比强势的战争巨兽吗？不过格拉西斯说的确实是个问题。格拉西斯的战斗力十分惊人，饭量同样惊人，总不能让格拉西斯饿着上阵吧？

“好吧，我想办法给你弄些粮食吃，先说好，我不能保证你一定能吃饱，只能说让你维持体力。等我们到了佛罗萨城附近的城市，随便你怎么吃。”

格拉西斯大喜过望，笑道：“那真是太好了，只要有吃的，其他的我都不在乎。管它是不是都城，我一下就能撞穿它。”

琴城大军整装待发，营帐中只剩下叶音竹一个人。

这一个月，红灵和地精都很忙，叶音竹和其他人也没有闲着，他们利用这段时间休息、修炼。长时间在战场上拼杀，很容易让人丧失本心，休息一段时间，可以让他们荡涤一下心灵，顺便提升修为。因此，这一个月以来，琴城战士一直在不断修炼，叶音竹也借机巩固了自己的修为，并且着重修炼了一下自己新领悟到的虚无音刃。达到紫级七阶之后，叶音竹感觉到自己体内的斗气和魔法力如同大江大河一般，仿佛用之不竭。

原本叶音竹还以为自己很难应用虚无音刃，可是，斗气和魔法力同时提升令他能顺利使出虚无音刃。虚无音刃也成了叶音竹自创的最强攻击手段。琴曲的威力虽然大，但需要时间才能有效果，如果能够瞬间发出虚无音刃，就不会使自己太被动，而且虚无音刃最厉害的就是，它可以无视一切物理防御。

紫在仔细感受过虚无音刃的威力之后，对叶音竹说过，叶音竹的虚无音刃在不久的将来一定会成为“战士杀手”。

以叶音竹现在的实力，跟他对战的人如果没有达到次神级，遇到虚无音刃后，别想活下来。虚无音刃的威力大小与对战方精神力的强弱成反比。虚无音刃攻击的敌人的精神力越强，虚无音刃的攻击范围和效果也就越小。

也就是说，如果叶音竹发出虚无音刃攻击三百名魔法师，由于魔法师的精神力普遍强大，虚无音刃遇到的抵抗力就会大，那么虚无音刃攻击的范围就会小很多，但如果攻击的是三百名战士，那么，虚无音刃就可以轻松地解决掉他们。

当初在斯福尔特城，正是因为没有受到魔法师的影响，叶音竹这足以媲美禁咒的虚无音刃才能毁掉佛罗王国的五千名重骑兵。

叶音竹经过不断尝试和试验，发现虚无音刃在对付战士的时候，尤其是在战场上对付大批敌军的时候，效果尤为显著。

使用虚无音刃的好处虽多，但是也有坏处，那就是虚无音刃对发出者的精神力消耗极大，施展一次虚无音刃消耗的精神力相当于施展三次禁咒消耗的精神力。

菲尔杰克逊一直处于沉睡之中，叶音竹呼唤过它几次，想要请教它一些问题，可是它始终没有醒转的迹象。成为东龙帝国的摄政王，介入几大国家之间的事务之后，叶音竹越来越感觉到了自己实力上的不足。

在龙崎努斯大陆上，佛罗王国不过是一个中等国家。别说米兰帝国和蓝迪亚斯帝国，就连波庞王国的整体实力也要强于它。对于叶音竹他们来说，只对付佛罗王国大军就已经如此费劲，而且还是在米兰帝国东方军团的帮助下战胜的佛罗王国大军。未来琴城的敌人会是龙崎努斯大陆上最强大的法蓝，现在琴城的实力远远不够。

一想到琴城的未来，叶音竹就更加渴望强大的实力。他越来越想知道，菲尔杰克逊会如何教自己将琴魔法与亡灵魔法融合在一起。

琴城大军出发了。

因为此次行动极为凶险，他们需要深入虎穴，所以他们不敢大意，只留下了一百个角鹰德鲁伊监视佛罗王国大军的动向，其余九百个角鹰德鲁伊全部被派了出去，不断将各种情报传递回来。

想要达到奇袭的效果，首先就不能惊动敌人，因此，琴城大军在角鹰德鲁伊的帮助下，绕过了所有可能遇到人的城市和村落，昼伏夜行，专门挑选偏僻之处行进。以琴城大军的实力，就算专门走偏僻的道路，他们的速度也没有受到多大的影响。

这样专门寻觅偏僻的路前进也有一个好处，那就是可以发现稀有金属。凡是含有稀有金属的矿石，大多藏在偏僻之地。这一路上，红灵虽然没有发现像之前那座秘银矿一样的富矿，但还是发现了一些稀有矿石。琴城大军也因此走走停停，慢慢朝佛罗萨城靠近着。

又是一个月过去了，此时已经进入了春季。随着温度逐渐升高，万物复苏，平民们也开始在田间干活了。

行军的这一个月以来，格拉西斯就没有吃饱过。当然，叶音竹也不会一直饿着格拉西斯，每过一段时间，叶音竹就会通过传送魔法阵回到东风城拿一些粮食回来，给格拉西斯这个大胃王吃，因此格拉西斯不至于饿得走不动路。

虽然这段时间他们没有偷袭佛罗王国的城市，但他们也不是完全没有收获。行军的时候，各个兵种之间需要配合，他们明显更有默契了，而且他们还得到了不少稀有金属，甚至还有一块手指大小的氪金。

“终于快到了，好长时间没活动了，感觉手有些痒啊！”奥利维拉从自己的坐骑背上跳下来，落在叶音竹身边。

叶音竹微微一笑，问道：“要到了吗？前面情况如何？”

他一边说着，一边抬起手，示意琴城大军停止前进。

奥利维拉在原地蹲下，将羊皮地图摊开，手指在地图上圈出一块区域，道：“我们现在在这个位置，再往前就要进入佛罗王国的都城商圈了。我明白你的意思，你就是想奇袭佛罗萨城，动摇佛罗王国的根本。只要我们能够给佛罗王国的王室一次沉重的打击，那么，佛罗王国大军也将不攻自破。我仔细研究过地图，刚才又亲自到前方去侦察了一下，发现事情并没有我们想象的那么简单。”

“哦？你发现了什么？”

叶音竹的脸色变得凝重起来，现在他们可以说是孤军深入，行事必须极为小心。虽然他拥有生命储存宝石，还有传送魔法阵，可是一次最多也就能传送几百人而已。就算叶音竹的实力提升了不少，想要在短时间内将琴城大军完全撤离佛罗王国，也需要一段时间。

奥利维拉道："佛罗王国一共有两大商圈，这两大商圈是佛罗王国经济的根本。其中一个商圈在诺尔平原上，名为西南商圈。西南商圈原本有二十座城市，只不过被我们抢光了五座。

"另外一个商圈就是以佛罗萨城为核心的都城商圈。虽然都城商圈的经济非常发达，但是，对我们来说，都城商圈也有一个不好的地方，那就是它的城市分布得太密集了。"

叶音竹点了点头，道："你的意思是，都城商圈中的城市距离非常近，很方便他们彼此救援，是吗？"

奥利维拉点了点头，道："正是如此。我仔细想过了，我们想要直接攻击佛罗萨城是不可能的，至少要先经过三座城市。佛罗萨城周围一共二十多座大城市，那二十多座城市就像众星捧月一般将佛罗萨城拱卫在内。"

叶音竹道："那我们现在就只有两个选择，一是先攻击其他城市，二是不管其他城市，直接冲向佛罗萨城。"

奥利维拉道："正是如此。虽然现在佛罗王国内部空虚，但每座城市总会有维持治安的城防军。就算每座城市只有三千名城防军，这二十多座城市的城防军加起来也有六万多人。佛罗萨城内的皇家禁卫军保守估计也超过了一万人。两者相加，我们可能会遇到七八万名敌人。不论我们是先偷袭外围的城市还是直接冲向佛罗萨城，佛罗王国人都可以在第一时间从周边城市抽调兵力，集结大军到佛罗萨城，对付我们。

"音竹，我们毕竟人少，虽然我们的战士都是强者，但要是敌人用人海战术的话，情况还是会比较危险。如果我们攻击佛罗萨城的话，无疑会彻底激怒佛罗王国人，甚至会被佛罗王国的全体国民视为敌人。"

奥利维拉一直保持警惕，让叶音竹避免掉进陷阱。再伟大的统帅，也不可能保证自己永远不犯错。

听了奥利维拉的话，叶音竹立刻意识到了事情的严重性，便沉声道："既然如此，我们还是要谨慎行事。看来，想要攻击佛罗萨城还要好好筹划一番。"

奥利维拉也不打断叶音竹的思路，在掌控大局方面，奥利维拉自认不如叶音竹，但他比叶音竹更注重行动的细节，和叶音竹正好互补。

叶音竹沉思了十分钟才开口："既然深入佛罗萨城很有可能被对方包围，那么，我们就继续进行游击战好了。根据角鹰德鲁伊回报，佛罗王国的那四十万大军没有异动，一直在休息。就算那些人全速行军，至少也需要半个月才能从西非城和诺丁城赶到这边。这半个月，我们能做的事情有很多。看来，人还是不能太贪心啊！虽然我们这次可能无法令佛罗王国彻底崩溃，但是我们要让他们心疼一下。"

说着，叶音竹嘴角露出一丝淡淡的微笑。

"奥利维拉大哥，你说，要是佛罗王国的都城商圈中的一座城市被我们洗劫，那佛罗王国的国王会有什么反应？"

听到叶音竹的话，奥利维拉眼睛一亮，用手拍了一下脑袋，兴奋地道："他肯定非常害怕，会立马下令将周围的兵力都调回佛罗萨城。这样一来，都城商圈中的其他城市必定防御空虚，我们就可以乘虚而入。这样的话，就算我们不攻击佛罗萨城，也能获得很多战利品，同时还能动摇佛罗王国的根本。"

叶音竹用力地挥了一下手，道："就这么办，就从外围城市开始。"

仔细商讨之后，琴城大军再次踏上了征途。休息了这么长时间，琴城大军心中的战意达到了顶点。

第二天清晨，琴城大军悄然出现在了佛罗王国的都城商圈最外围的一座城市面前。正如叶音竹想的那样，由于大军被调往前线，都城商圈的防御极弱，这一座城市中的城防军还没有三千人。不需要战争巨兽格拉西斯出马，角鹰德鲁伊背上的精灵弓箭手进行了两轮齐射，再加上树妖德鲁伊投掷长矛，琴城大军没费什么力气就冲进了城市之中。

又一次洗劫开始了。

只不过，令叶音竹有些失望的是，虽然这座城市的规模比西非城和诺丁城的大，但是这座城市里的贵族不多，也没什么特别好的宝贝，所以，叶音竹他们找到的那些财物完全没办法和西南商圈找到的财物相比。

虽然都城商圈的城市分布得比较密集，对佛罗萨城起到了很好的保护作用，但是，这样也使得叶音竹他们行动起来方便了很多。

在西南商圈的时候，他们要花五天时间才能走到下一座城市。在这里，他们只需要走两天就能到达下一座城市。

按照叶音竹和奥利维拉的计划，琴城大军并没有深入都城商圈内部，而是从外围城市下手，每到一座城市，他们就会将那座城市的财物运走。

在叶音竹他们洗劫完第三座城市后，角鹰德鲁伊传来消息，说佛罗王国的统帅从四十万大军中调出十万名轻骑兵，命他们日夜兼程地朝佛罗萨城赶来，很显然，都城商圈被袭击的消息已经传了出去。

接到这个消息后，叶音竹和奥利维拉不禁信心大增——轻骑兵从前线赶回佛罗萨城要二十天时间。二十天，他们还可以搬空多少座城市？因此，叶音竹命令角鹰德鲁伊继续侦察，他则带领大军继续行动。

库斯勒带领大军飞快地朝着佛罗萨城的方向赶路。十万轻骑兵日夜兼程，行军速度极快。

第一百九十三章

请君入瓮

角鹰德鲁伊虽然可以侦察到这支大军的动向，但是，角鹰德鲁伊看不到库斯勒脸上的表情。此时的库斯勒脸上不仅没有担忧之色，反而带着阴险的笑意。

“琴城人，你们终究还是出现了。尽管你们的行踪非常隐蔽，在你们出现之前，没有人知道你们的动向，可是，你们还是上当了。别忘了，你们面对的是一个国家。想必，你们已经知道我正在带兵赶回佛罗萨城了，你们一定很得意吧？可惜，你们不知道，一张大网已经在你们面前张开。”

没有空中侦察兵，佛罗王国人确实像瞎子一样，但是瞎猫还有可能碰上死耗子呢，佛罗王国并不是完全没有机会的。国王德拉瓦莱和首相达里奥定下计策之后，他们第一时间做出了安排。想要对付机动性极强的琴城大军，他们只能守株待兔。虽然按兵不动会让他们损失一些城市的财物，但是他们认为现在把琴城大军歼灭才是最重要的事情，只要能将琴城大军歼灭，那些财物就都能找回来，他们也能继续攻打米兰帝国。

紫光闪烁，叶音竹的身影悄然出现。叶音竹也不知道自己这是第几次从东风城归来了，他只知道琴城大军已经在都城商圈之中抢劫了九座城市。

虽然其中几座城市的人试图反抗，但终究还是败在了琴城大军手下。九座城市会有多少财物啊？金色告诉叶音竹，要是想将这些东西都运到琴城，他至少要忙碌半年。都城商圈的经济遭到了毁灭性的破坏，平民都陷入了恐慌之中。

“奥利维拉大哥。”叶音竹刚回来，就在寻找自己的伙伴。

“我在这里。这座城市已经被搬空了，兄弟们也休息得差不多了，随时可以出发。”奥利维拉走了过来，微笑着向叶音竹道。

他们这次行动使佛罗王国元气大伤，国内资源估计会开始紧张。在这样的情况下，佛罗王国的四十万大军还能在前线支撑多长时间？四十万大军每天要消耗多少资源？没有足够的资源，用不了多久，佛罗王国大军就会不战而败。米兰帝国东线的压力自然会消除。

叶音竹的脸色有些沉重，他皱眉问道：“大哥，你有没有觉得，我们这些天的行动太顺利了一些？会不会有什么猫腻？”

一旁的梅宗宗主梅如剑微笑着道：“怎么？顺利还不好吗？此时的佛罗王国确实没有和我们抗衡的实力，他们能保住都城就很不错了。”

听了叶音竹的话之后，奥利维拉的表情也变了。他沉声道：“我觉得佛罗王国人太安静了，按理说，他们不是这么能忍的人。音竹，你有什么发现吗？”

叶音竹摇了摇头，道：“我没什么发现，可能我的感觉是错的。有角鹰德鲁伊替我们侦察，我们随时都可以掌握佛罗王国人的动向，那十万名轻骑兵至少还要五六天才能赶回来。可是，正像你说的那样，佛罗王国人实在太安静了。还有一点，不知你发现没有，这一次，我们虽然抢到了不少东西，但是没什么特别贵重的，而且这些城市里连一个侯爵以上的贵族都没有。”

奥利维拉劝慰道：“这倒没有什么不正常的。我们抢了那么多城市，那些大贵族不可能没听到风声，他们应该都逃到佛罗萨城去了。既然你有些担心，那我们就小心一点。等抢完下一座城市之后，我们就回斯福尔特城休整。抢了那么多东西，想必也够琴城用一段时间了。佛罗王国大军虽然有四十万人，但与之前的五十万人相比，实力还是有不小的差距。他们没有足够的魔法师，只要我们带领琴城将士帮助东方军团守住斯福尔特城，佛罗王国就没有任何机会。”

听了奥利维拉的话，叶音竹的心情也放松了几分，他淡淡地道：“好吧，下一次行动过后，我们就回斯福尔特城。”

倒不是奥利维拉贪心，而是他们现在所在的这座城市距离下一座城市只有五十里。距离这么近，如果不去看一下，实在是有些可惜。更何况，下一座城市是都城商圈外围最大的一座城市——法帝维斯城。城市规模大，自然意味着有更多财物。

短暂的休息之后，琴城大军再次踏上了征途，五十里路对于琴城大军来说算不了什么，他们用不了两个小时就能到达法帝维斯城。

因为心中有些不安，所以叶音竹决定用闪电战的方式结束这一次行动，之后直接在法帝维斯城启动传送魔法阵，将大家传送回斯福尔特城。

法帝维斯城渐渐出现在他们视线之中。虽然离这座城市还有一定距离，但是只看这座城市高高的城墙，他们就能知道这座城市的规模很大。

负责侦察的角鹰德鲁伊飞了回来，向叶音竹和奥利维拉报告情况。

“琴帝大人，法帝维斯城内大约有四千名城防军，虽然城门紧闭，但是城内的防御并不严密，甚至连必备的防御工事都没有。”

紫跟叶音竹一起坐在变回本体的格拉西斯背上，也听到了角鹰德鲁伊说的话，微笑道：“看来，法帝维斯城里的人已经放弃抵抗了。”

“嗯，全军出发！”叶音竹下达了前进的命令。

除了分散在外负责侦察的五百个角鹰德鲁伊以外，剩余的五百个角鹰德鲁伊在奥利维拉的率领下以最快的速度朝法帝维斯城上方飞去，这次，奥利维拉带着角鹰德鲁伊攻击的是法帝维斯城的南城门。

角鹰德鲁伊出发之后，死神龙狼骑兵和树妖德鲁伊赶忙加速，以迅雷不及掩耳之势朝着南城门的方向冲去。叶音竹、紫、比蒙巨兽、猛禽德鲁伊、利爪德鲁伊和东龙帝国战士也加速，跟随在先锋部队之后，朝南城门奔去。

在死神龙狼骑兵到达之前，角鹰德鲁伊背上的精灵弓箭手就已经用箭射了好几轮城楼上的城防军。在树妖德鲁伊发动一次攻击之后，死神龙狼骑兵就跨过了法帝维斯城的护城河。

这次行动和之前几次没什么不一样，死神龙狼骑兵毫不费力就到了城内。因为角鹰德鲁伊早就将城门打开了。

叶音竹他们刚进入法帝维斯城，就看到了一条足以让十驾马车并行的街道。原本城内应该很热闹，可没想到街道两旁的店铺都已经关闭了。整个法帝维斯城给人一种空荡荡的感觉。

洗劫过那么多城市，叶音竹和奥利维拉发现，先将大军带到城市中央，然后再让大军分散开，以辐射的形式向四周展开行动的速度最快，效率也最高。习惯成自然，此时叶音竹带着琴城大军以同样的方式展开了行动。

突然，叶音竹脸色一变，喊道："不对！我们刚刚入城，速度如此之快，城内的商铺应该来不及关闭才对。这和以往的情况有些不一样，来人！"

随着叶音竹的一声大喝，之前回报消息的角鹰德鲁伊立刻来到他身边，角鹰德鲁伊背上的精灵弓箭手恭敬地道："琴帝大人，有何吩咐？"

叶音竹急切地问道："刚才你们侦察的时候，法帝维斯城内的商铺是关闭的吗？"

精灵弓箭手愣了一下，道："好像是的。"

叶音竹怒道："什么叫好像？到底是不是？"

那精灵弓箭手点了点头，道："应该是的，我们也觉得有点不一样，但我们侦察的主要是城防军的分布情况，因此也没有太注意城内的其他情况。琴帝大人，有什么问题吗？"

叶音竹全身打了个寒战。问题？这问题恐怕大了。

叶音竹赶忙大喝一声，道："全军止步！快告诉在空中指挥的奥利维拉，法帝维斯城可能有情况。琴城大军，先出城再说。"

坐在叶音竹身边的紫皱眉道："音竹，你是不是太紧张了一些？或许，这里的平民知道我们抢劫了旁边的城市，想到我们也会到这里来，才选择将商铺关闭的。"

"不，不可能的。我们行动得那么快，就算有消息传到法帝维斯城来，最先得到消息的也只可能是那些贵族，平民怎么可能那么快就得到消息？快！格拉西斯，走原路出城。"

此时，琴城大军感觉到了杀气，他们感觉到大门紧闭的商铺和城里的很多角落里，都有危险，整座城市都显得那么诡异。

突然，商铺之门大开，无数士兵从里面跑出来，叶音竹凭借强大的精神力，感觉到了法帝维斯城内的每个角落都有人在移动。

"上当了。"叶音竹抬起手，命琴城大军暂时停下脚步。他知道，这既然是敌人专门给他们准备的陷阱，那么，这必然是一个绝境。不然，敌人也不会隐忍到这个时候。

奥利维拉并没有带着半空中的角鹰德鲁伊降落，而是飞得更高了，显然，奥利维拉也发现了城内的形势不对，认为暂时留在空中才是最好的选择。

转瞬间，四周就涌出了许多弓箭手。那些人张弓搭箭，直指琴城大军。同时，许多重骑兵跑了出来，将两边的道路堵死了。此时，地面上的琴城大军，就像瓮中之鳖一样被团团围住了。

紫的声音传入叶音竹耳中："我们被包围了，对方至少有十万人。"

听到紫的话，叶音竹惊得心脏都漏跳了一拍。琴城大军只有几千人，却要面对这么多人吗？

就在叶音竹和紫说话的时候，五百米外，七条巨龙缓缓升起，飞到半空之中。这七条巨龙中有两条风龙、两条金属龙以及三条黑龙。

每条巨龙背上都端坐着一个人，那些人正是佛罗王国的龙骑将。这七个人中，叶音竹只认识一个人，就是当初代表佛罗王国参加七国七龙排位战的希拉。叶音竹永远也不会忘记希拉，因为参加七国七龙排位战的时候，正是希拉带领血色卫队偷袭了死神五百。

有一名七旬老者坐在希拉旁边的风龙背上，叶音竹仔细看了看老者，发现老者的长相跟希拉有几分相像，不用问，这老者肯定就是佛罗王国的另外一名元帅——希尔特，也就是希拉的父亲。希尔特已经将兵权全部交给了自己的得意门生——库斯勒。这一次，希尔特竟然出现在法帝维斯城中，可见佛罗王国对这一战是何等的重视。

短暂的惊讶过后，琴城战士的情绪逐渐稳定下来。现出本体的比蒙巨兽口鼻之中喷吐着粗重的气息，它们的眼睛正在变红。

死神龙狼骑兵是最安静的，他们遇到过那么多生死考验，早已将生死置之度外，他们心中除了“执行命令”四个字，再无其他。

东龙帝国的强者神情严肃地抽出了自己的长剑，上一次他们露出这种表情，还是在斯福尔特城的时候，那时，他们就发现了战斗对武技会起到很好的磨炼作用。

利爪德鲁伊、猛禽德鲁伊和树妖德鲁伊纷纷做好了战斗的准备。利爪德鲁伊和比蒙巨兽一样，口鼻之中喷吐着粗重的气息，只要叶音竹一声令下，利爪德鲁伊就会立刻发出咆哮魔法。

中计了，还是中计了！叶音竹心中暗叹一声，可是他丝毫没有后悔。作为一名优秀的统帅，他是没有时间后悔的，对他来说，先解决眼前的问题才最重要。同时，他也很想知道对方是如何做到这一切的。佛罗王国怎么会突然有这么一支十多万人的部队？

难道是佛罗王国的盟国派兵来支援了吗？可是，波庞王国和蓝迪亚斯帝国的人明明在和米兰帝国的人大战，怎么可能抽调得出军队和龙骑将到佛罗王国来呢？

虽然眼前的龙骑将只有七个人，但是叶音竹很清楚，这七位龙骑将绝对比上次在斯福尔特城遇到的强者杀厉害，不说别的，单是那几条黑龙和金属龙，就比风龙的实力强很多。黑龙和金属龙都是九阶巨龙，成年的九阶巨龙不仅能够化成人形，还能发出禁咒。禁咒有多恐怖，叶音竹早就知道了。

叶音竹静静地坐在格拉西斯背上，抬手在格拉西斯背上轻轻地拍了拍，安抚了一下随时有可能爆发的战争巨兽。既然躲不过去，一定会有一场苦战，他也就没有着急的必要了。对方已经布下了这个局，现在中了计，急有什么用？

“叶音竹，还记得我吗？没想到我们这么快就又见面了。”希拉端坐在自己的风龙背上，得意地说道。

叶音竹和死神龙狼骑兵恨不得将希拉碎尸万段，希拉对叶音竹和死神龙狼骑兵的态度也差不多。上次在七国七龙排位战中，希拉带领的血色卫队险些全军覆没，他差点把自己也搭进去。正是因为血色卫队没有照计划解决掉死神五百，波庞王国战队才失败，间接使米兰帝国战队取得了七国七龙排位战的冠军。

回到佛罗王国之后，希拉受到了国内一些势力的谴责，因此从镇守一方的将领，变成了皇家禁卫军统领，而他的父亲希尔特正是在那时将兵权拱手让给了库斯勒。

希拉又怎么会不憎恨叶音竹呢？他一直想着继承父亲的位子，成为佛罗王国的元帅。谁知七国七龙排位战的惨败，令他在国内名声大跌，为了平息众怒，希尔特元帅主动从一线退了下来，这才使得希拉平安无事。因此，在他心目中，叶音竹就是毁了他前途的人。此时，他再见到叶音竹，可谓是仇人见面，分外眼红。

叶音竹冷冷地看着希拉，道：“怎么会不记得呢？希拉是吧？佛罗王国元帅希尔特之子，我记得你，而且对你的印象很深，今天，不知道你身边的人能否护你周全？”

“你……”希拉刚想怒骂出声，在看到叶音竹的眼神之后，强行将到了嘴边的话憋了回去，打了个寒战。与此同时，以叶鸿雁为首的死神龙狼骑兵第一时间将目光集中到了希拉身上，如果眼神能杀人，希拉早就不知道死多少回了。希拉感受到死神龙狼骑兵身上散发出的杀气，不禁有点胆寒，就连他胯下的风龙也发出了一声咆哮。

“大胆！”希尔特低吼一声。

佛罗王国战士同时怒吼道：“杀！”

十几万人同时怒吼出声，气势强大，这才将死神龙狼骑兵散发出来的杀气暂时压了下去。

叶音竹淡淡地道：“如果我没猜错的话，这位应该就是佛罗王国的元帅希尔特大人吧？”

希尔特注视着叶音竹。他早就听说过叶音竹的事了，此时，看到叶音竹深陷重围之中却依旧能够保持冷静，他不禁在心中暗暗感叹，自己的儿子终究还是比不上眼前这个年轻人啊！

“不错，我就是希尔特。不过，我现在已经不是佛罗王国的元帅了，现在我只是一个普通的将军。叶音竹，作为琴城领主，你已经将你的手下带入了绝境，如果你不想你的手下牺牲，那就投降吧。我可以向你保证，只要你肯投降，绝对不会有人伤害你们。”

叶音竹心中暗道：不愧是一代元帅，果然老谋深算。他这简单的一句话，就在挑拨自己和琴城战士之间的关系，可惜，他不知道琴城战士有多相信自己。

“哦？投降吗？不知道投降对我们有什么好处？”叶音竹淡然一笑，注视着希尔特。

希尔特感觉叶音竹一点也不急躁，他到现在都看不出叶音竹在想什么。希尔特道：“如果我没记错的话，你应该已经不是米兰帝国人了。佛罗王国和蓝迪亚斯帝国要对付的只是米兰帝国，并不包括琴城。你又何苦要替米兰帝国卖命呢？只要你肯投降，佛罗王国愿意收留你和你的手下。我们陛下已经下令，你投降后，只要把抢过去的物资都交出来，就可以免除你之前犯下的罪，还可以让你成为一人之下，万人之上的大将。你的手下也会得到封赏。”

叶音竹笑了笑，道：“看来，贵国国王还是很有诚意的。可是，我杀了佛罗王国这么多贵族，他也可以免除我的罪吗？希尔特元帅，我很想知道，你们究竟是如何做到的？你们又怎会知道，我一定会攻击这里？难道，你们就不怕我奇袭佛罗萨城，把你们佛罗王国的老窝端了吗？”

没等希尔特开口，一旁的希拉已经得意地道：“这都是我们睿智的陛下想出来的计谋。你怎么能跟我们的陛下相比呢？陛下和首相大人商量后，精心布下了这个局。你终于自投罗网了。琴城的探子不是有很强的侦察能力吗？可惜，在陛下的计划之中，这没有任何作用。”

希尔特道：“年轻人，我不得不承认，你在带兵打仗方面很有天赋，你的手下也都非常强大，你甚至还拥有像战争巨兽这样的十阶神兽，但是，你毕竟太年轻了。年轻就容易自大，你在不断胜利的同时，又怎么可能不骄傲呢？早在你们洗劫诺丁城的时候，这个计划就已经开始实施了。我们仔细研究后，发现你拥有一支特殊的探子队伍，你能通过这些探子，第一时间掌握我军的动向，还能了解城市的情况。所以，你在攻击我国城市的时候，每次都能找到防御力最弱的地方，从而快速占领城市，抢走城市中的财物，而我们的探子根本找不到你们。”

叶音竹点了点头，道：“不错，在我眼中，你们就是聋子和瞎子，但没想到，我居然会被你们困在这里。看来，我还是低估了你们。”

希尔特道：“到了此时，我也不怕告诉你，为了围剿你们，陛下和王室成员都来到了法帝维斯城中。就算你真的奇袭佛罗萨城，你也不会得到什么东西。当然，以你的性格，你一定不会去做那种傻事，不是吗？”

听到希尔特的话，叶音竹眼中寒光一闪，他问道：“你们早知道我要攻击法帝维斯城而不是其他城市？”

希尔特摇了摇头道：“当然不知道，否则我们也不会让你们抢那么多座城市。根据库斯勒传回来的消息，我们知道你的目的就是在我国境内制造混乱，抢劫物资。既然如此，你绝对不会在抢劫两座城市后就返回米兰帝国，你一定会继续。你想要继续制造混乱的话，就肯定会抢劫防御力量比较薄弱的城市，因此四十万大军所在的地方你肯定不会去，但是，为了保险起见，库斯勒元帅还是组建了一支快速反应部队，准备随时到各个城市营救。如果你接下来真的继续攻击西南商圈，那么，库斯勒元帅会率领大军形成一张大网，将你们逼入我国内陆。虽然库斯勒元帅无法找到你们所在的具体位置，但他手中有四十万大军，只要知道你们的大概位置，想将你们逼入我国内陆应该没什么问题。这一点想必你也会承认。”

“我承认，你们确实有那样的实力，但那又如何？这和我要攻击佛罗王国都城商圈有什么关系？”

希尔特微微一笑，道：“你一定很奇怪，为什么这里会有这么多士兵出现，我们的军队不是都集中到前线去了吗？让我告诉你吧，你眼前所面对的这些人，都是我国贵族的私兵。你之前杀了那么多贵族，让国内的贵族都联合起来了，每一位贵族都恨不得将你碎尸万段。我国贵族众多，贵族的私兵加上皇家禁卫军足有十万人。经过短时间的协调训练之后，这些人就到了我手下，我带着他们在法帝维斯城中等你。

“陛下和首相大人知道，你们一旦进入我国内部，就一定会瞄准都城商圈。佛罗萨城作为我国的都城，位于都城商圈的中心，防御力量强，只要是聪明人，就一定不会选择佛罗萨城为攻击目标，这样一来，你们就只能攻击都城商圈外围的城市。法帝维斯城是都城商圈中除佛罗萨城以外，最大的一座城市，你们又怎么会放过呢？”

叶音竹轻叹一声，道：“确实，是我低估了你们。”

希尔特道：“我们知道你的手下拥有强大的侦察能力，所以，在大军进入法帝维斯城后，我们就一直隐藏于城内各处，甚至还挖了地道。难道你的手下就一定能看到所有东西吗？不，你的手下看到的也只是表面上的东西而已。你是不是还在计算库斯勒元帅要多长时间才能回来？实话跟你说，库斯勒元帅带领着大军赶向都城商圈，也是我们放的烟雾弹。你们抢劫了九座城市之后才选择法帝维斯城，我们等得好辛苦啊！不知道有多少次，陛下都要忍不住派兵去围攻你们了，我们都劝阻陛下，还好陛下忍住了，我们等到了今天。”

希尔特顿了顿，用更大的声音说道：“现在出现在你们面前的是一张天罗地网。加上一万名皇家禁卫军，我国的十万大军都在这法帝维斯城中，同时，还有来支援我们的蓝迪亚斯帝国与波庞王国这五位龙骑将大人和他们带来的五万联军。叶音竹，你没有机会了，投降吧，这是你唯一的出路。”

现在琴城大军被团团围住了，死神龙狼骑兵根本无法发挥出自己速度上的优势，树妖德鲁伊和猛禽德鲁伊的战斗力也会大幅度减弱。法帝维斯城就像一座巨大的牢笼一般，将琴城大军困在了里面。

叶音竹冷冷地道：“希尔特元帅，你们认为你们一定能够获胜吗？”

一旁的希拉不屑地说道：“难道你认为自己还有机会？你们才几千人，而我们有十五万人，你们要怎么逃出去？你当自己是神吗？”

叶音竹摇了摇头，道：“不，我从没有当自己是神。我可以告诉你们，我们绝对不会投降，就算死，琴城的将士也会站着死，不会像你们一样卑躬屈膝。”

“你……”希拉大怒，他当然知道叶音竹这话指的是佛罗王国对蓝迪亚斯帝国的臣服。

“父亲，动手吧，我们要让这些琴城人尝尝痛苦的滋味。”

希尔特冷冷地看着叶音竹，道：“叶领主，我给你最后一次机会。你就算不为自己着想，也要为你的手下和他们的家人着想。这个时候你让他们白白牺牲在这里，以后，你要如何面对他们的家人？”

不是希尔特不想动手，而是现在还不能动手。作为一名经验丰富的元帅，希尔特很明白眼前的形势如何。从表面上看，琴城大军已经处于绝对劣势，但实际上，希尔特并不清楚歼灭琴城大军会损失多少兵力。库斯勒的教训就摆在眼前，希尔特知道自己不能轻举妄动。别的不说，单是那体形极其庞大的战争巨兽和比蒙巨兽就足以毁灭数万人的大军。佛罗王国的国力已经很衰弱了，在围困叶音竹之前，国王德拉瓦莱刻意叮嘱过希尔特，如果可以令对方投降，就一定不要战斗。

叶音竹低下头，似乎在考虑希尔特的建议。

“既然元帅大人愿意给我一次机会，那么……”

看到叶音竹的目光，希尔特不禁心中一喜，如果叶音竹他们能够不战而降自然是最好的。

就在这时，叶音竹的后半句话也已经说了出来。

“杀！”

叶音竹瞬间取出奥古斯都之剑，指着南城门的方向。琴城大军立马掉转方向，准备冲出城。

叶音竹一个“杀”字大喝而出，东龙帝国战士第一时间开始行动。他们并没有组成战阵冲出去，而是直接散开，直奔周围的房顶和其他制高点而去。

在城市中作战，对东龙帝国战士最有利。他们学习了东龙帝国的武技，每一个人的斗气等级都达到了彩虹等级的青级，这种巷战最利于他们发挥出自身实力。所以，他们第一时间冲了出去，他们要先解决对方的弓箭手。

（本册完）

《琴帝 典藏版》第10册即将上市！敬请期待！